当代中国实力派女作家书系

付秀莹 著

花好月圆

中国言实出版社

图书在版编目（CIP）数据

花好月圆 / 付秀莹著. -- 北京：中国言实出版社，
2014.1

（女作家书系 / 梁鸿鹰主编）

ISBN 978-7-5171-0349-3

Ⅰ.①花… Ⅱ.①付… Ⅲ.①中篇小说—小说集—中
国—当代②短篇小说—小说集—中国—当代 Ⅳ.
①I247.7

中国版本图书馆 CIP 数据核字（2013）第 310134 号

责任编辑：肖 彭

出版发行	中国言实出版社	
地 址：	北京市朝阳区北苑路 180 号加利大厦 5 号楼 105 室	
邮 编：	100101	
电 话：	64966714（发行部）	51147960（邮 购）
	64924853（总编室）	68581997（编辑部）
网 址：	www.zgyscbs.cn	
E-mail：	zgyscbs@263.net	
经 销	新华书店	
印 刷	三河市祥达印刷包装有限公司	
版 次	2014 年 1 月第 1 版　2014 年 1 月第 1 次印刷	
开 本	880 毫米×1230 毫米　1/32　6 印张	
字 数	142 千字	
定 价	22.00 元　　ISBN 978-7-5171-0349-3	

女歌者或这个世界发生的一切

——为《当代中国实力派女作家》书系而作

梁鸿鹰

　　写下这个谈论小说的题目，心里有些打鼓，首先是"女歌者"，然后又是"世界"云云，难道男作家不是"歌者"？难道男作家不面对"世界"？但我也想问，面对每天都在被制造的喧闹、浮躁与庞杂，哪些说法对哪些人会真正具有合理性呢？还有——什么合理，什么不合理，难道会是有一定之规的吗？而且，文学或者小说如果都在一定之规里面，那还能称之为文学或小说吗？其实，文学经常面对的恰恰是一些不确定、不肯定的经验，作家提供细节、动机、苗头，一步步地构建着自足的审美世界，往往是在含混中与读者共同探寻意义、发现价值、暗示前景的。魏微、乔叶、金仁顺、戴来、叶弥、滕肖澜、付秀莹、阿袁，八位作家是当前女作家行列中的佼佼者，创作活跃、备受瞩目，中短篇小说向来人缘极好，她们善于用自己极富感性与智性的笔触，描摹出现代社会中男男女女躁动不安的心态，勾勒出这些人在迅速变化着的世界里的奔忙、辛劳，让读者一窥世间那些万番流转、林林总总、千折百回的真面目。作家们还特别善于透过主人公光鲜的外表，把他们的情感焦虑、内心挣扎、行为异动揭发出来，提醒人们提防、拒斥生活中那些磨损人心的负能量，安顿好自己的心灵，亲手全力以赴地迎接更加多彩美好的未来。

因为，这未来正是从当今延展而来的，由这世上万端细枝末节的真面目造就，大多情况下隐在了平常人的日子里，只不过我们没有长上一双灵异的慧眼——像眼前这八位无比敏感而聪慧的女作家或女歌者们那样，能够细致入微地、一层层地把真相亮出来。在魏微看来，日子表面上看一家与一家大同小异，内里却是没法比的，家底儿、德行、运气统统都要裹进来搅局，然而"更多的人家是没有背景的，他们平白地、单薄地生活在那儿，从来就在那儿。对于从前，他们没有记忆，也不愿意记忆。从时间的过道里一步步地走出来，过道的两旁都是些斑驳脱落的墙壁，墙角有一双破鞋，一辆自行车，过冬用的大白菜；从这阴冷的、长而窄的隧道里走出来的人，一般是不愿意回头看的。"（《薛家巷》），这薛家巷已然成为一个世道人心的凄冷演兵场，你在上面不管有多凛然，不管如何深文周纳，也迟早要露出大大小小的破绽来，烟火气就是这样产生的。

有烟火气处必有精彩或倒霉的人生，无非是饮食男女、蜚短流长、聚散无定。比方说在职场，在商场，一边是金融、实业、期货、投资，一边是男男女女、你来我往，听他们口头上说是渴望平静的，是要心如止水，但一落实到行动上就偏偏是不肯安分的了。他们不知是被欲望还是被生活之流推着、牵引着，一步步走向自己未曾预料到的结局。滕肖澜在《倾国倾城》里写的那个叫庞鹰的女孩子，不知不觉地"与人家苏园园"的老公佟承志搭上了。有天晚上，她"脑子里乱糟糟的，像缠成一团的毛线，总也找不到头。一会儿，好不容易理齐了，倏忽一下，变戏法似的，又整个的没了，空荡荡的，什么也没有。更叫人彷徨了。"而且，她到底还是要沿着这条路走下去，生活中的那些吊诡的东西，犹如她的"老前辈"崔海的告诫——"每个字都是双刃刀，两边都擦得雪亮，碰一碰便要受伤。不是这边受伤，便是那边受伤。血会顺着刀刃流下来，一滴一滴，还没觉出痛来，已是奄奄一息了。"可开弓没有回头箭，她决绝地体验着、领悟着，不肯抽身而去。这便是一种新的人生样态吧。

当然这种样态在金仁顺的笔下更多的是情爱，是男男女女之间的瓜葛或者纠葛，她有篇作品写了一般人都不怎么敢涉笔的医生，写在医生之间发生过的情爱关系的逆转。其中有两个人这样议论男人和女人，"他们这些做医生的男人，从来不会觉得女人是玫瑰，女人对他们而言是具体的、真实的，里里外外都清晰无比。只有黎亚非老公那种职业的男人，才会觉得女人是玫瑰，是诗，结果呢，我们这些当医生的，能救女人的命却不一定能得到她们的心，或者说爱，而黎亚非老公这类男人，却能要了女人的命。"（《彼此》）你不得不佩服作家看得深。作品中的男人与女人，始终是在寻找着彼此。他们得到了彼此却又忙着远离彼此，最终实实在在地失去了彼此。这便是生活的变数造成的，更是心灵的变数所致。

不过，生活的变数或者世界的变数，无论城乡，恐怕都会有相似、有相异的吧。但乡村给人的感觉到底是不一样的，在付秀莹笔下，乡村散发的气息不单有十足的底气与野性，在细腻具体方面往往超过我们的认知。因为，即使世界再变化，我想总有一些东西是要影响人的舌尖、心头或者眼底的啊。比方乡下的时间感，乡下的色彩与声响——"夏天过去了。秋天来了。秋天的乡村，到处都流荡着一股醉人的气息。庄稼成熟了，一片，又一片，红的是高粱，黄的是玉米、谷子，白的是棉花。这些缤纷的色彩，在大平原上尽情地铺展，一直铺到遥远的天边。还有花生、红薯，它们藏在泥土深处，蓄了一季的心思，早已经膨胀了身子，有些等不及了。"（《爱情到处流传》）就在这样如诗如画的背景下，在人们的意识之外，那些有关爱情的故事慢慢地、永久地流传着，不管我们是否记得、写得下来，一切似乎都难以阻挡。

不过，世上的一切终究又都是可以细究与质疑的——只要关乎人的心灵，关乎人的情感，文学生长的空间就是这样构建、生长起来的，用以丰富人们的感觉与感官。我们的眼睛、我们的视觉，可能是最可宝贵的东西之一，可能也仅次于生命了，但现代都市里的我们给它什么样的机会呢？我们应该给它什么样的机会呢？戴来有篇小说叫《我看到了什么》，很让人有所触动。是啊，人虽说贵为宇宙之灵长，似乎一切都可以在人的掌控之中了，但是，似乎一切又都从人的眼前溜走了。如果我们只满足于死心塌地做俗世的"甲乙丙丁"，如果我们按照生活规定的步子"一、二、一"地走下去，每个人大概都不会为自己的内心收获更多的。幸好，那些天才而敏感的歌者们，用自己的文字，不倦地为我们留存了这个世界所发生的一切的踪迹，不是这样吗？

为追溯、探访这些踪迹，还是让大家再次回到自然、回到乡间吧。自然无疑是我们心中最辽远、最开阔的存在了，这里生长与发育的一切都没有受到惯常的约束，任何踪迹都是天然伸展的。不过，我还是惊叹于叶弥的感官对大自然、乡间所有美好的精准捕捉，而且，她生发于内心的情愫是那样的纯粹——"农历九月中旬，稻田收了，黄豆收了。每当看见空空的稻田和豆田，我的心中会涌起无比的感动，人类的努力，在这时候呈现出和谐、本分的美。种植和收割的过程，与太阳、月亮、风息息相关，细腻而美妙，充满着真正的时尚元素。"（《拈花桥》）当然，她向来毫不吝啬自己对生长于自然之中的鱼虫花草、猫狗鸡犬的赞美，她在《香炉山》里写"我"在乡间的道路边上掩埋蝴蝶翅膀，在《桃花渡》里写在蓝湖边葬掉一岁大的猫咪"小玫瑰"。她写着这一切，是为了哀悼什么吗？"城市的光和影极尽奢华，到处是人类文明的痕迹。我出生在城市，在城里整整生活了二十八年，从来不知道城市到底意味着什么。就在今晚，我突然明白，城市里的文明和奢华，原来是为了消除人心的孤独。"在这个世界上，人原来是如此的孤独啊。在这里，我想起 110 年前德国诗人里尔克吟诵过的："说不定，我穿过沉重的大山／走进坚硬的矿脉，像矿苗一样孤独／我走得如此之深，深得看不见末端／看不见远方：一切近在眼前／一切近物都是石头"（《关于贫穷与死亡》），叶弥发现的孤独居然需要城市的喧嚣给予支撑，与里尔克的想法如此相通。

其实最需要支撑的当然还是人的内心，乔叶的《妊娠纹》写了想偷一次情的女人的矛盾心理，她事到临头，性的冲动生生被自己的妊娠纹给制止了，这便是心里没有底、没有支撑吧。再比如惯于写高校众生相的阿袁，同样发现了现代人心里发虚与飘忽的状态，她在《汤梨的革命》里以"围城"式的笔调写道："三十六岁对女人而言，按说是从良的年龄，是想被招安的年龄。莫说本来就是良家妇女，即便是青楼里的那些花花草草，到这年龄，也要收心了，将从前的荒唐岁月一古脑儿地藏到衾子里去，金盆洗手之后，开始过正经的日子。这是女人的世故，也是女人的无奈。所以陈青说，女人到这个时候，黄花菜都凉了。陈青三十九，是哲学系最年轻的女教授，也是哲学系资格最老的离婚单身女人。这使她的性格呈现出绝对的矛盾性，也使她的道德呈现出绝对的矛盾性。"因发虚所以就矛盾、就纠结，这同样是这个现实世界投射给人们心理的种种不正常情状之一，女作家们记录下来这一切，是惋叹，更是歌吟。

　　是为序。

2013 年 12 月 8 日北京德外

（作者为中国作协创研部主任、著名文学评论家）

目录

爱情到处流传

　　那时候，我们住在乡下。父亲在离家几十里
的镇上教书。母亲带着我们兄妹两个，住在村子
的最东头。这个村子，叫做芳村。芳村不大，也
不过百十户人家。树却有很多，杨树，柳树，香
椿树，刺槐，还有一种树，到现在我都不知道它
的名字，叶子肥厚，长得极茂盛，树干上，常常
有一种小虫子，长须，薄薄的翅子，伏在那里一
动不动。待要悄悄把手伸过去的时候，小东西却
忽然一张翅子，飞走了。

　　每个周末，父亲都回来。父亲骑着那辆破旧
的自行车，在田间小路上疾驶。两旁，是庄稼地。
田埂上，青草蔓延，野花星星点点，开得恣意。
植物的气息在风中流荡，湿润润的，直扑人的脸。
我立在村头，看着父亲的身影越来越近，内心里
充满了欢喜。我知道，这是母亲的节日。

　　在芳村，父亲是一个特别的人。父亲有文化。
他的气质，神情，谈吐，甚至，他的微笑和沉默，
都有一种与众不同的东西。这种东西把他同芳村

1

的男人们区别开来，使得他的身上生出一种特别的吸引力。我猜想，芳村的女人们，都暗暗地喜欢他。也因此，在芳村，我的母亲，是一个很受人瞩目的人。女人们常常来我家串门，手里拿着活计，或者不拿。她们坐在院子里，说着话，东家长，西家短，不知道说到什么，就嘎嘎笑了。这是乡下女人特有的笑，爽朗，欢快，有那么一种微微的放肆在里面。为什么不呢，她们是妇人。历经了世事，她们什么都懂得。在芳村，妇人们，似乎有一种特权。她们可以说荤话，火辣辣的，直把男人们的脸都说红了。可以把某个男人捉住，褪了他的衣裤，出他的丑。经过了漫长的姑娘时代的屈抑和拘谨，如今，她们是要任性一回了。然而，我父亲是个例外。

　　微风吹过来，一片树叶掉在地上，闲闲的，起伏两下，也跑不到哪里去。我母亲坐在那里，一下一下地纳鞋底。线长长的，穿过鞋底子，发出嗤啦嗤啦的声响。对面的四婶子就笑了。拙老婆，纫长线。四婶子是在笑母亲的拙。怎么说呢，同四婶子比起来，母亲是拙了一些。四婶子是芳村有名的巧人儿，在女红方面，尤其出类。还有一条，四婶子人生得标致。丹凤眼，微微有点吊眼梢，看人的时候，眼风一飘，很媚了。尤其是，四婶子的身姿好，在街上走过，总有男人的眼睛追在后面，痴痴地看。在芳村，四婶子同母亲最亲厚。她常常来我们家，两个人坐在院子里，说话，说着说着，两个脑袋就挤在一处，声音低下来，低下来，渐渐就听不见了。我蹲在树下，入迷地盯着蚂蚁阵，这些小东西，它们来来回回，忙忙碌碌。它们的世界里，都有些什么？我把一片树叶挡在一只蚂蚁面前，它们立刻乱了阵脚。这小小的树叶，我想，在它们眼里，一定无异于一座高山。那么，我的一口口水，在它们，简直就是一条汹涌的河流了吧。看着它们惊慌失措的样子，我格格地笑出了声。母亲诧异地朝这边看过来，妮妮，你在干什么——

　　在芳村，没有谁比我们家更关心星期了。在芳村，人们更关心初一和十五，二十四节气。星期，是一件遥远的事，陌生而洋气。我很记得，每个周末，不，应该是过了周三，家里的空气就不一样了。到底有什么不一样呢，我也说不好。正仿佛发酵的面，醺醺然，甜里面，带着一丝微酸，一点一点地，慢慢膨胀起来，让人有一种说不出的喜悦，还有隐隐的不安。母亲的脾气，是越发好了。她进进出出地忙碌，根本无暇顾及我们。我知道，这个时候，如果提一些小小的要求，母亲多半会一口答应。假如是犯了错，这个时候，母亲也总是宽宏的。至多，她高高地举起巴掌，然后，在我的屁股上轻轻落下来，也就笑了。到了周五，傍晚，母亲派我们去村口，她自己，则忙着做饭。通常，是手擀面。上马饺子下马面，在这件事上，母亲近乎偏执了。我忘了说了，在厨房，母亲很有一手。她能把简单的饭食料理得有声有色。在母亲的一生中，厨艺，是她可以炫耀的为数不多的几个资本之一。有时候，看着父亲一面吃着母亲的饭菜，一面赞不绝口，我就不免想，学校里的食堂，一定是很糟糕。一周一回的牙祭，父亲同我们一样，想必也是期待已久的了。母亲坐在一旁，欹着身子，随时准备为父亲添饭。灯光在屋子里流淌，温暖，明亮，油炸花生米的香味在空气里弥漫，有一种肥沃繁华的气息。欢腾，跳跃，然而也安宁，也妥帖。多年以后，我依然记得那样的夜晚，那样的灯光，饭桌前，一家人静静地吃饭，父亲和母亲，一递一句地说着话。也有时候，什么也不说，只是沉默。院子里，风从树梢上掠过，簌簌响。小虫子在墙根底下，唧唧地鸣叫。一屋子的安宁。这是我们家的盛世，我忘不了。

　　芳村这个地方，怎么说呢，民风淳朴。人们在这里出生，长大，成熟，衰老，然后，归于泥土。永世的悲欢，哀愁，微茫的喜悦，不多的欢娱，在一生的光阴里，那么漫长，又是那么短暂。然而，在这淳朴的民风里，却有一种很旷达的东西。我是说，这里的人们，他们没有文化，却看破了很多世事。这是真的。比如说，生死。村子里，谁家添了丁，谁家老了人，在人们眼里，仿佛庄稼的春天和秋天，发芽和收割，是再平常不过的事情。往往是，灵前，孝子们披麻戴孝，红肿着一双眼，接过旁人扔过来的烟，点燃，慢慢地吸上一口，容颜也就渐渐开了。悲伤倒还是悲伤的。哭灵的时候，声嘶力竭，数说着亡人在世的种种好处和不易，令围观的人都唏嘘了。然而，院子里，响器吹打起来了，悲凉的调子中，竟然也有几许欢喜。还有门口，戏台子上，咿咿呀呀唱着戏。才子佳人，花好月圆。峨冠博带，玉带蟒袍。大红的水袖舞起来，风流千古。人们喝彩了。孩子们在人群里跑来跑去，尖叫着。女人们在做饭，新盘的大灶子，还没有干透，湿气蒸腾上来，袅袅的，混合着饭菜的香味，令人感到莫名的欢腾。在这片土地上，在芳村，对于生与死都看得这么透彻，还有什么看不开的呢？然而，莫名奇妙地，在芳村，就是这么矛盾。在男女之事上，人们似乎格外看重。他们的态度是，既开通，又保守。这真是一件颇费琢磨的事情。

　　父亲回来的夜晚，总有人来听房。听房的意思，就是听壁角。常常是一些辈分小的促狭鬼，在窗子下埋伏好了，专等着屋里的两个人忘形。在芳村，到处都流传着听来的段子，经了好事人的嘴巴，格外地香艳撩人。村子里，有哪对夫妻没有被听过房？我的父亲，因为长年在外的缘故，周末回来，更是被关注的焦点。为了提防这些促狭鬼，母亲真是伤透了脑筋。父亲呢，则泰然得多了。听着母亲的唠叨，只是微笑。现在想来，那个时候，父亲不过才三十多岁，正是一个男人一生中最好的年华。成熟，笃定，从容，也有血气，也有激情。还有，父亲的眼镜。在那个年代，在芳村，眼镜简直意味着文化，意味着另外一种可能。父亲的眼镜，它是一种标志，一种象征，它超越了芳村的日常生活，在俗世之外，熠熠生辉。我猜想，村子里的许多女人，都对父亲的眼镜怀有别样的想象。多年以后，父亲步入老年，躺在藤椅上，微阖着双眼，养神。旁边，他的眼镜落寞地躺着。夕阳照在镜框上，一线流光，闪烁不已。我不知道，这个时候，父亲会想到什么。他是在回想他青枝碧叶般的年华吗？那些肉体的欢腾，那些尖叫，藏在身体的秘密角落里，一经点燃，就喷薄而出了。它们曾那么真切地存在过，让人慌乱，颤栗。然而，都过去了。一片阳光从树叶的缝隙里漏下来，落在他的脸上，他微微蹙了蹙眉，把手遮住额角。

　　周末的午后，母亲坐在院子里，把簸箕端在膝头，费力地勾着头。天热，小米都生虫子了。蝉在树上叫着，一声疾一声徐，霎那间，就吵成了一片。母亲专心捡着米，也不知想到了什么，就脸红了。她朝屋里望了望，父亲正拿着一本书在看，神态端正，心里就骂了一句，也就笑了。她顶喜欢看父亲这个样子。当年，也是因为父亲的文化，母亲才绝然地要嫁给他。否则，单凭父亲的家境，怎么可能？算起来，母亲的娘家，祖上也是这一带有名的财主。只是到后来，没落了。然而架子还在。根深蒂固的门户观念，一直延续到我姥姥这一代。在芳村，这个偏远的小村庄，似乎从来没有受到时代风潮的影响。它藏在华北平原的一隅，遗世独立。这是真的。母亲又侧头看了一眼父亲，心里就忽然跳了一下。她说，这天，真热。父亲把头略抬一抬，眼睛依然看着手里的书本，说可不是——这天。母亲看了父亲一眼，也不知为什么，心头就起了一层薄薄的气恼。她闭了嘴，专心捡米。半晌，听不见动静，父亲才把眼睛从书本里抬起来，看了一眼母亲的背影，知道是冷落了她，就凑过来，俯下身子，逗母亲说话。母亲只管奋着眼皮，低头捡米。父亲无法，就叫我。其时，我正和邻家的三三抓刀螂，听见父亲叫，就跑过来。父亲说，妮妮，你娘她，叫你。我正待问，母亲就扑嗤一声，笑了，说妮妮，去喝点水，看这一脑门子汗。然后回头横了父亲一眼，错错

爱
情
到
处
流
传

5

牙，你，我把你——很恨了。我从水缸子的上端，懵懵懂懂地看着这一切，内心里充满了莫名的欢喜，还有颤动。多么好。我的父亲和母亲。多年以后，直到现在，我总是想起那样的午后。阳光。刀螂。蝉鸣。风轻轻掠过，挥汗如雨。这些，都与恩爱有关。

周末的时候，四婶子很少来我家。偶尔从门口经过，被我母亲叫住，稍稍立一下，说上两句，很快就过去了。看得出，此时，母亲很希望别人同她分享自己的幸福。母亲红晕满面，眼睛深处，水波荡漾，很柔软，也很动人。说着话，常常忽然就失了神。人们见了，辈分小的，就不禁开起了玩笑。母亲轻声抗辩着，越发红了脸。也有时候，四婶子偶尔来家里，同我母亲在院子里说话。我父亲在屋子里，静静地看书。我注意到，这个时候，他看得似乎格外专心。他盯着书本，盯着那一页，半晌，也不见翻动。我轻轻走过去，倒把他吓一跳。说妮妮，捣什么乱。

事情是什么时候开始发生变化的呢，我说不好。总之，后来，记忆里，我的母亲总是独自垂泪。有时候，从外面疯回来，一进屋子，看见母亲满脸泪水，小小的心里，既吃惊，又困惑。母亲看到我，慌忙掩饰地转过身。也有时候，会一把把我揽在怀里，低低地啜泣不已。我伏在母亲的胸前，不知道究竟发生了什么。母亲的身体微微颤抖着，我能够感觉到，来自她内心深处的强烈的风暴，正在被她竭尽全力地抑住。我想问，却不知道该问些什么，如何开口。在我幼小而简单的心目中，母亲是无所不能的。她能干。这世上，没有什么能够难倒她。后来，我常常想，当年的母亲，一定知道了很多。她一直隐忍，沉默，她希望用自己的包容，唤回父亲的心。她装作什么都不知道。平日里，家里家外，她照常操持着一切。每个周末，她都会像往常一样，迎接父亲回来。对父亲，她只有比从前更好，温存，体贴，甚至卑屈，甚至谄媚。而且，一向不擅修饰的母亲，竟也渐渐开始了打扮。多年以后，我才发现，原来，母亲的打扮是有参照的。当然，你一定猜到了，这个参照，就是四婶子。

怎么说呢，在芳村，四婶子是一个特别的人物。四婶子的特别，不仅仅在于她的标致。更重要的是，四婶子有风姿。这是真的。穿着家常的衣裳，一举手，一投足，就是有一种动人的风姿在里面。你相信吗，世上有这样一种女人，她们天生就迷人。她们为男人而生。她们是男人的地狱，她们是男人的天堂。直到后来，我常常想，父亲这样一个读书人，敏感，细腻，也多情，也浪漫，偏偏遇上四婶子这样的一个人物，什么样的故事是不可能的呢？我忘了说了，四叔，四婶子的男人，早在新婚不久，就辞世了。据说是患了一种怪病。村子里的人都说，什么怪病。丑妻，近地，家中宝。这是老话。也有人说，桃花树下死，做鬼也风流。听的人就笑起来，很意味深长了。

关于父亲和四婶子，在芳村，有很多版本，流传至今。在人们眼里，这一对人儿，一个郎才，一个女貌，真是再相宜不过了。然而——人们叹息一声，就把话止住了。然而什么呢？人们摇摇头，又是一声叹息。我说过，芳村这个地方，对于男女之事，向来是自相矛盾的。保守的时候，恨不能唾沫星子把犯错的人淹死。开通的时候，怎么说呢，在芳村，庄稼地里，河套的林子间，村南的土窑后面，在夜色的掩映下，有多少野鸳鸯在那里寻欢作乐？有时候，我想，父亲和四婶子，他们之间，或许真的热烈地爱过。也或许，一直到老，他们依然在爱着。我不愿意相信，当年，父亲只是偶一失足，犯了男人们常犯的毛病。当然，这一桩风流事惹恼了很多人。男人们，对我的父亲咬牙切齿。女人们，则恨不能把四婶子撕碎。她们跑到母亲面前，声声诅咒着，替母亲不平。在她们眼里，父亲是无辜的。是四婶子，这个狐狸精，勾引了父亲，坏了他的清名。母亲只是听着，也不说话，脸上淡淡的，始终看不出什么。

周末，父亲照常地回家。我和哥哥受母亲的委派，在村口迎他。夕阳在天边慢慢融化了，绯红的霞光一片热烈，简直就要燃烧起来了。远处的树啊庄稼啊都被染上一层薄薄的金红。远远地，有一个黑点渐渐移过来，越来越近，越来越近。是父亲。我们欢呼起来。暮色一点一点笼罩下来，黄昏降临了。我们跟在父亲身旁，雀跃着，回家。淡紫色的炊烟在树梢上缠绕，同向晚的天色融在一起，很快就模糊了。至今，我老是想起那样的场景。黄昏，我们同父亲回家。家里，有温暖的灯光，可口的饭菜，还有，忙碌的母亲，她似乎从一开始就在那里，永远在等。

一家人静静地吃饭。父亲和母亲，照常说说闲话。我和哥哥，为了什么争执起来，打着嘴仗，手里的筷子也成了兵器，说着说着就纠缠在一起。父亲呵斥着我们，骂我们不懂事。你们两个，能不能让你娘少操些心？我们都住了口，默默地吃饭。母亲却忽然扭过头去，我惊讶地发现，她的眼里，分明有泪光。父亲不说话。他的半边脸隐在灯影里，灯光跳跃，我看不清他的表情。那一天，晚上，我半夜里醒来，听见母亲低低的啜泣，压抑地，却汹涌，仿佛从很深的地方，一点点升上来。父亲也例外地没有了鼾声。夜色空明，我想挣扎着睁开眼睛，然而，一不小心，又一脚跌入夜和梦的深渊。我实在是太困了。

现在想来，那个时候，父亲和母亲，或许正在经历着一生当中最致命的一场危机。他们在人前若无其事，尤其是，在我和哥哥面前，几乎从来没有流露过什么。然而，可以想象，在他们的内心深处，正在经受着怎样的海浪，潮汐，以及飓风。他们站在岁月的风口处，听任那些袭击降临，一次又一次。当然，平日里，他们也吃饭，睡觉。逢红白喜事，一起出礼。他们端正，平和，像天下大多数夫妇一样，昵近，亲厚，也淡然，也家常。一个眼神，一个手势，一句欲言又止的话，不待开口，全都心领神会了。人们见了，非常诧异了。当然，这里面，也有隐隐的失望和释然。因笑道，怎么样——我早说过的——

对这件事，母亲一直保持沉默。她没有像大多数女人一样，找上那个狐狸精的门，撒泼，示威，直唾到她的脸上，出净胸中的那一口恶气。在家里，也没有跟父亲闹。母亲照常把家里家外收拾得清清爽爽，然后，把自己打扮整齐，等父亲回家。我记得，母亲甚至托人买了雪花膏。在那个年代，在芳村，雪花膏简直是天大的奢侈。一种精巧的小瓶子里，盛了如玉如脂的东西。我曾经趁母亲不注意，偷偷地尝试过，那一种香气，芬芳馥郁，令人想起所有跟美好有关的一切。后来，只要想到爱情，我总是想起多年前的那一种香气，穿越时光的尘埃，它扑面而来，让人莫名的心疼，黯然神伤。

四婶子，几乎再也不来我家串门了。不是万不得已，总是绕开我家的门口，宁愿多走一段冤枉路。有时候，在街上遇见，也是赶忙把眼睛转向别处，只作没有看见了。有一回，是个傍晚吧，我们几个孩子捉迷藏，绕来绕去，我看见一个麦秸垛。在乡间，到处都是这样的麦秸垛。麦秸垛已经被人掏走一块，留下一个窝，正可以容身。经了一天的日晒，麦秸垛散发出一种好闻的气息，夹杂着麦子的香味，热烈，干燥，烘烘的，把人紧紧包围。小伙伴的声音由远而近，看到了，早看到你了——妮妮——我躲在麦秸垛里，一颗心怦怦直跳，紧张，不安，还有模模糊糊的兴奋，我的心简直要蹦出来了。忽然，我听见一阵脚步声，很轻，但是很急。在麦秸垛前面，停住了。我的心跳得更厉害了。一定是三三，他识破我了。可是，却迟迟没有动静。许久，一个女人说，天，黑了。是四婶子。这个时候，四婶子是来抽麦秸吧。可不是，天都黑了。父亲！竟然是父亲！我记得，下午，母亲派父亲去姥姥家了。姥姥家在邻村。这个时候，父亲，和四婶子，在这麦秸垛后面，他们要做什么呢？我支起耳朵，却再也听不见什么。沉默。沉默之外，还是沉默。然而，在这黏稠的沉默

爱情到处流传

里，却分明有一种异样的东西，它潮湿，危险，也妩媚，也疯狂，像林间有毒的蘑菇，在雨夜里潜滋暗长。也不知过了多久，脚步声，一前一后，渐渐地远了，远了，再也听不见了。我躲在麦秸垛里，一动不动。心头忽然涌上一种莫名的忧伤，还有迷茫。我不知道这是为什么。暮色越来越浓了，四下里一片寂静。一个孩子，她无知，懵懂，仿佛一只小兽，尘世的风霜，还没有来得及在她身上留下痕迹。然而，在那一天，苍茫的暮色中，她却生平第一次，识破了一桩秘密。这是真的。父亲和四婶子，几乎是沉默的，可即便是片言只语，也能够使一些隐秘一泻千里。这是多么奇怪的事情。那一年，我只是个孩子，五岁。那一年，我什么都不懂。

　　想来，那一天，一定是个周末。我回到家的时候，夜色已经把芳村淹没了。屋子里，灯光明亮，一家人坐在桌前，桌上，是热腾腾的饭菜。看见我回来，父亲微笑了，说，来，吃饭了。母亲骂道，又去哪里疯了，看这一身的土。我坐在灯影里，静静地吃饭。父亲和母亲，偶尔说上两句。哥哥呢，始终不怎么开口。我忘了说了，从小，哥哥就是一个寡言的人。然而，长大以后，也不知道从哪一天开始，他忽然就变了。变得——怎么说——甚而有些油嘴滑舌了。他风趣，灵活，会说很多俏皮话。跟他相熟的人，谁不知道他那张嘴呢。想想都觉得不可思议。在我的童年记忆里，哥哥一直是沉默的。我无论如何努力，都听不见他的声音。当然，我们总有吵架的时候。吵架的时候不算。父亲和母亲说着话，不知说到了什么，父亲先自笑起来。我疑惑地看了一眼他的脸，平静，坦然，笑的时候，眼角已经有了细细的鱼尾纹。英俊倒还是英俊的。也不知为什么，我忽然感觉到了父亲的不平常。他在掩饰。那些从容后面，全是惊慌。他微笑着，有些艰难，有些吃力——至少，我是这么认为的。他慢慢地喝了一口汤，强自镇定。母亲也笑着。她正把一筷子菜夹到父亲碗里。我停下来，看着父亲，忽然跑到他的身后，把一根麦秸屑从他的头发上择下来。父亲惊诧地看着饭桌上的麦秸屑，它无辜地躺在那里，细，而且小，简直微不足道。然而，我分明感觉到父亲刹那间的震颤。我是说，父亲的内心，剧烈地摇晃了一下。灯光也倏忽间亮了，也只是一瞬间的事。那一根麦秸屑，衬了乌沉沉的饭桌，变得是那么的触目。那一刻，似乎一切都昭然若揭了。母亲抬眼看了一下电灯，咕哝道，这电压，不稳。一只蛾子在灯前跌跌撞撞，显得既悲壮，也让人感到苍凉。

　　夏天过去了。秋天来了。秋天的乡村，到处都流荡着一股醉人的气息。庄稼成熟了，一片，又一片，红的是高粱，黄的是玉米、谷子，白的是棉花，这些缤纷的色彩，在大平原上尽情地铺展，一直铺到遥远的天边。还有花生，红薯，它们藏在泥土深处，蓄了一季的心思，早已经膨胀了身子，有些等不及了。芳村的人们，都忙起来了。母亲更是脚不沾地。父亲的学校不放假，我们兄妹，又帮不上忙。收秋，全凭了母亲一个人。那些日子，母亲简直要累疯了。她穿着干活的旧衣裳，满脸汗水，疲惫，邋遢，萎顿。然而，周末，父亲回家的时候，他看到的，却是另外一个母亲。母亲已经仔细洗了澡，头发湿漉漉的，还没有完全干透。米白的布衫，烟色裤子，浑身上下，无一处不熨帖得体。她把饭菜端上来，笑盈盈的。转身的时候，就有一股雪花膏的香气淡淡地散开来，芬芳而馥郁。父亲看着她的背影，在刹那间，就怔忡了。他在想什么？或许，他是想起了当年。那时候，他们还那么年轻。他最不能忘记的，是她那一头黑发，在颈后梳成两条辫子，乌溜溜的，又粗又长，一直垂到腰际。走起路来，一荡一荡，简直要把他的心都荡飞了。那一回，也是个秋天吧，他们在通往镇上的乡间小路上，一前一后地走。忽然，一只野兔从田野里跑出来，把她吓了一跳。那是他第一次拉她的手。玉米正吐缨子。青草的气息潮润润的，带着一股温凉。风很轻，拂上发烫的

11

脸颊。这一晃，多少年了。母亲把一双筷子递过来。父亲默默接了，半晌，叹一口气。

一直到现在，我都无法明了，我的母亲，是如何独自走过了那一段艰难的岁月。那个年代，物质上，当然是贫乏的。她也曾经为了柴米而犯愁，忍受过旁人的轻侮。也尴尬过，带着两个年幼的儿女，捉襟见肘。然而，那个时候，她再想不到，物质上的贫乏，到底不能把人打倒。同精神上的磨难相比，它简直不值一提。那个时候，她再想不到，人生更大的不如意，还在后面。她还远远没有触及。这是真的。多年以后，母亲老了，坐在院子里，偶尔，抬头看一眼树巅，一片流云轻轻飘过去了。蝉在叫。忽然之间，就恍惚了。这还是多年前的蝉声吗？她也不知道，当年，自己怎么会那么——那么什么呢，她抬手拢一拢头发，微笑了，非常难为情了。父亲这个人，怎么说呢，自己的男人，她怎么不知道？当年，那么多，那么多的磨难，她竟然都一一承受了。有时候，想起来，她自己都不免要惊讶。这惊讶里有得意，也有疼惜。当年，她竟然去找那个女人，四婶子，主动同她交好。她若无其事地叫她，同她说笑，约她一道赶集，下地。请她到家里来，在周末。她和四婶子坐在一处，叽叽咕咕地说着女人间的体己话儿，忽然就吃吃笑了。阳光从侧面照过来，给四婶子镀上了一层淡淡的光晕。她脸颊上的绒毛微微颤动着，说话的时候，偶尔一摆头，眼波流转。母亲从旁看着，心里感叹一声。难怪。现在想来，那个时候，四婶子也不过刚满三十，也许，还不到。正仿佛清晨的花朵，经历了夜雨的洗礼，纯净而娇娆，也成熟，也单白。也宁静，也恣意。母亲入神地看着，不知道想到什么上去了，忽然就红了脸。这两年，也可能，是有些委屈他了。然而——母亲在心里恨一声，自己的男人，她怎么不知道？当然，也不止这些。她知道。她不识字。可是，这怪不得她。在芳村，有几个女人识字？四婶子，也不过是勉强能写写自己的名字罢了。然而——母亲在心里暗想，也许，这些，都不重要。阳光在院子里盛开，满眼辉煌，也有些颓败。母亲坐在椅子上，隔着几十年的时光，静静打量着当年的一切。她叹了一口气，然而也微笑了。她是想起了那一天，想起了父亲。她小孩子一般，得意地微笑了，眼睛深处，却分明有东西迅即无声地淌下来，她抬手擦一把，看一眼四周，自己也不好意思了。

那一天，母亲和四婶子，在院子里说话。父亲不出来，他在屋里看书。眼睛紧紧盯着书上的一行字。那些字密密麻麻，像蚂蚁，一点一点，细细得啃啮着他的心。院子里传来两个女人的轻笑，弄得他心神不宁。他的一只手握着书本，由于用力，都有些酸麻了。他盯着眼前的那一群蚂蚁，仿佛什么都没有看见，他看到虚空里去了。母亲在院子里叫他，扬着声，他这才猛然省过来，答应着，却不肯出去。母亲就派我叫，妮妮——父亲无法，慢吞吞地站起身，他来到院子里，从小井里提出水筲，把冰镇的西瓜拿出来，抱着，去厨房。他从四婶子身旁走过，轻轻地咳一声，把容颜正一正。他在掩饰了。四婶子呢，她坐在那里，半低着头，一团线绕在她的两个膝头，她的一双手灵活地在空中绕来绕去。眼睛向下，待看不看的。我母亲从旁看着这一切，微笑了。她把一牙瓜递过来，眼睛却看着父亲，问道，甜不甜，这瓜？父亲搭讪着走开去，心里恨得痒痒的。她这是故意——简直是——然而——父亲眼睛盯着书本，黯淡地笑了。

四婶子一辈子没有再嫁，也没有生养。我一直不敢确定，四婶子，这么多年不肯再嫁，是不是为了父亲。在她漫长的一生中，尤其是，当她红颜褪尽，渐渐老去的时候，在无边的夜里，或者，昏昏欲睡的午后，我不知道，她是否还会想起我的父亲。想起当年，那一个意气风发的青年，英俊，儒雅，还有些羞涩，如何见识了她的淹然百媚。那些惊诧，狂喜，轻怜密爱，盟誓和泪水，人生的种种得意，以及失意，如今，都不算了。

愛情到处流传

花
好
月
圆

关于我的父亲，和我的母亲，他们的婚姻，他们的爱情——如果还称得上的话，他们之间的种种纠葛，物质的，情感的，肉体的，精神的，他们之间的挣扎，对峙，相持，以及妥协，以及和解，其实，我并不比芳村的任何一棵庄稼知道得更多。我单知道，他们携了手，在那个年代，在漫长的岁月中，相互搀扶着，走过了许许多多的艰难，困厄。也有悲伤，也有喜悦，也有琐碎的幸福，出其不意的击打。然而，都过去了。记得倒还是记得的。然而，大部分，差不多都已经忘记了。当然，或许，他们是不愿意再去想了。他们的时代，早已经远去了。而今，是我们，他们的儿女的天下了。他们风风火火，来了又去。他们活得认真，没有半点敷衍。这很好。

院门开了，想必是孩子们回来了。他们在躺椅里欠一欠身，就又不动了。他们是懒得动了。

幸福的闪电

星期天上午，蓝翎在阳台上晾衣服。阳光很好，在窗子上静静地绽放，把那棵槐树的影子很清晰地印在墙上，微微颤动着。蓝翎啪啪地抖着衣服，细碎的水珠子飞溅开来，有一些落在脸上，手臂上，凉沁沁的。这是三楼。是那种老式的楼房，深的蓝灰，沉静，低调，透出一种饱经世事的沧桑。树也多。都是很粗的老树，多是梧桐，也有刺槐，银杏树，还有一些，蓝翎叫不出名字。当初来看房的时候，正是夏天。蝉在树上悠悠唱着，一声长，两声短，很是耐烦。蓝翎侧着耳听了一时，说，好吧。我先租一年。

当时，蓝翎自己也没有想到，这一住，就是两年多。

算起来，来北京总也有七年了。对这个城市，说不上喜欢，也说不上不喜欢。仔细想来，或许，终究还是喜欢的。只是，只有她自己知道，这喜欢里，有留恋，还有那么一点怨恨。当初，从家乡出来的时候，她可没有想那么多。怎么说呢，

　　蓝翎这个人，对于生活，向来都是怀有幻想的，或者叫做野心也好。这一点，跟姐姐不同。平心而论，姐姐是漂亮的。比蓝翎漂亮。人又聪明。小时候，功课也好。然而，又怎样呢。姐姐最终没有念大学，永远留在了乡下。结婚，生子，过着平淡宁静的家庭生活。有时候，蓝翎想起姐姐安然的神情，不由地一阵恼火。她的姐姐，怎么可以这样子？让她尤其恼火的是，她的姐夫，只念过小学。憨厚倒是憨厚的。对姐姐也好。可是，这就够了吗？而今，他们有两个孩子，热闹而忙乱。吃饭的时候，姐姐看着她的一双儿女，听他们喋喋地打嘴仗，拿筷子在碗盘里掣来掣去，也不制止，脸上始终淡淡的，也看不出什么。姐夫则低着头，轰隆轰隆喝粥，把嘴唇砸得叭叭响。蓝翎皱了皱眉，心里忽然就烦了起来。

　　蓝翎把最后一件衣服晾好，刚要关上窗子，却看见楼下那间小屋的门半开着。这间小屋，蓝翎是早就注意了。楼的对面，有一排平房，石棉瓦顶子，很随意地搭起来，做自行车棚。也有几间，是住了人的。多是外乡人，在城里打工，或者，做点小生意。也有学生模样的年轻人，几个人合住。一定是考研一族，为的是上某大学的辅导班。这些，蓝翎最是清楚。当年，她可没有这样疯狂。公共课，都是自己一点一点啃，缩在那间狭窄的男厕所里。这是真的。考研之前，蓝翎在省城一家医院工作。诊室旁边，楼梯的拐角处，是一间小屋。一个偶然的机会，她才知道，这是一间从未曾启用的男厕。医院是这样一种地方，每天同各式各样的病人打交道，看惯了生死，让人对人生，对生命，对很多事情，会生出一种异常的迷茫和绝望。有时候，蓝翎坐在窗前，看着后院里，阳光下，一绳子一绳子白色的单子，重重叠叠，布成一个阵，谜一般，在风中飘来飘去，她忽然会感到一种深深的疲惫和厌倦。她想逃离。至少，离开那个永远飘荡着来苏水味的世界。也就是从那个时候开始，蓝翎悄悄钻进那间小屋，复习备考。多年以后的今天，她还能够想起那间小屋里淡淡的霉味，阳光从窗子里漏进来，照在厚厚的一摞书上，书的下面，是那种怪模怪样的小便器。外面，有人在喊，蓝医生，看见蓝医生了吗？不知怎么，蓝翎一直忘不了这种声音。有时候，在梦里，她会被这种声音惊醒。蓝医生，看见蓝医生了吗？她一下子坐起来，手心里湿漉漉的。四周是黑的夜，什么都没有。

　　一阵风吹过来，窗帘飘荡。蓝翎闻到一股草木的腥气，新鲜而蓬勃，经了太阳的熏烤，有些刺鼻。楼下的那间小屋，半开着门。这倒是少见的事情。通常，这间小屋，都是紧紧关闭着。每天，晚饭后，蓝翎喜欢在阳台上坐一坐，看野眼。渐渐地，她注意到，常常有一个男人，带着一个小男孩，从外面回来，或者，锁了门，向外面走。看样子，这是父子两个。冬天的时候，下了大雪，蓝翎上班，经过小屋，发现地上有很清晰的自行车的印子。她就知道，这父子俩，已经出门了。晚上，灯光从小屋的窗子里漏出来，昏黄而温情，蓝翎猜，这父子俩，又回来了。夏天，有时候，小男孩在门前玩耍，蹲在地上，想必是在看搬家的蚂蚁。忽然，却又飞跑起来，嘴里锐声叫着，也不知道在叫什么，往往把蓝翎都吓一跳。做父亲的，则在门旁的炉子上炒菜。他一趟一趟地进进出出，往锅里倒上油，用葱花炝锅，把碧绿的青菜放进去，拿一把铲子飞快地搅动着。油锅飒飒地响，葱花的焦香连同滚滚的油烟，立刻弥漫开来。过路的行人看见了，拿手在鼻子上掩一下，笑一笑。蓝翎站在阳台上，也拿手在鼻子上掩一下，却使劲吸一口气，真香。小屋的窗台上，摆着几盆花花草草。一只罐头瓶里，栽着一棵虎皮掌。还有一只大的可乐瓶，横卧着，被主人从肚子中央剖开，种上一大丛吊兰。农夫山泉的塑料桶，被裁去上面一段，插了几株水竹。水竹的叶子印在窗子上，一笔一笔，仿佛画上去一般。蓝翎看了一眼那扇半开的门，从这个角度，什么也看不见。四下里静静的。一滴水从衣服上淌下来，落在她的肩头，冷不防吓她一跳。

　　吃过午饭，蓝翎歪在床上，拿过一本书，胡乱翻了两页，又扔下了。墙上挂着一只藤草编的篮子，斜斜地插了一束金黄的麦穗，给这间小小的卧室平添了一股朴野的田园风味。麦穗是蓝翎端午回老家，特意从田地里采来的。在某些时候，蓝翎总是别出心裁。比方说，去外地旅游，带回来一大捧芦苇，开着雪白的花，供在书桌上，很是不俗。比方说，房间的摆设，一转眼就变了。原来的素色系列，一下子就绚烂起来。究其实，不过是台布换作一块明亮的黄色棉布，点缀着黑色的小小的花瓣，说不出的神秘和典雅。沙发呢，是那种旧绿，仿佛草木经了风雨的漂洗，让人忧伤，却偏缠绕了暗红的枝枝叶叶，娇娆得很。至于床，更是风情万种。纯白的底子，盛开着紫色的花朵，深深浅浅。左恩顶喜欢她这种别出心裁。蓝翎这间屋子，也只有左恩有机会来光顾。左恩这个人，怎么说呢，按照世俗的标准，是成功的。事业，家庭，身份，地位，该有的，都有了。不该有的，也有了。算起来，同左恩相识，快五年了。五年里，有四年多，左恩在追蓝翎。蓝翎的态度是，若即若离。只这一点，越发地令左恩着迷。蓝翎不是那种有心计的女孩子，故意地让男人费尽周折，百般而不得。蓝翎有自己的做人准则。凡事，她都要过了自己这道坎。对左恩，她就总是过不去。这是没有办法的事。有时候，蓝翎也不禁想，何必，何苦？尤其是，夜里，蓝翎躺在或绚烂或淡雅的床上，夜色像一条河，静静地流淌，然而，只有她知道，这小河的深处，是汹涌的暗流，奔放而动荡，令人眩晕。月光从窗子里照过来，落在她的枕边，她半阖着眼，心里深深地叹一声。也不知道为什么，最近这段时间，蓝翎老是想起她初到北京的日子。大概，人总是这样，喜欢在生活稍稍安定以后，回味之前的种种苦楚，带了一种自怜。当然，蓝翎现在，说不上多么好，也说不上坏，在一家机关，过着循规蹈矩的生活。平淡，然而也安宁。不像从前。那时候，她还没有毕业，却面临着失业的境地。她怀里揣着厚厚的简历，到处碰壁。那时候，她才知道，对于外乡人，这座城市，是多么的残酷。她挤地铁，赶公交，奔波在一个一个招聘会之间。吃最便宜的盒饭，甚至，一天下来，舍不得买一瓶矿泉水。而今，都过去了。户口也有了。工作，也还算体面。这间小屋，租来的，却到底有了安身之所。这令她稍感心安。在这个城市里，她是无数个平凡人中的一个。上班，下班，不多的娱乐，欲望，拼命攒钱，为了买得起房子。也只有回到家乡的时候，在人们羡慕的目光中，她才生出那么一种薄薄的优越感。可是，这都不算。谁会想到呢，在北京，她有着怎样的生活？有时候，晚上，站在阳台上，看着人家窗子透出的点点灯光，饭菜的香味，女人的斥责声，小孩子的尖叫，她都忍不住鼻腔里泛起一片酸楚。这个时候，她就茫然得很。她总是想起姐姐，还有家乡，那样的生活，或许也不坏吧。她也不知道，自己为什么一定要来北京。也有时候，她在心里暗暗咬牙，她恨这个城市。它令她吃了这许多的苦。她绝不轻易放过它。

　　蓝翎是被手机铃声惊醒的。她躺在床上，茫然地看着四周，忽然感到异常的萎顿。阳光静静地爬到墙上，钟表滴滴答答地走着，带着一种恼人的仓惶。手机丁的一声，是短信提示音。可是，她不想看那些短信。这些年，一个人，在这个城市，她什么没有遇见过？如今，偶尔回头看看，不免惊出一身的冷汗。蓝翎侧起身子，把脸在手掌上枕着，太阳穴一跳一跳，清晰得有些怕人。坐起来的时候，半边身子都酸麻了，像无数个蚂蚁在细细地啮咬。蓝翎伸了伸手臂，把脖子转一转，慢慢踱到阳台。那盆绿萝被日光穿过，青得耀眼。蓝翎站在窗前，不由自主地朝对面看去。那间小屋的门虚掩着，四下里很静。蝉在树上拼命地叫着。蓝翎发了一会子呆，怅怅地关上阳台门。她自己也不知道，她为什么总是想起这父子俩。那做父亲的，也不过三十岁的样子，很

幸福的闪电

　　周正的一张脸，平头，称得上清爽，眼神从容，没有乡下人在城市里那种无端的惶恐。每天，他都带了那个小男孩，骑着车，一路摇着铃铛，从小区那个铁栅栏门里出出进进。他去哪里？干什么工作？那个小男孩，他的儿子，在上幼儿园吗？或者，已经上了一年级？自始至终，蓝翎没有发现女人。那么，这个小屋，就是这父子俩栖身的家了。男人的妻子，孩子的母亲呢？蓝翎把头靠在沙发上，慢慢喝了一口橙汁。手机又丁地响了一下，提示她有一条未读短信。蓝翎把手机拿过来，却不是左恩。是二手房买卖信息。不知怎么，蓝翎有些失望。她这才知道，在她的生活中，左恩，似乎成了一种习惯，左恩的骚扰，或者叫做追求也好，已经成为她日常生活的一部分。这个发现令她恼火，同时也有一种微微的不安。左恩。他喜欢她，这一点，她可以确定。可是，她不能确定的是，她是不是真的喜欢他。而且，他背后的那个家庭，他的妻儿——他是认真的吗？或者，是在尝试一场感情游戏？理智地讲，左恩是一个很好的结婚对象。可是，有时候，蓝翎承认，自己不是一个太理智的人。为这一条，蓝翎对自己是又气又恨。

　　太阳一点一点从楼房后面掉下去了。小区里慢慢热闹起来。外出的人们都回来了，自行车叮当响着，人们提着大包小包，踢踢托托上楼，抱怨着交通，还有闷热的天气。蓝翎早早吃好了饭，在阳台上站着，朝外看。层层叠叠的灰色的楼顶，连成一片。院子里，谁家楼前的一小片地，用篱笆围起来，种了月季，还有美人蕉，泼辣辣开着，是热闹的市井气息。远处，一个声音传过来，遥遥地，带着几分欢快和苍凉，磨剪子喽——戗菜刀——唱歌一般。蓝翎躲在黑影里，轻轻笑了一下。天就要黑了，这做生意的，真是勤勉。这时候，楼下的那一对父子，想必已经吃过了晚饭。男人端出一盆水，准备擦洗。正是晚饭的时间，院子里渐渐安静下来。偶尔有一辆自行车，泥鳅一样，从黑影里冲出来，一掠而过。这个时间，是这对父子的洗浴时间。通常，父亲先给儿子洗。让小人儿光了身子站在大盆里，忒啦忒啦，往身上撩水。儿子咯咯笑着，发出愉快的尖叫。做父亲的呢，低声呵斥着，声音里有明显的纵容，偶尔，在光着的小屁股上啪的拍一下，带着清脆的水声。洗完了，只那么一拎，就把湿淋淋的小人儿拎出来，快步进屋，扔到床上。里面立即传来父子俩的嬉戏声。过一会，做父亲的重新烧了水，端了盆，在门外洗起来。湿毛巾在背上啪啪响，哗啦哗啦的水声，在这寂静的黄昏格外响亮。蓝翎呆呆地站在窗前，看着楼下那个湿淋淋的身影，浑身的肌肉一块一块饱绽出来，在黯淡的天色中，闪着一种奇异的光泽。黑影中，蓝翎的脸慢慢红了。她闭上眼，空气里飘荡着一股肥皂的香气。天色越发黯淡下来。远远近近的树木，沉默地站着，黑黢黢的，带着一种莫名的神秘气息，令人着迷。

　　左恩的短信发过来的时候，蓝翎刚洗好澡。左恩在短信里说，想你。蓝翎看了一眼，笑了笑。左恩向来这样，总是在短信里放肆，当着面，却又拘谨了。蓝翎擦好头发，在风扇前吹着，睡袍鼓起来，像鸟的翅子，一拍一拍。左恩的短信又发过来，吻。蓝翎哗啦一下删掉，心里没来由地跳起来。风凉凉的，溜进睡袍里，摩挲着她发烫的肌肤。夜里，蓝翎做了一个奇怪的梦。她和一个人，纠缠了一夜。她尖叫着，在云端飞翔，耳边，是呼呼的风声，还有喘息，呻吟，模糊的呢喃，有一种蚀骨的力量，慢慢把她融化，她变成了一条河，汹涌澎湃，泛滥成灾。醒来的时候，天已经亮了。晨光透过窗帘漏进来，屋子里的家具正慢慢显出轮廓。蓝翎半闭着眼，身体里的潮水还没有完全平息。脸上湿漉漉的，分不清是汗水，还是泪水。枕头的边缘，盛开着半朵凤凰花，有一种令人心疼的妩媚。蓝翎打开手机，给左恩发短信。醒了吗？看看时间，五点四十。这个时间，周末，人们都在睡懒觉。蓝翎想象着左恩看到短信时的样子。蓝翎很少主动给左

幸福的闪电

花好月圆

恩发短信，电话也少。在她和左恩之间，她向来是被动的一方。当然，也可以说是主动。左恩说过，蓝翎你真坏。谁越主动，谁就越被动。左恩说这话的时候，一瞬不瞬地看着她，一直看到她的眼睛里去。

洗漱的时候，蓝翎还在想着夜里的梦。她忽然心里一跳。她想起来了。那个男人，竟是楼下的那个人。她深深吸了一口气，满嘴的牙膏沫子，带着一股柠檬的味道，清新而锐利。真是要命。蓝翎喝了一口水，让它们在喉咙间汩汩地盘桓，良久，才慢慢地吐出来。蓝翎忽然很生自己的气。她看着镜子里的自己，打开龙头，掬了一捧水，劈头盖脸洒下来，弄了一身的水珠子。手机在客厅里唱起来，她知道是左恩，任它唱。她自顾在梳妆台前磨磨蹭蹭。手机很耐心地唱，一遍又一遍。这个左恩，想必是刚起了床。穿着睡衣，躲在卫生间里，急得团团转。他妻子呢，醒了吗，或者，已经上街买早点了。他说过，他妻子是一个贤妻良母。他呢，最喜欢吃楼下老孙家的绿豆煎饼。蓝翎在心里笑了一下。

太阳慢慢明亮起来。蓝翎把窗子打开，早晨的空气扑面而来，十分的清新宜人。槐树上，槐花已经败了，正有淡绿色的槐米长出来，丛丛簇簇的，散发出微微的香气。这一带，树木蓊郁，多有禽鸟飞飞落落。最多的，就是乌鸦了。据老人们讲，这一片本是坟地，后来，历经变迁，才有了现在的一所大学。大学里都是韶华青年，血气旺盛，唯如此，才能够镇得住坟地里的千年阴气。上下班，蓝翎都要经过一条林荫道，路面上，白花花一片，是乌鸦屎。老树遮天蔽日，抬头望去，深秀茂密，只听嘎的一声，一个黑的身影箭一般一掠而过，不见了。暑气慢慢蒸腾起来。远处，传来隐隐的市声。小屋的门半开着，男人把自行车放倒，猫着腰，正把链盒里的珠子抠出来，拿一块油污的布，一颗一颗地擦拭。小男孩蹲在地上，聚精会神地看一只碗。蓝翎这才发现，碗里，有两条小鱼，橘红的身子，在水里栩栩地游动。偶尔，小男孩叫一声，爸爸，快看，它们打架了。男人嘴里应着，并不抬头，兀自埋头干活。汗水一点一点把男人的背心洇湿，他想了想，索性把它脱掉，赤着膊。随着动作，手臂上的肌肉一跳一跳，像小耗子。小男孩呢，也学着父亲的样子，把身上的小汗衫脱掉，露出单薄的小身子。太阳越来越热了，漠漠地，在地上投下白金的影子。父子俩，在这茫茫的太阳地里，显得格外渺小，孤单。蓝翎入神地看着，不知怎么，她的心里就细细地疼了一下。蓝翎叹口气，回到屋里，从冰箱里拿出一盒酸奶，拿麦管慢慢地啜吸。

下午，蓝翎去了一趟超市。通常，每周她都要集中采购一次。这是一个老住宅区。这样的周末，人们都从家里出来，三三两两，坐在小马扎上，聊天，下棋，也有的，只是那么坐着，定定地，眼睛看到虚空里去了。一对年轻人，在路边的花圃旁，拥在一起，半晌，一动不动。老人们看了，就把头扭过去，叹一声，如今的孩子，简直是——然而又笑了，笑得有些恍惚。他们是想起了自己的好时候。两个老人，在对面，准备过马路。老先生拎着一尾鱼，一把青菜，老太太抱着一个油汪汪的纸袋子，跟在丈夫身后，神情安详。蓝翎想起了她的父母，他们，这个时候，也该睡醒了吧。父亲，是不是又到他的田里转悠了。有那么一刹那，她忽然发现，那个僻远的小村子，其实一直就在她的心里。从来不曾离开过。在异乡辗转的这些日子里，她曾经以为，她忘了，过去的一切，全忘了。然而，这个时候，她才肯承认，它们都还在。硬硬的，鲠在喉间，然而有时候，忽然就软下来，简直一时都无法收拾了。

回来的时候，天色已经黯淡下来了。蓝翎提着大包小包，不时地停下来歇一歇。走到小屋门前，蓝翎慢下来。房门紧闭，四下里静悄悄的。窗台上的花花草草，在风中微微摇曳。那个灶

幸福的闪电

台，原来是一张旧桌子，上面垫了两块瓷砖，现在，上面的液化灶已经被搬到屋里了，留下一个很清晰的油污的印子。蓝翎立在那里，看了看手里的一大堆东西，巧克力，棒棒糖，草莓派，薯片，还有一个变形机器猫。她也不知道，自己怎么会买这么多小孩子的食品，还有玩具。夕阳正把最后一线光辉一点一点收起，黄昏慢慢降临了。来往的行人，走过去老远了，还要回头看她一眼。莫名其妙。她心里骂了一句。人们或许是想，这么一个华服的女子，站在粗陋的简易房门前，提着一大包东西，她要做什么？蓝翎忽然感到一阵气馁。

整个晚上，蓝翎心神不宁。晚饭是水果沙拉，还有一盒酸奶。这段时间，她正在减肥。其实蓝翎也不胖。在她这里，减肥，已经成为一种习惯了，一种时尚的习惯。其间，左恩来过几个短信，她没有回复。无非是，问她在家吗，在做什么，想她。蓝翎忽然对左恩，对自己同左恩的关系，产生了一种深深的厌倦。她想给父母打个电话，可是，她不能。家里的电话掐了，母亲的意思，为了省去月租费。她坐在地板上，把电话绳一松一紧地拽来拽去。这个时候，姐姐在做什么呢？周末，晚上，十点钟，姐姐一定睡着了吧。姐姐和姐夫，他们还好吗？他们，恩爱吗？然而，无论如何，他们守着土地，守着两个孩子，预备踏踏实实走完这一生，也许不会有多少故事，然而，朴素，清白，也平淡，也温暖。蓝翎自己呢，她不知道。这是真的。她想起来那家医院，男厕所，淡淡的霉味，阳光透过窗子照进来，厚厚的一摞书，看也看不完。外面，有人在喊，蓝医生，看见蓝医生了吗？

不知道过了多久，楼下一阵自行车的响声。蓝翎把手里的遥控器扔开，光着脚，跑到阳台。外面一片黑暗，什么都没有。

新的一周是忙碌的一周。蓝翎去南方出一趟公差。蓝翎喜欢旅行。尤其喜欢坐火车旅行。要是夜火车，就更好了。苍茫的夜色中，一个人，穿越千山万水，去往远方。这是多么令人着迷的事情。铁轨咣当咣当地响，车身微微颤栗，把一切都抛下，远远地抛在身后。暗夜下，星光迷茫。远方在更远处，拒人千里，而又蛊惑人心。蓝翎喜欢这种感觉。

　　回来的时候，正是周末。蓝翎拖着拉杆箱，经过小屋的时候，她发现，似乎有什么不一样了。小区里，照例是人来人往。蓝翎不便在屋前逗留，匆匆上了楼。这一趟出差，她是累了。地方上的人，简直把他们当作钦差大臣。应酬。忙不完的应酬。有时候，过度热情，反而令人不适。蓝翎洗澡，正要关手机，左恩的电话打进来。这些天，左恩一定急坏了。一周杳无音信，这在以前，是不曾有过的。当然，也许情况正好相反。左恩打这个电话，是闲极无聊时的一种试探。蓝翎把头摇了摇。她料想，左恩还没有这么坏。虽然，有时候，她也怀疑，左恩之所以这样几年如一日地追她，孜孜不倦，是不是就是因为她始终在拒绝。左恩是一个很强势的男人。无论是在事业上，还是在生活中。他可能热衷于征服，征服一切，包括爱情。蓝翎把手机调成静音，上床睡觉。

　　早晨，蓝翎调蜂蜜水，喝牛奶，烤面包，她把窗子打开，却愣住了。小屋果然不一样了。门上，挂了一个布帘，粉色的底子，盛开着米字的小花。最上端，横着绣了几个字：幸福之家。这个粉色的布帘，在这一排简易房中，显得格外不协调。蓝翎思忖着，布帘的颜色，还是低调一些的好。蓝翎记得，有一回去云南，她曾经买回来一块蜡染的布料，浓浓淡淡的蓝，做一个布帘，倒很相宜。正胡思乱想着，粉色门帘一动，一个女人走出来，端着一个大塑料盆。蓝翎心里突的跳了一下。女人坐下来，开始洗衣服。女人埋着头，看不清她的脸，只看见一个背影，双肩一耸一耸，奋力搓着。偶尔，她抬起手，把掉到额前的一缕头发捋到耳后。良久，女人站起来，把一盆满是肥皂泡的水泼出去。地面上腾起细细的烟尘。肥皂泡在阳光下闪烁着，一个一个破裂了，蓝翎似乎听得见它们破裂的声音。女人在旁边的两棵树之间系了一根绳子，不一会，花花绿绿的衣服晾出来了。蓝翎认得，有男人的衬衫，裤子，小孩子的背心，裤衩，还有一件，一定是女人的胸罩，被女人巧妙地掩藏在男人的衬衫里面。早晨的阳光真亮，亮得刺人的眼睛。蓝翎拿手背挡一挡，这才吃惊地发现，自己竟然满脸泪水。她想挣扎着离开，却忽然感到浑身无力。

　　风从窗子里吹过来，热热地，扑上人的脸。远处，有隐隐的市声，仿佛从遥远的旷野传来，有一种繁华的荒凉。太阳越来越亮了。新的一天开始了。

小年过

腊月二十三这天，是小年。在芳村，家家户户都要祭灶。

翠台起得早，把院子里的雪都扫了，堆到树底下。水管子冻住了，她又烤了半天。接了水，做了饭，翠台迟疑着，是不是该去新院里叫孩子们。

一夜大雪，树枝，瓦檐，墙头，都亮晶晶的，银粒子一样。翠台想了想，扛着把扫帚就上了房。房上雪厚，翠台哗哗哗，哗哗哗，扫得热闹。扫完，翠台拿一条毛巾，立在院子里，噼噼啪啪地掸衣裳。根来在屋子里说，干活不多，动静不小。翠台一时气得发怔，她本就生得白净，两颊上的一片烟霞直烧到两鬓里去。想噎他一句，一时又想不出好词儿，就径直走进屋子，一把把根来的被子掀了。根来恼了，都是当婆婆的人了，好看？

院子里有人说话，是喜针。喜针一脚就进了屋，也不避床上的根来。根来只好把头蒙上，装睡。喜针絮絮叨叨的，说起了儿媳妇。喜针这人，嘴碎。翠台嗯嗯啊啊的，敷衍着，不说是，也不

27

说不是。清官难断家务事。何况是婆媳恩怨。喜针住西邻，同那儿媳妇，抬头不见低头见，说深说浅了都不好。喜针见翠台心不在肝上，就岔开话，问孩子们哩，怎么不过来吃饭？翠台说，这不，正要过去叫哩。

下了一场大雪，空气新鲜清冽，仿佛洗过。家雀子在树枝上叫，嘁嘁喳喳，嘁嘁喳喳，一不小心，抖落一阵阵的雪沫子，乱纷纷的，像梨花飞。村路上的雪有半拃厚，踩上去吱吱呀呀响。四周静悄悄的，整个村子笼在一层薄薄的寒霜里，偶尔有一两声鸡啼，悠长，明亮，像一道晨曦，把村野的宁静划破。

村南这一片，先前是庄稼地，如今都盖满了新房子。这才几年。高门楼，大院子，都气派得很。楼房也多。二层小楼，装修得金碧辉煌的，宫殿一样。朱红的大门，漆黑的大门，草绿的大门，橘黄的大门，一律贴着大大的门神，威风凛凛。对联有梅红，有桃红，有胭脂红，上面有写"春到堂前添瑞气，日照庭院起祥云"的，有写"福满人间家家福，春回大地处处春"的，有写"又是一年春草绿，依然十里杏花红"的，墨汁饱满，漆黑中透着青绿，映着满地的雪光，十分的醒目。

新院旁边，是勺子叔家的麦田。麦田上厚厚地覆了一层雪，银被子一样。真是一场好雪。冬天麦盖三层被，来年枕着馒头睡。这是老话。自然，如今的人们，看粮食不那么亲了——只要有钱，什么买不到？当初，为了要这块宅基地，没少给人家勺子叔说好话。论起来，勺子叔也是没出五服的本家，可如今这世道，谁还论这个？六万块，一分都没少给，还白落了个天大的人情。饶是这样，翠台还让根来提了鸡鸭烟酒去人家看望。又请二爷出面，白纸黑字，把这桩事敲实了。卖给谁不是卖？村子里的人们，眼巴巴盯着的正多。没有地，就盖不成房。盖不成房，就娶不成亲。这是硬道理。怎么说，自家在坎坷里，是人家拉拽了一把。无论如何，得认这个。

　　大红的双喜字，还在黑漆大门上贴着，有一角被风掀起来，索索索索地响。翠台踮起脚尖，用唾沫把那一角抿一抿，压了压，好不容易粘好了，倒弄了一手的红颜色。大门上铜环哗朗朗响，也不见里面有动静。翠台就把门环再扣一扣，叫大坡，大坡，还是没有人应。究竟是年轻人，觉多，贪睡，又是新婚燕尔，自然便懒怠些。翠台把嗓门提高了，叫大坡，大坡喔，里面静悄悄的。翠台立在门外，想了想，掏出手机打电话。刚要拨，又停下了。大清早的，还是叫孩子们多睡会吧。还有一条，惊了孩子们的梦，大坡倒是没什么，自己的儿子么。可是儿媳妇呢，儿媳妇不会不高兴吧。儿媳妇不高兴，儿子就不高兴。儿子不高兴，翠台也会不高兴。亲娘俩儿，肝花连着心哩。

　　儿媳妇娘家是田庄。都说田庄的闺女刁，翠台想，自己一辈子脾性柔软，根来也是个好性儿的，大坡呢，又是个老实疙瘩。娶个刁的，倒改了老刘家门风了。刁的好。芳村有句老话，淘小子是好的，刁闺女是巧的。可谁知娶回来一看，却是一个极乖巧的。人又俊，嘴又甜，安安静静的，言语举止伶俐，却有分寸。翠台看在眼里，喜在心里，就把婚前的那一点疙瘩慢慢解开了。

　　怎么说呢，其实，那件事，也不能怪人家。如今，有谁家的闺女不要楼房呢。没有楼房，就得有汽车。这也不是芳村的新例。十里八乡，如今都兴这个。大坡没有楼房，汽车呢，也没有。闺女家就有点不乐意。闺女的娘让媒人捎话过来，不是非要楼房汽车不可，庄户人家过日子，摆花架子给谁看？可如今，人家都有，独咱闺女没有，这就不好了。知道的，说这闺女明事理，不知道的，还不定说出什么不像样的话来。黄花闺女家，好说不好听呀。媒人是村西的花婶子，花婶子说，人家说的在理。要不咱再凑一凑。翠台心里火烧火燎的，油煎一般。理是这个理。可钱哪里就那么好凑？大日子也定下了。黄道吉日，又不好改。一则日子是请布袋爷看的，腊月十六，大吉日，宜婚娶。二则呢，响器啊车轿啊厨子啊碗盘啊都订下了，宾客们都请好了，喜帖子，也都送出去了，要是再改，非得乱套！还有一层，翠台这个人，心性高，爱脸面，人前人后，不愿意露薄。这一闹，还不让人家白白看一场好戏。如今这芳村，人心都薄凉了，遇上事，旁人是添言不添钱。是苦是咸，还不得自己一口口品尝。思来想去，翠台就咬咬牙，让根来去买辆二手车。根来说，有钱就买新车，没钱干脆不买。二手车！翠台就骂。骂根来窝囊废，骂如今这时气坏，骂完狗，又骂鸡，骂着骂着就哭起来。哭自己的命，哭死去的亲娘，怎么就那么狠心肠，把她扔在这个世上受苦，却撒手不管了。根来也不回嘴，也不劝，任她哭。怎么劝？没法劝。钱是人的胆。没有钱，说出来的话都是软的，说一句错一句，说一百句错一百句。好像是，烈火上烹油，越烧越爆。

　　哭了一场，翠台去了妹妹家。

　　芳村这地方，多做皮革生意。认真算起来，大约也有二三十年了吧。村子里，有不少人都靠着皮革发了财。也有人说，这皮革厉害，等着吧，这地方的水，往后都喝不得了。这话是真的。村子里，到处都臭烘烘的，大街小巷流着花花绿绿的污水。老辈人见了，就叹气。说这是造孽哩。叹气归叹气，有什么办法呢。钱不会说话。可是人们生生被钱叫着，谁还听得见叹气？上头也下过令，要治理。各家各户的小作坊，全都搬进村外的转鼓区里去。上头口风松一阵，紧一阵，底下也就跟着一阵松一阵紧。后来，倒是都搬进转鼓区了，可地下水的苦甜，谁知道呢？

　　翠台的妹妹素台，开着一家皮具厂。楼房住着，汽车开着，做美容要到县城，买衣裳要上省城，家务活呢，雇人做，油瓶倒了不扶。在娘家的时候，素台喜欢偏头疼。念书也头疼，干活也头疼。穷人生了个富贵病，只有好吃好喝养息着。翠台顶看不上这妹妹。可有什么办法呢，人强不如命强。自小看不上的妹妹，偏偏就有这个好命。妹夫吧，人倒还厚道，本事又大，人样儿又好，就是有一样，怕媳妇。也不知道这个病秧子似的妹妹，怎么就能把这样的男人拿得住。

素台见姐姐上门，红肿着一双眼睛，便知道有事。故意地，东拉西扯，不入正题。翠台看着她一脸白花花的面膜，妖精似的，摇头摆尾的样子，便恨得咬牙。有心要走，又记着自己的事，也只有强颜赔笑着，尽把好听的话说给妹妹听。噜里噜苏，说了一箩筐。素台到底年纪轻，沉不住气，忍不住道，说吧，姐，多少？翠台吞吞吐吐地说，那什么，大坡的事……人家闺女要车……素台说，要车，要车就给买呗。如今都兴这个。四个轱辘的，就是比俩轱辘的跑得快。翠台知道妹妹的脾气，只好软下身段，赔笑道，总不能为了一辆车，把亲事黄了。旁人我也张不开嘴，就只有再……素台说，看你拐弯绕圈的，白绕了二里地，真是。说着到梳妆台前，拉开抽屉，把一张卡扔过来，说这是十万，你看够不够？翠台忙说够了够了。这还不够？心里怦怦跳着，脸上就有点发烫。那卡硬硬的在手掌心里硌着，像小烙铁，烙得她手心里热热的出了汗。拿了钱，也不好立马就走，便又说起了爹。翠台说刚把爹的床单被罩换洗了，素台说噢。翠台说前天赶集，给爹买了一双鞋，爹好穿布鞋，可如今的人，哪里有闲工夫做？素台说噢。翠台说，那什么，娘的忌日快到了，你忙你的啊，知道你忙，空儿缺。我一早去坟上烧把纸——其实顶个啥，都这么多年了。素台说噢。翠台见她忙着弄那白花花的面膜，就说那什么，你忙，我先走。素台对着镜子说，不在这儿吃啊？

把媳妇娶回家，翠台的一颗心略略放下些。

村里人见了，都夸新媳妇模样好，性子好，又夸翠台好命，年纪轻轻的，倒当上了婆婆。翠台就笑。喜针也是同年娶的新媳妇，听了人夸，就撇撇嘴，说，说什么好命不好命的话！如今这世道，不是婆婆使媳妇，倒是媳妇使婆婆。翠台忙朝院子里张了

小年过

张，说别乱说。这话让人听见，不好听。喜针说，听见不听见，谁不清楚？这世道！翠台不敢再接话茬。喜针是根炮捻子，一点就着。人呢，又张扬，蝎蝎螫螫的。嘴又碎，话又多。不知道哪句话传到新媳妇耳朵里，就不好了。再怎么，婆婆和媳妇，还隔着一层肚皮么。

新媳妇叫爱梨。当初提亲的时候，翠台便觉得这名字不好。梨呀梨的，不吉祥。有心要改，却又有些不敢。芳村这地方，新媳妇进门，改名字的倒是不少。但那都是早些年的事了。比方说，叫平俊的，因了婆家叔叔叫平起，冲撞了一个字，就得把这个字改了，要是恰好妯娌或小姑子叫双芬，那就改做双俊。人们双俊双俊的叫，一叫便叫了一辈子，倒把原先娘家的名字忘记了。翠台把这事同根来商量，根来说，哪那么多事？翠台说，那你说，就不改了？根来说，改啥改？我看就挺好。翠台撇嘴说，人家叫一声爸，就不知道东西南北了！根来说，你胡呲个啥？

有性急的孩子在放炮，噼啪，噼啪，把寒冽的早晨震得恍惚。门楣上方挂着彩，在风中颤动着，索索索，索索索，像是高兴，又像是紧张。翠台张着耳朵听一听，一点动静没有。大门高阔轩敞，翠台立在门下，倒有一种格外渺小的感觉。这大门，还是她一手订做的。请了方圆几十里最好的木匠，好烟好酒好饭菜，图的是什么？还不是人家的好手艺！这大门，这门神，这彩，这房子的一砖一瓦，这新房里的一针一线，哪一件不是经了翠台的手，花了翠台的心思？从轰轰烈烈地置地盖房子，到战战兢兢地提媒相亲，热热闹闹地迎娶进门，这中间，她吃了多少苦，受了多少累？怎么到如今，好像是，房子成了旁人的房，家呢，也成了旁人的家，她翠台，倒成了一个外人，大清早的，立在人家的屋檐下，进也不是，退也不是，竟是进退两难了。

远远的有人过来，小心翼翼的，像是怕摔跤。翠台赶忙又把门环扣一扣，嘴里叫大坡——大坡喔——那人渐渐走近了，才看清是香罗。香罗穿一件皮大衣，貂皮领子毛茸茸的，在寒风里颤巍巍抖着，显得又风骚，又富贵。翠台瞅了瞅自己身上的旧棉袄，脸上热了一下，刚要搭讪，香罗却开口了。香罗说这是叫大坡他们？翠台说，是呀，叫他们吃饭。香罗说，还没起？翠台说孩子么。翠台说孩子们觉多，筋懒。香罗嘎嘎笑起来，说这个时候，蜜糖似的，正黏糊。翠台说可不是。香罗说，三茶六饭伺候着，看把他们惯的。翠台脸上有点挂不住，她在棉袄兜里摸索了一时，掏出手机就给大坡打电话。一个囡女在里面说，你所拨打的电话已关机。翠台有点恼火。当着香罗，大坡这是啥意思么。

香罗看她急吼吼的样子，便笑了一下，说如今的小年青儿……香罗顿了顿，说如今的小年青儿，自在呀。翠台正想着替儿子分辨，香罗又说，大坡过年还走不走？舍不舍得走？翠台说，有什么不舍得？香罗说，这么俊个小媳妇。香罗说这么俊个小媳妇，舍得走才怪。翠台心里不自在，刚要开口，香罗又说，赶明儿我跟大全递一句，愿意的话就去厂子里干，到底一个村子，来回近便。翠台脑子里乱轰轰的，一下子不知道说什么才好，正心里纠缠着，香罗身上的手机唱起来，香罗接了，嗯嗯啊啊地应着，冲翠台摆了摆手，一扭一扭地走了。

翠台看着她的背影，心里百般滋味。香罗的高跟鞋一歪一歪的，走得艰难。翠台心想，大雪天的，何苦。

论起来，这香罗是翠台的堂妯娌。香罗的名气大。在芳村，有谁不知道香罗呢。就是在整个青草镇，香罗恐怕也是一个妇孺皆知的人物。香罗的名气，倒不是因为她的好看，用芳村人的话，香罗撩人。香罗的男人根生，又是个软柿子，被香罗拿捏惯了的。这些年，怎么说，家里的吃穿用度，也是全靠了香罗。香罗在芳村盖了新房，高墙大院，铁桶一般。香罗还在县城置了楼房，买了汽车。有时候，根生倒是想说，嘴里却没了舌头。张张嘴，也就咽下去了。芳村人呢，见人家日子过得火炭一般，倒都

小年过

心服口服了。怎么说呢，这世道，向来是笑贫不笑别的。

香罗在县城开了一家发廊，叫做香罗发廊。发廊白天做头发，晚上就神秘了。有人说，这香罗，怕是要发了。也有人说，这是本事。有本事你也开一家？芳村的女人们，鸡一嘴鸭一嘴的，是说笑的口气，听上去，仿佛是看不上，却又有那么一点酸溜溜的味道。香罗的衣裳，是领导芳村时尚新潮流的。香罗的头发，香罗的首饰，香罗的化妆品，都是芳村女人们学习的榜样。也不知道从什么时候开始，芳村女人们的语气，都渐渐一致了，话里话外，全是奉承的意思。人家香罗——这是她们的口头禅。男人们呢，便是另一种口气了。在这种事情上，男人们都是心领神会的。香罗是芳村的媳妇，忌讳自然更少些。若是芳村的闺女，便又两样了。男人们向来是有一肚子的坏肠子。有嘴浅，不沉着的，便卖弄起自己的见识来。大家都哄笑了。有什么办法呢，女人和女人，硬是不同。人家香罗，都四十出头了，哪里像！

想当年，翠台同香罗，是同一年嫁到芳村。同年的新媳妇，又是本家，自然也就更亲近些。她们两个，谁不知道谁？新媳妇，在婆家难免有些拘束，男人们大大咧咧的，只知道粗鲁，哪里在乎女人的心思？她们是妯娌，她们的婆婆呢，也是妯娌，她们的缘分，怕是早就种下了吧。她们又都生得好模样。用芳村人的话，这妯娌俩，一个金盘，一个玉碗，一碰叮当响，真是好听得很。私下里，她们一起做针线，作伴赶集，一些个闺房里的体己话儿，也是头碰头地说过的。可是，从什么时候开始，她们就渐渐生分起来了？好像是许多年前的事了。翠台想了想，到底是想不起来了。

远远地，有豆腐梆子在敲。邦邦邦，邦邦邦，邦邦邦。翠台心里盘算着，是不是买一块豆腐，中午炖菜吃。转念一想，腊月二十三，小年，怎么也该包顿饺子，才像样。有新媳妇呢。看样子，爱梨也是个好吃饺子的。那一回，前前后后，大约吃了有一碗多吧。能吃好。翠台见了饭量好的，就喜欢得不行。大坡饭量就好，不像二妞，吃猫食似的，看了叫人着急。二妞说是年二十九回来。翠台掰着指头算了算，今天二十三，二十四，二十五，二十六，二十七，二十八，二十九，满打满算，统共还有六天。有什么要紧的工作，非要熬到年根儿底下？二妞说，城里人都这样，过年放假短，就这几天。二妞在电话里声音脆生生的，小铃铛一般。翠台知道辩不过她，便叹口气，说，那你给我带个女婿回来。那头二妞就不吭声了。

手机滴滴两声，是根来的短信。根来说刘家庄的老舅殁了，他得去吊个纸。翠台抬头看看新房子的大门楼，红喜字索索索索响着，里面还是没有动静。她刚要举手扣门环，想了想，到底还是罢了。

薄薄的寒霜轻轻地笼着，雪光映着天色，明晃晃的，叫人有些眼晕。树木的枯枝印在雪的背景上，仿佛画上去一般。鸟窝大而蓬松，像是结在枝桠间的肥果子。不知道是老鸹窝，还是别的什么窝。雪地上，已经有了零零落落的脚爪子。大红的鞭炮纸屑，落在白雪上，梅花点点，煞是好看。翠台走得心急，微微出了一身细汗。到了家门口，看见喜针正关门出来。喜针拎着一只老母鸡，见了她便说，回来了？我去小令家换只红公鸡。翠台说，给谁许的，这是？喜针说，还有谁？小子。一颗心掏出来，白喂了狼。翠台说，自己生养的孩子，看你说的。喜针说，花喜鹊，尾巴长，娶了媳妇，忘了娘哪。

早饭还在炉子上煨着。有年糕，有烙饼，还有一碗鸡蛋羹。蒜薹炒肉盛在盘子里，是特为给孩子们做的。新媳妇，总不见得叫人家跟着顿顿吃大白菜。左等右等，不见孩子们过来，翠台就掀锅掰了块馒头，潦草吃了。红公鸡在笼子里咕咕叫着，脾气很坏的样子，仿佛知道自己大限已到。这红公鸡是给大坡许的。大坡自小身子单弱，三灾六病的，翠台深怕这孩子不成人，就到村西小别扭媳妇那儿烧香许愿。小别扭媳妇是芳村有名的"识破"，那一回，小别扭媳妇特意请了菩萨下来，替翠台许愿，许的是一年一只红公鸡，求菩萨保着大坡四时平安，长大成人。从当年开始，一直许了二十一年。二十一岁上，也就是今年，大坡娶亲。翠台暗自喜欢，趁着腊月二十三祭灶，烧香还愿。这还愿的公鸡，须得是红公鸡，错不得。因此上，到了年关，红公鸡就格外的珍贵。翠台这红公鸡是自家养的，左挑右拣，十分精心。火红的鸡冠子，火红的鸡翎子，又漂亮，又威武。翠台琢磨着，先在菩萨前上供，再在灶王爷前上供，也不知道，这菩萨和灶王爷有什么先后没有。礼多人不怪。想来各路仙家也是如此吧。上完供，等根来后晌回来，把这鸡杀了。

　　肉馅是现成的，翠台又剁了半棵白菜。一面剁，又想起了香罗的话。大坡原先在城里打工，如今娶了亲，按理是不该再走了。新媳妇家，扔在家里，使不得。私心里，翠台也想早点抱孙子。趁现在年纪还不算大，有力气帮他们带。还有一层，如今的芳村，也不比从前了。两口子闹意见的忒多。现如今的年轻人，见识多，心活，魂野，胆也肥，一言不合，动不动就离。这两年，村子里有多少人闹离的？婚姻大事，儿戏一般。这世道，当真是乱了。要是大坡再去城里，小两口离别久了，难保不生事。要是不去呢，难道就在家守媳妇，白闲着？盖房娶亲，一桩连着一桩，把家底都掏了，坐吃山空，是万万不成的。要真能去大全的厂子，倒是好极了。大全是谁？大全是芳村的大能人，首富，身家财产，谁能猜得透？要是同大全比起来，素台家那厂子，顶多是个马尾巴拴豆腐，提不起来了。芳村人都说，大全上头有人，要不然，怎么能这么顺风顺水？也有人说，大全这家伙，上头有人没人倒说不好，恐怕是，底下的人太多了，够他忙！大全这家伙！人们说这话的时候都笑，却也是恨恨的。翠台也不知道想到了什么，脸上就滚烫起来。这一回，恐怕是要求一求香罗了。

香罗。翠台很记得，刚嫁过来的时候香罗的样子。那时候，芳村已经兴起烫发了。香罗顶着一头生硬的烫发，穿着大红对襟绸子小袄，说话就脸红，羞涩得很。芳村这地方，洞房闹得厉害。香罗生得俊，根生又是个木头人，每天被那些混账男人们为难着，翠台看不过，就叫根来过去轰他们。根来魁梧，嘴巴又好使，三言两语，就替香罗解了围。那阵子，对根来，香罗简直依赖得紧，一口一个根来哥，叫得不知道有多甜。根来比根生大两岁，可不就是根来哥么。然而落在翠台耳朵里，竟好像是听出了一些多余的意味来。新婚小夫妻，最是眼里不揉沙子的时候。也不知道怎么一回事，翠台心里就生了芥蒂。觉得，香罗的那一声根来哥，实在是太甜了一些。还有，香罗那眼风，那身段，甚至那格格格格的笑声，都没有先前那么让她喜欢了。私下里，趁着根来兴致好，翠台也审问过他，自然是旁敲侧击的，然而根来是个直筒子，哪里懂得翠台肚子里的九曲十八弯。看着根来满头雾水的呆样子，翠台一面心里暗喜，一面索性直接拷问，问着问着，根来便恼了。扯过被子把头蒙住，不理她。翠台看着红绸子被子下面那一个威武的人，又喜欢，又安慰，又有一点微微的不甘心。

根来回来的时候，翠台已经快把饺子包好了。根来的鼻尖通红，去了帽子，头上热腾腾的，冒着白气，进门便问，大坡他们吃了？翠台不理他。只管低头擀皮。根来说，问你呢，大坡他们，还没过来？翠台没好气，把擀面杖咣当一下戳在案板上，说人家还没起。有本事你去请？根来说，没起就没起嘛。大冷天的，多睡会儿。翠台说，睡吧，多睡会儿。最好就睡到天黑，省饭了。根来说，你看你，这么大火气，吃了铳子似的。翠台说，等会他们来了，少在这儿充好人。惯的他们！

花
好
月
圆

　　芳村的风俗，腊月二十三，祭灶。这一天，灶王爷要上天。上哪去？当然是上玉皇大帝那里去，是复命的意思，用现在的话，叫做述职。灶王爷掌管人间的烟火，辛苦劳碌了一年，是该要好酒好菜恭送他老人家。上供的供品，除去鸡鸭鱼肉，还有一样万万少不得。一种甜食，叫做糖瓜的。又黏又甜，沾在牙上，半天下不来。这糖瓜的意思，是黏住灶王爷的嘴巴，防着他到了玉皇大帝那里，说人间的坏话。这几年，也不知为什么，糖瓜这东西竟渐渐少见了。好像是，人们觉得糖瓜太平凡了些，肥鸡大鸭子有的是，尽着给仙家上供就是了。也好像是，人们都忙，灶王爷说不说人间的坏话，也都顾不得了。总之，在芳村，糖瓜几乎是已经绝迹了。

　　翠台督着根来杀鸡，一面同他说起了香罗的话。根来说，大全？根来说大全的厂子门朝那边开？人们削尖脑袋挤破了头，轮得上咱们？翠台说有香罗哩。香罗开了口，大全能不买香罗的账？根来说，那也说不定。翠台说，一物降一物么，香罗是谁？大全说，什么话！看你这张嘴。翠台斜了他一眼，说怎么，眼馋了？根来气得把鸡往地下的盆子里一扔，什么话！

　　鞭炮声渐渐稠起来。晌午了，人们都赶着打发灶王爷上路。腊月里天短，一晃就一天。年前忙碌，一天有一天的事。大坡的手机关机。爱梨的手机也关机。翠台心里有些急躁，待要打发根来去叫，又深觉得不妥。锅里的水眼看就要开了。饺子在盖帘上，一排一排的，等着下锅。这俩孩子，真叫人不省心。大坡自然有大坡的不是。男人么，在这上面贪恋些，也是寻常事。说起来，爱梨就不懂事了。新媳妇家，像什么样子！叫公公婆婆白等着，也不害臊！这爱梨，看上去稳稳当当，最像个知书达理的，不想却是这样的不像话。大坡呢，也不争气。在媳妇面前，看那一副低三下四的样子！跟在人家屁股后面，寸步不离，果然是个媳妇迷。饭桌上，当着众人，也不知道避讳。给揀菜不是，给盛饭不是，慌得什么似的。两个人，你一眼，我一眼，眉来眼去的，成什么体统！芳村有句话是怎么说的？儿想娘，想一场。娘想儿，天天想。这是老理儿。喜针就常常唠叨，儿女是冤家。看来这话是对的。儿女们，害得人白操一世的心，却是替人家养的。不是冤家又是什么？还有二妞，从一尺多长，把她养大，供她吃，供她穿，供她念书考大学。如今又怎么样？隔山隔水，白在电话里哄她，一年能回来几回？

水开过几个滚了，翠台说，煮！煮饺子！等啥等？谁都不等！咱们吃！就煮饺子，一面吩咐根来到院子里点鞭炮。翠台捞了头一碗饺子，到灶王爷跟前上供。整鸡都摆好了，还有新鲜果木，还有面三牲，鸡、鱼、猪头，活灵活现的，统统点着大红的胭脂，十分的好看。翠台舀水净了手，拈香点上，跪在那里念念有词。院子里，根来的炮声震耳，噼噼啪啪，噼噼啪啪，噼啪，噼啪，噼啪啪。香火缭绕，弥漫了一屋子，翠台的一颗心反倒静下来。一年一回的祭灶，可不能心乱。翠台祷祝了半晌，方把那贴了一年的灶王爷恭恭敬敬揭下来，点火烧了，送他老人家上天。

祭灶完毕，两个人就吃饺子。少了小两口，这饺子就吃得寡淡，没滋没味。根来又拿出手机来拨。翠台见了，说打什么打？爱吃不吃！两个人默默吃饭。忽然听见对门喜针的大嗓门，哇啦哇啦的，像是在跟谁吵架。翠台张着耳朵听了听，却是喜针同那新媳妇。婆媳两个，你一枪，我一剑，说得热闹。说了一会子，喜针平日里那一张碎嘴却哑了，呜呜咽咽的，只是哭。那新媳妇，声音不高，倒是一句一句的，刀子一样，锋利得很。翠台要起身出去，被根来拽住了。去什么去。根来说。家务事，清官都断不了，你怎么劝？翠台剜了他一眼，就到院子里去。

墙根底下，是一片菜畦。平时都葱葱茏茏的，如今这季节，厚厚的覆了一层雪，显得荒凉得很。对门的声音渐渐没有了，自

小年过

始至终，也没有听见旁人的动静。墙头上，几根茅草东倒西歪的，在风中瑟瑟发抖。院子里停着根来的自行车，车把上挂着一只篮子，篮子里想必还有吊纸用的供。如今的白事，人们也都简单了。要在从前，必得正经八百地蒸供。盛在大簸箩里，由两个人抬着，去丧主家吊纸。而今，却都是一只篮子了事。放几个馒头，有时候有一盒烟，有时候没有。马马虎虎的，哪里有吊纸的样子。车轮子上沾满了雪泥，村路上怕是不好走。大坡的摩托车在西屋里锁着。有了汽车，摩托也不怎么骑了。汽车呢，就在大坡他们新院里停着。亮闪闪的，排场得很。对这大铁家伙，翠台有一种莫名其妙的惧怕，也不单是惧怕，是又怕又恨。庄稼人，要这汽车有什么用呢，难道像香罗素台她们那样，去城里买衣裳做美容？真是疯了。墙那边，电视机里有个闺女在唱歌，捏着个嗓子，上气不接下气的，嗓门很大，把喜针的哭声都湮没了。远处有谁家的鞭炮，噼噼啪啪好一阵子，把院子里的麻雀惊得扑棱棱乱飞。

　　天阴沉沉的，风又冷又硬，典型的腊月天。洗完衣裳，翠台打算去爹那边转一趟。正要出门，屋里电话响，翠台慌忙跑去接了。却是香罗。香罗问翠台这两天有没有空，翠台赶紧说，有空有空。说得有点急，自己倒先红了脸。香罗在电话那头却把话岔开了，香罗说，不是我说你，才多大，打扮得老婆子似的。翠台辩解不是，心里虚得不行，一时哑在那里。香罗又说，根来哥忙不忙？香罗说根来哥要是不忙，咱们也到城里吃它一顿，现在正放那个电影，叫什么来着？好看。翠台刚要说话，香罗却又扯起了闲篇，说的都是城里的趣事。翠台正听得津津有味，香罗却哎呀呀叫起来，锅里炖着排骨，光顾说话了，倒给忘得干净！说着就挂了。

　　刚放下电话，根来回来了。进屋就问，大坡他们，还没过来？翠台见了男人，气不打一处来，一下子就把手里的一把笤帚扔过去，抽抽搭搭哭起来。根来纳罕道，怎么了？刚才还好好的，谁又惹你了？翠台只是哭。根来说，我去叫他们！不像话！说着便往外走。翠台也不拦他，嘴里却抽泣道，你要敢去，我就死给你看！根来看着她一脸泪水，吓得不敢吭声。

正闹着，院子里有人说话，是大坡他们！翠台赶忙擦眼睛，吩咐根来点火煮饺子，一面飞快地在冷水里拧了块毛巾，一下子捂在脸上。

腊月里的水，冰凉。翠台静静地打了个寒噤。

小米开花

　　说实话，很小的时候，小米就想象过自己有朝一日坐月子的情景。小米这么想完全是因为受了嫂子的启发。嫂子自从有一天从村南碰有家回来，一句话不说，就软绵绵歪在炕上了。碰有是庄上的先生，开着一间药铺子。这地方的人管医生不叫医生，也不叫大夫，叫先生。小米至今记得嫂子慢悠悠走进院子的情景。娘跟在后头，样子看上去又着急，又欢喜，着急又欢喜。她的身子往前仆着，脚步走得挺凌乱，挺没章法，嘴里念念有词，像是在骂人。小米愣了半晌，才从东屋门槛上咚的一声跳下来，她听见娘骂的是哥哥。兔崽子，臭小子，街门上的柴禾也不收拾好，办事一点都不牢靠，还想当爹哩……小米看见这个时候嫂子的脸是红的，眼皮子向下耷着，下巴颏却是朝上扬着的。当天晚上，家里的那只芦花鸡就变成了热气腾腾的汤，盛进了嫂子的碗里。

　　那时候，小米在旁边一边咽着口水一边想，怀娃娃真好。也就是从那个时候开始，小米对未来的坐月子充满了憧憬。

小米人不丑。这是娘给她下的评语。小米对这个评语不满意。怎么说呢，娘就是这样，对自家的闺女横挑鼻子竖挑眼，怎么看都不对。对人家的呢，倒是宽宏的，厚道的，不吝赞美的。比方说吧，在街上见了人家抱的孩子，就说，看这小子，生得多排场！说着还凑上去捏捏人家的脸蛋子。村西头娶了新媳妇，跑过去看了，回来称赞，这媳妇，眼睛毛茸茸的，欢实得很。小米有时候就不大服气，觉得娘的眼光有问题。

就说嫂子吧。嫂子是从司家庄嫁过来的。嫂子从进门的那一天起，就让小米不大痛快。其实，这事还得从娘说起。早在嫂子嫁过来之前，娘就一口一个俊子挂在嘴上。人家一只脚门里，一只脚门外，还指不定是谁家人哩。看把娘美的。俊子其实也不俊，只是人生得丰满，皮肤又白，就像刚出锅的白馒头，热腾腾，透着一股子喜气。娘私下里说，媳妇就要娶这样的，兴家呢。爹听了这话没吭声，只是很不自在地把烟锅在脚底板上磕了几下。

嫂子娘家家境不错，这一来，就多少有些下嫁的意思。嫂子倒还好，娘就有些沉不住气。在媳妇面前心虚得很。说话，做事，都觑着媳妇的脸色。小米很看不惯娘这个样子。后来嫂子生了侄子，娘在媳妇面前就越发低伏了。乡间有这么一句话，媳妇越做越大，闺女越做越小。看来是对的。有时候，饭桌上，看着爹娘亲亲热热地逗侄子，小米心里就没来由地酸起来。娘是一个粗枝大叶的人，爱说笑话。在孙子面前，更是容易忘形。她挤着眼睛，做着各种各色的怪样子，嘴里不停地叫着，也听不出是在叫什么，然而嫂子怀里的胖小子却笑了，露出一嘴粉红色的牙床子。娘的兴致更高了。爹也笑。爹是一个木讷的人，平日里总是沉默的，这个时候，那张被日光晒得黑红的脸膛就生动起来，有了一种奇异的光芒。此时，小米心里是委屈的。觉着爹娘不是自

小米开花

43

己的爹娘了。家也不是原来那个家了。原来那个家，温暖，随意，理所当然。她是爹娘的老闺女，撒娇，使性子，耍赖皮，怎么样都是好的。还有哥哥。哥哥一向疼她，可自从嫂子进门，哥哥就不一样了。无论在哪里，什么时候，哥哥的眼睛老是离不开嫂子。有一回，哥哥和嫂子正说着话，叽叽咕咕的，嫂子没来由地红了脸。哥哥抬起手，把嫂子额前掉下来的那绺碎发捋到耳后。只这一下，小米心里就酸酸地疼起来。

侄子出世了。家里更多了一种欢腾的气息。到处都是小孩子的东西。捏起来吱吱叫的小鸭子，小拨浪鼓，五彩的气球，花花绿绿的尿片子。小米觉得家里简直没有了她的位置。嫂子喂奶的时候，娘和哥哥一边一个，给正在吃奶的小人儿喊着号子鼓劲。小米把帘子啪地一下摔在身后，珠串的帘子就惊慌失措地荡过来荡过去，半天定不下神来。娘在身后骂了一句，这死妮子，看把孩子给吓着。

阳光满满地铺了一院子。风一吹，蝉鸣就悠悠地落下来，鸡笼子旁，豆角架上，半笸箩豆子里，挤挤挨挨的，都是。小米把眼睛眯起来，无数个金粒子在她眼前跳来跳去。她忽然感到百无聊赖。就去找二霞。

二霞正在午睡。听见动静就睁开眼来，用手拍拍身旁的凉席，招呼小米躺下。小米就躺下来。二霞穿一件窄窄的小衫子，仄着身子躺着。小米忽然发现她跟以前不一样了。她的胸前突出来，腰是腰，屁股是屁股。让人看一眼就心慌意乱。小米看着二霞，觉得眼前这个二霞不是原来那个二霞了。这个二霞是陌生的，让她感到莫名地慌乱和忸怩。

晚上，洗澡的时候，小米偷偷察看了自己的胸脯。她惊讶地发现，它们不知道什么时候开始微微肿起来了，像花苞，静悄悄地绽放。小米看一回，又看了一回，心里涨得满满的，仿佛马上就要破裂了。

　　家里照常是一片欢腾。小家伙咿咿呀呀地嘟哝着，会咯咯笑了。笑得口水都流下来，亮晶晶地挂在嘴角。可是小米不关心这个。

　　这些日子，小米只关心一件事：去二霞家。

　　二霞在县城的地毯厂上过班，在小米眼里，算是见过世面的人。其实满打满算，二霞在县城才呆了半年。后来地毯厂倒闭了，她的上班岁月也就仓促结束了。可是这并不妨碍二霞的眼光。小米一直认为，二霞是有眼光的。二霞给小米讲了很多新鲜事。这些事小米以前都没有听过。二霞问小米来了吗？小米困惑地看着她，不知道她在说什么。来了吗——谁？二霞就吃吃笑起来，笑得小米心里有些恼火。刚要发作，二霞又说，不来，就生不了孩子。小米心里格登一下子。看来做月子也不是那么简单的事。

　　夏天的中午，寂静，悠长。小米和二霞歪在炕上咬耳朵。二霞了不得，知道的真多。小米听得脸上红红的，一颗心跳得扑通扑通的。后来，小米就把脸埋在被单子里，一双耳朵却尖起来，听二霞说话。听着听着，小米就走了神。二霞拿胳膊肘戳戳她，她才猛地吃一惊，把漫无边际的一颗心思拽回来。

　　回到家，娘刚把饭桌摆出来。哥哥嫂子还在屋里磨蹭。爹蹲在脸盆旁哗啦哗啦地洗手。娘冲着东屋喊了一声哥哥，说快别磨蹭了，吃饭。小米看了一眼东屋的窗子，里面静悄悄的，孩子大约是睡了。娘又小声嘀咕一句，磨蹭。小米的心忽然就跳了一下。幸好是傍晚，院子里，天色已经暗下来了。小米知道自己走了神，在心里骂了自己一句，狠狠地咬了一口馒头。哥哥嫂子吃完饭，就一前一后地回屋了。小米想，刚才磨蹭，现在，倒走得怪急。娘丁丁当当地洗着碗，一边敷衍着在脚边转来转去的大黄狗。爹站在丝瓜架下面，察看着丝瓜的长势。小米又看了一眼东屋的窗子，窗帘已经拉上了，水红的底子上撒满了淡粉的小花，

小米开花

白天看倒不起眼，晚上，经了灯光的映射，竟有几分生动了。小米轻轻叹了口气。

晚上，小米就睡不着了。外屋，爹娘还在说话，有一句没一句的。有时候，好长一阵子静寂，忽然爹咳嗽起来，娘就嘟哝一句，像是抱怨，又像是心疼。月光透过窗户照过来，水银一般，半张炕就在这水银里一漾一漾的。小米闭眼躺着，一颗心像雨后刚开的南瓜花，毛茸茸，湿漉漉，让人奈何不得。小米脑子里乱糟糟的。她想起嫂子刚进门的时候。那时候，娘最常说的一句话就是，别有事没事往东屋里钻。小米心里就忿忿的。凭啥？东屋多好！里里外外都是新的，满眼都是光华。东屋。现在，夜深了，东屋……小米不敢想下去了。

这些日子，小米忽然就沉默了。她常常一个人呆呆地坐着，望着某个地方，一坐就是半天。有好几回，她择菜，好豆角扔了，把满是虫眼的倒留下来。摘西红柿，低头一看，篮子里都是青蛋蛋。娘没看见。她不会注意这些。爹也是。那个胖小子一天一个样子，家里的气氛是欢腾的，喧闹的，热烈的，大家的心都被成长的喜悦涨满了。小米默默地把豆角捡回来，把一篮子青蛋蛋剁碎，扔给鸡们。鸡们神情复杂地啄了一下，跑了。小米拿起一个青蛋蛋咬了一口，酸，而且涩。小米不由地咧了咧嘴。

那天，是个傍晚吧。小米去二霞家。二霞家早吃过了晚饭。她爹娘都不在，一定是去听戏了。村东六指家老了人，从镇上请了戏。这地方红白事都要唱戏。戏台子上，盛装的几个人咿咿呀呀地唱着，台下，是熙熙攘攘的村人。戏腔，小孩子的锐叫，咳嗽声，葵花子的叫卖，此起彼伏，把儿孙们的悲伤都给淹没了。也有小孩子不愿意看戏，他们宁肯看电视。二霞也在看电视，见了小米，也不打声招呼，只管自己看。小米站了一会儿，就想走。二霞忽然说，别走啊小米。小米就停下来，等着二霞的下文。二霞说，咱玩个游戏吧，电视也没意思。

　　刚打过麦，麦秸垛一堆一堆的，像一朵朵盛开的蘑菇，在夜色中发出暗淡的银光。空气里流荡着一股子庄稼成熟的气息，湿润，香甜，夹杂着些许腐败的味道。二霞走在前面，小米在后面跟着。小米的后面，是胖涛。胖涛是二霞弟弟，小时候胖得不成体统，人们都叫他胖涛。小米听见胖涛呼哧呼哧的喘气声，二霞，去哪儿啊？胖涛从来不叫二霞姐姐，他叫二霞。二霞不说话，只是低头走路。小米说，二霞……这时候二霞在一个麦秸垛前面站住了。麦秸垛像一只大馒头，已经被人掏走一块。二霞指挥着小米和胖涛钻进那个窝窝里，她说，现在，游戏开始了。小米看了一眼懵懂的胖涛，心里有什么地方呼拉一下子亮了一下，她的心咚咚地跳起来。二霞说，来，这样。她让胖涛把裤衩脱下来，胖涛很不情愿，嘟哝了几句。二霞就劝他，许诺把自己那只电子表给他玩几天。胖涛就依了。

　　夜色朦胧，小米还是看清了胖涛的小雀子，它瘦小，绵软，青白，可怜巴巴。小米心里想笑，却不敢。一阵激烈的锣鼓声隐约传来，唱的是《卷席筒》。一个女声正在哭唱：兄弟——兄弟——呀——小米不敢看二霞，她瑟缩地低下头，说回家了——天……不早了……

　　小米躺在黑影里，看着风把窗帘的一角撩拨来撩拨去，心里乱糟糟的，烦得很。她老是想着晚上的事。麦秸垛。浓郁的干草味。二霞闪闪发光的眼睛。胖涛的小雀子，可怜巴巴的小雀子。兄弟——兄弟——呀——《卷席筒》里嫂嫂的唱腔悲切动人……小米心想，二霞是不是生气了。私心里，她对二霞有那么一点，叫惧怕也好，二霞是成熟的，吸引人的，在言语和行为上，有主导性的。而且，二霞有见识。在二霞面前，小米愿意服从。可是，今天不一样。小米感觉今天的二霞有点陌生。二霞的声音，神情，甚至，二霞的沉默，都有一种令她感到陌生的东西，陌生，然而又有一种无法抗拒的吸引。还有恐惧，因为陌生带来的

小米开花

47

恐惧，以及对未知事物的天然拒斥。小米想起二霞的话。那些个午后，寂寞，肥沃，辽阔，无边无际。二霞的话像一粒粒种子，撒下去，就开出花来了。空气里是一种很特别的气息，娇娆，湿润，黏稠，蓬勃，让人喘不过气来。黑暗中，小米的脸一点一点烧起来了。她拿手捂住脸，发觉手心里湿漉漉的，都是汗。这时候，她才感觉两只手由于紧张用力而酸麻了。风掀起窗帘的一角，夜空幽深，黑暗。月亮不知躲到哪里去了。

　　第二天早上，小米起得很晚。爹娘叫了几遍，见没有应答，就由她去了。太阳都一房子高的时候，小米才苍白着一张脸出来。嫂子已经吃完了，正在给孩子喂奶。想必又是娘抱孩子，让嫂子先吃。这时候娘正端了一碗粥，一边喝一边逗孩子。见了小米，说这闺女，长懒筋了。小米不说话。她拿起一块馒头，慢慢地咬起来。孩子在嫂子怀里奋力地吃着奶，吭哧吭哧，能清晰地听见吞咽的声音。嫂子的奶水真足。小米想。这声音令小米很难堪。她看了一眼哥哥，哥哥正把头凑过去，轻轻刮着小家伙的鼻子。小米注意到，嫂子的乳房饱满，肥白，奶水充盈，一条条淡蓝色的血管很清晰地现出来。有时候孩子不留神，紫红色的硕大的乳头就会从那张粉嫩的小嘴里滑出来，只一闪，又被孩子敏捷地逮住了。小米看了一眼爹。爹坐在丝瓜架下抽烟，一副目不斜视的样子。小米把一片莴苣叶子卷起来，蘸了一下碗里的酱。小米喜欢莴苣，碧绿，水灵，看一眼就想吃。这时候，嫂子忽然惊叫一声，说这坏小子，疼死人了。一边说，一边作势拍了一下孩子的屁股。哥哥嘴里丝丝地吸着冷气，娘却笑了，说这小子。语气分明是自豪的。爹剧烈地咳嗽起来，止也止不住。一只白翎子鸡涎着脸凑过来，明目张胆地啄着南瓜叶子。爹嘴里哦秋哦秋地赶着，一时忘了咳嗽。

　　阳光从树枝的缝隙里漏下来，一点一点地，在地上画出不成样子的图案。小米把手伸出去，让一个亮亮的光斑落进手掌心里，然后，忽然把手掌合拢来，像是怕那个光斑溜走了。拳头上就亮闪闪的，像一只眼睛，眨呀眨。影壁前面传来索拉索拉的声音，娘在簸玉米。如今，玉米是稀罕物，通常是不吃的，只是有时候馋了，白面馒头也吃得不耐烦了，人们会仔细挑了粮食，细细磨了，蒸饼子，或者打白粥，都是新鲜的。娘簸玉米的样子很娴熟，一下一下，节奏分明。影子在地上一伸一缩，大黄狗从旁半卧着，看着看着就出了神。嫂子抱着孩子串门去了，家里一下子安静下来。爹去打棉花杈子。哥哥也不知到哪里去了。哥哥向是这样。用娘的话说，是个媳妇迷。村里的壮劳力们大都出去打工了，哥哥没去。当然，也可能是嫂子不让去。总之，哥哥不去，做爹娘的也不好说什么。小两口整天黏在一处，人们都说，看人家小伏，岁数不大，倒懂得疼媳妇。一阵风吹过来，有一片阳光掉进小米的眼睛里，小米闭了闭眼。娘在簸玉米。这时候她停下来，擦了一把额头的汗。院子里很静，小米很想跟娘说点什么，可是想了想，又不知道说什么。小米看了一眼娘的脸，一绺汗湿的头发掉下来，随着她的动作一跳一跳。

吃完饭，小米睡午觉。小米躺在炕上，电扇嘤嘤嗡嗡地唱着，把身上的单子吹得一张一翕。小米闭上眼睛，酝酿着睡觉的事。

这是一明一暗的房子，爹娘睡外间，小米睡里间。平日里，小米是个头一沾枕头就睡的人，雷打都轰不动。可是现在不行了。现在，小米发现，睡觉是一件很折磨人的事情。有时候，小米会突然惊醒过来，尖起耳朵。周围一片静寂，整个村庄仿佛都睡去了。外间屋传来爹的鼾声，偶尔，娘也磨牙，模模糊糊地说一句梦话。小米躺在黑影里，感到自己的脸慢慢烧了起来。

已经有阵子不见二霞了。其实，有好几回，小米的脚都开始往二霞家的方向走了，心底里忽然就探出一个东西，像缠人的瓜蔓，把脚给绊住了。小米拿自己没办法，想了想，就去地里摘甜瓜。

这地方，人们把甜瓜种在棉田里，叫套种。收花和吃瓜，两

小米开花

不耽误。村外的土路上坑坑洼洼的，深深浅浅的车辙把路面切割得不成样子。机器收割的麦茬齐斩斩的，已经有泼辣的玉米苗在风里摇头晃脑了。路两旁，田地里搭起了各式各样的简易房，它们在乡村的风中站立着，简单，潦草，漫不经心。房前房后抻起了绳子，晾晒着各色衣物。这是村里人家的养鸡场。周围很静，偶尔有母鸡咯咯地叫两声，引得一片鸡鸣，热烈地应和着。小米抬头看了一眼天边，太阳正慢慢地向西天坠下去。浅紫色的云彩在树梢上铺展开来，房子，树木，田野，人，都被染上一层深深浅浅的颜色。田边的垄沟上，零星开着几处野花，多是很干净的淡粉色，也有深紫的，吐着嫩黄的蕊子，很热烈，也很寂寞。小米不由得蹲下来，想掐一朵在手里，踌躇了一时，终于没有忍心。

天色渐渐暗下来了。远远地，一个人影慢慢从河堤下面升上来。逆着天光，小米只能看清来人的轮廓。这个人高大，黝黑，像黄昏中一座移动的铁塔。小米，你在这里，做什么？小米这才看清铁塔是村西的建社舅。建社舅是外地人，村里的上门女婿，论起来，算是娘的堂兄弟。小米看了一眼建社舅，他背了一只大筐，里面是堆尖的青草，颤颤巍巍的，很危险的样子。建社舅小心地把草筐卸下来，放在地上，有几蓬青草掉下来，滚到小米的脚边。建社舅说热，真热，一边把身上的背心脱下来，快速地扇着。小米看了一眼他的肚子，圆鼓鼓的，像扣了个大面盆。小米就笑起来。小米穿了一条布裙子，浅米白的底子，上面撒满了鹅黄色的花瓣。建社舅看了她一眼，说，米啊，建社舅给你打个谜，看你猜出猜不出。小米说那你说。建社舅把汗淋淋的背心甩在肩膀上，从筐里拽出一根草，把它弯成一个圆，说这是啥？小米说还用问，傻瓜都知道。建社舅又从筐里拽出一根草，说，这个呢？小米扑哧一下笑了，草呗。建社舅也笑了一下，说傻。他把这根草从那个圆里穿过去，说，这个呢？小米想了想，说，这个，啥都不是。建社舅把那根草在圆里来来回回地穿进来，穿出去，穿出去，穿进来。他看着小米的脸，手下的动作越来越快。这个呢？小米感觉他的样子很滑稽，忍不住笑了。天色正一点一点黯淡下来，田野里，渐渐腾起一层薄薄的雾气，夹杂着庄稼汁水的青涩气息。远远地，村子上空升起淡青色的炊烟，和茂密的树梢缠绕在一起。建社舅，回家了。建社舅不说话，他站在那里，手里拿着那两根青草。建社舅今天有点怪。小米想。她不想理他了。她要回家了。

　　暮色从四面八方涌过来，一点一点把小米包围。小米看了一眼树桩一样的建社舅，转身往回走。小米。树桩的声音从暮霭中穿过来，小米听得出他声音的不平常。她忽然有些害怕，撒腿就跑。

　　小米醒来的时候已经很晚了。太阳透过槐树的枝丫照过来，在窗户上描出婆婆的影子，画一般。小米听见院子里有人说话。

　　姐，吃了？

　　建社舅！小米感觉自己马上变得僵硬起来。娘说吃了，建社你坐。

　　这天，也不下雨。

　　可不是，干透了都。青改还壮吧？几个月？

　　八个多。

　　快到时候了。

　　可不。

　　这一晃。

　　建社舅打了个哈欠，问米哩？

　　这闺女，长懒筋啦。娘在哗啦哗啦地洗衣裳。还睡哩。米——小米——

　　建社舅说睡呗，有啥事。

　　小米忽然一下子就从炕上坐起来。拿手指拢了一把头发，噌噌两步就打开门，把帘子撩起来。院子里的人都没防备，吃了一惊。小米靠在门框上，一只脚门里，一只脚门外，阳光打在她的

小米开花

脸上，一跳一跳地，看不清她的表情。这闺女。娘嘟哝了一句，又低下头摆弄盆里的衣服。建社舅脸上讪讪地，一时没了话题。一只板凳横在门口，小米飞起一脚，把它踢个仰八叉。正在闭目养神的芦花鸡吓了一跳，嘴里咕咕叫着，张皇地走开去。招你惹你了，这闺女。小米不吭声，往盆里舀了水，豁朗豁朗洗脸。建社舅说那啥，待会子说是收鸡蛋的来，我回去盯着点儿。娘说你忙，也叫青改过来坐坐，老闷家里。建社舅答应着往外走，小米洗完脸，抓起脸盆，哗啦一下泼出去，建社舅的裤脚就湿了半截。这闺女，怎么就没个谱。娘歪着头，使劲拧着衣裳，嘴巴咧得很开。老大不小了都。

这程子，小米心里老想着建社舅的那两根青草。想着想着就走了神。有一回，一家人吃晚饭，电视开着，是一个没头没尾的电视剧。男人和女人在说话，说着说着就抱在了一起，开始亲嘴。他们亲得很慢，很细致，像是要把对方的五脏六腑都吸出来。小米心里有些紧。她盼望电视里的人快点停下来。电视里的人却越来越有耐心，他们像两株蔓生的植物，彼此缠绕在一起，越缠越紧。小米不敢看了，她感觉手心里湿漉漉的都是汗水。屋子里的气氛也慢慢变了。有那么一会儿，大家停止了聊天，谁都不说话。电视里的人继续亲着，男人开始脱女人的衣服。屋子里静极了，只听见电视里的喘息声和模模糊糊的呢喃。小米感觉时间像是凝滞了，她木木地吃着饭，全然吃不出一点滋味。这时候爹终于站起来，他重重地咳嗽了一声，说这蚊子，挺厉害。他准备去拿蚊香了，可是又停下来，对着娘说，还有吧？蚊香。娘回头看了爹一眼，就起身到抽屉里找蚊香。抽屉乒乒乓乓开合的声音，把电视里的声音淹没了。哥哥回过头来，看了娘一眼，小米注意到，这一眼里似乎有些愠怒。趁着乱，小米走出屋子，装作上厕所的样子。一阵风吹过，院子弥漫着树木和蔬菜的气息，夹杂着人家的饭菜的香味。小米一直找不到借口出来，她怕大家知道她的害羞。害羞，就是懂了的意思。小米不愿意让家里人知道。她不好意思。回到屋里的时候，电视上一切都过去了。画面上，是繁华的城市街道，阳光明媚，来来往往的行人，车辆，还有轻松的音乐。小米心里像有一根紧绷的弦，一下子松弛下来。一家人也恢复了正常，有一搭没一搭地聊着天，气氛轻松。黏稠的空气开始慢慢流动。大家都暗暗舒了一口气。爹终于没有把蚊香点上。此刻，他神情自在，不慌不忙地卷着旱烟。

邻村四九逢集，一大早，娘就张罗着赶集的事。青改拖着笨重的身子走过来，娘见了，赶忙让她坐。青改却不坐，她站在那，一手扶着腰，一手扶着已经显山露水的肚子。两只脚分开来，像一个志得意满的将军。娘说累吧？青改说还好，就是脚肿得厉害，说着就让娘看她的脚脖子。小米看着青改艰难弯腰的笨拙样子，心里忽然有个地方疼了一下。她想起了建社舅的那两根青草。我怀小米那会，腿都肿了，一摁一个坑。小伏就没事。都说闺女养娘，这话也不能全信。青改说噢，建社倒是盼小子呢。娘去赶集了，青改并不走。小米正不知道该怎么办，嫂子抱着孩子出来了，叫青改姨，亲亲热热地打着招呼。小米趁机溜出来，把青改留给了嫂子。

小米发现自己来事是在快中秋的时候。有一回，也是吃饭，小米站起来盛粥，回来看见板凳上有暗红的颜色，她心里一惊。她想起了二霞的话。这是来了。小米想。她装作若无其事的样子，继续吃饭，心里却是慌乱的，扑通扑通跳得厉害。她不想把这事告诉娘。娘正专心致志地拿勺子一点一点把蛋黄往孙子嘴里抹，小家伙吧嗒吧嗒地吃得很香。小米故意磨磨蹭蹭吃到最后，等大家都走开了，趁着娘去水缸舀水，小米飞快地把板凳面靠墙放好，跑进自己屋子里。

对于这件事，小米不是没有思想准备。该知道的，二霞都说给她听了。可是事到临头，小米还是有点措手不及。有一回，嫂子在厕所里喊她，她知道嫂子是忘了带纸，就撕了手纸送过去。嫂子却说不是，不是这个。小米歪着头想了一回，也没想明白嫂子要什么。嫂子说，你去我屋里——抽屉里有。小米在嫂子抽屉里翻了半天，里面只有一包东西，还没有打开，淡粉色的底子上，有一个女人。女人很好看，一双眼睛似睡非睡。小米就拿了这包东西给嫂子送过去，嫂子接过来，忽然红了脸。小米就对这东西留了心。后来她才知道了那东西的用处。

小米关在屋里，费了好长时间才把自己收拾妥当。娘在外面喊她，小米，囫囵馒头啃成这样——还吃不吃了？

天气说冷就冷了。农历十月，有个十月庙，这地方的人很看重这个十月庙。庙就是村东的土地庙，其实是一间不起眼的小房子。香火却盛。说是土地庙，在村人眼里，就有了象征的意思。乡下人，对这种事是很虔诚的。谁家有了坎坷，都要来庙里拜一拜。求医问药，占卜吉凶，测问祸福，少不了要来烧一炷香。逢年过节，庙里就更热闹了。每年的十月庙，排场是很大的。村里请了戏班子，唱戏，七天七夜，引得邻村的人们都过来看。一些小摊子就在庙会上摆出来，主要是吃食：瓜子花生，新鲜果木，馃子豆脑，驴肉烧饼，油炸糕。到处香气扑鼻，热气腾腾，整个村子像过年一样热闹。

只有小米例外。

怎么说呢？无论如何，小米是有些变了。小米是个有秘密的人了。小米的秘密不仅仅在二霞和胖涛，也不在建社舅，还有他手中的那两根草，当然也不仅仅是她"来了"。小米的秘密在于，她眼睛里世界不一样了，或者说，她看世界的眼光不一样了。从前，在小米的眼睛里，世界是简单的，清澈，透明，一眼看到底。可是，现在不一样了。有一天，小米出门看见大黄狗正在和建社舅家的黑狗纠缠，缠着缠着就缠到一处了，腿对着腿，不可开交的样子。小米的脸腾地一下就热了。她看看四周无人，捡起一块土坷垃就扔过去。两条狗却不理会，仍专心致志地做事。小米气得走过去踢了大黄狗一脚，大黄狗吃了一惊，身子并不分开，瞪着一双无辜的眼睛看着小米，嘴里呜呜地叫几声，表达自己的委屈。小米无法，跺一跺脚，就由它们去。回到家，小米心里恨恨的。她把门一下子关上，咣当一声，把自己都吓了一跳。

　　小米歪在炕上，看着墙角那个小小的蜘蛛网发呆。蜘蛛网很小，但很精致，蜘蛛去了哪里呢？小米想不出。可能蜘蛛趁小米不注意的时候，就会回来。这说不定。小米看着那个蜘蛛网，心里想，这个世界，总是有人们不知道的秘密。

　　乡下人憨直，嘴巴少有顾忌。尤其是男人们，他们总有说不完的俏皮话，荤的素的，黑的白的，热闹得很。逢这个时候小米就扭身走开了。她知道，男人说荤话是无妨的，女人却听不得，闺女家，尤其不能。其实，在内心里，小米是愿意听听这些荤话的。乡村的荤话，简单，却丰富；含蓄，却奔放，它们充满了无穷的想象力，耐人寻味。乡下人，有谁不是从这些荤话中接受了最初的启蒙？小米把这些话装进心里，没人的时候就拿出来想一想，想着想着就把脸想热了。

　　大人们都有秘密。小米想。哥哥和嫂子，建社舅和青改，爹和娘。想到这里小米心里颤了一下。她用最难听的话骂了自己。她不该这么想。尤其不该，这么想爹和娘。爹沉默，甚至有点木讷，勤快得像头牛。娘呢，粗枝大叶，心直口快。爹和娘——小米艰难地想，究竟是怎样的呢？人前，爹和娘是不相干的。有时候，一天也说不上两句话。更多的时候，他们通过旁人进行交流。爹往往这样说，问你娘白娃家的砍刀还了没有。娘最常说的一句话是，叫你爹吃饭。在乡下，越是一家人，人前倒越是生分的，甚至是冷淡的。比方说，父子们在街上见了，彼此之间并不理会，也不打招呼，同旁人倒亲热地扯上几句，有时候干脆停下，热烈地聊起来，聊着聊着就嘎嘎笑了。爹和娘也是这样。走

小
米
开
花

在街上，不知情的，谁能猜出他们是夫妻呢？这真是奇怪的事情。有时候，小米从父母屋子里穿过，心里是紧张的，她有些担心。担心什么？她说不出。可这紧张里又有一点期盼。期盼什么呢？小米也说不出。这真是一种折磨。为此，小米的一颗心就总是悬在那里。越是这样，小米就越觉得爹和娘之间的不磊落。她怀揣着很多纷乱的心思，想过来，想过去，就有些生气。究竟生谁的气呢？她也说不好。

十月庙，村子里是热闹的，人们的心都被大戏吸引了去，说话，做事，心不在肝上。娘是个戏迷，这机会更不能错过。爹醉心于戏台下面的事。几个人围在一起，掷骰子。哥哥嫂子也出去了。小米歪在炕上，把电视频道噼里啪啦地换来换去。换了一会，小米啪地一下关了电视，跳下炕来。

街上人来人往，空气里蒸腾着一股子热腾腾的喜气，仿佛发酵的馒头，香甜，带着些许微酸。小米喜欢这种味道。她有些高兴起来。

村南的果园子旁边有一个草棚子，这地方人叫做窝棚，是看园子的人住的地方。如今，果园子早已经过了它的盛季，窝棚也就闲下来，显得寂寞而冷清。小米对身后的胖涛打个手势，说过来呀。十月，乡下的风终究是有些寒意了。胖涛的清鼻涕一闪一闪的，隔一会，他就慌忙吸一下。

小米是在家门口碰上胖涛的。胖涛手里举着一串糖葫芦，一边走，一边吃。小米说，胖涛，二霞哩？胖涛说二霞去看戏了。小米说噢，就转身走，没走几步，又停下了。胖涛，小米说，你跟我来。

周围很静。有风掠过果园子，树木簌簌地响着。窝棚里弥散着一股干草的气息，有点涩，有点苦，还有一点芬芳的谷草的腥气。小米和胖涛面对面躺着，谁也不说话。胖涛说，咱们，干啥？小米说，不知道。胖涛说，那，去看戏了。小米说，看戏有啥意思。胖涛说，那你说，干啥？小米说，你说呢？一阵风吹过，有丝弦的声音隐约飘过来，细细的，游丝一般，若隐若现。……姹紫嫣红开遍，似这般都付与……这断井残垣……胖涛吸了一下鼻子，说，不知道。要不，看戏去？小米白了他一眼，说，傻。就知道看戏。

　　冬天是乡下最清闲的时节。庄稼都收进了屋，人们也就放了心。爹专心摆弄自己那匹牲口，有时候也去给人家当厨子。爹的手艺不错，在村子里是有些声名的。冬天，办喜事的人家多起来，爹常常被请去，出了东家进西家。娘原是喜欢玩纸牌的——也不玩大，一角两角的，一晌下来，也分不出输赢，白白磨了手指头。如今娘却不怎么玩了。孩子正是淘的时候，不肯在屋子里呆，娘和嫂子就轮流抱着出去，孩子在寒冽的空气里手舞足蹈，脸蛋子冻得通红。

　　这些日子小米总是郁郁的。有时候，小米也会想起窝棚里的事。她的慌乱，胖涛的委屈，麻雀在窝棚的地上跳来跳去，瞪着一双乌溜溜的小眼睛，好奇地看着他们。

　　月事照常来，一步都不差。小米的一颗心就放回肚子里，又有些怅怅的。小米想起了二霞的话，越想越感到烦恼。娘抱着孩子回来了，嘴里呼啸着，孩子的笑声像碎了的白瓷盘子，亮晶晶撒了一地。

　　小米，娘喊她。小米不答应。娘就教着孩子叫，姑姑——姑姑——不听话——小米还是不答应。孩子的小手肉乎乎地，一把把她的辫子抓在手心里。小米刚想回头，眼泪就在眼窝里打转。娘说，臭小子，看把你姑姑弄疼了。小米的眼泪终于扑棱棱落下来，怎么也收不住。

小米开花

如意令

　　北方就是这一点不好。三月中旬便停了暖气。外面的阳光好极，屋子里呢，却是凉森森的。娇气一点的，怕是还要加一件外套，甚或是毛背心。这个季节，人在屋子里就不大待得住。杨花早已经飞起来了。风一吹，纷纷落落的，张扬得很。偶尔落在人的脸上，脖子里，毛茸茸的，弄得一颗心也有些痒了。

　　乔素素在厨房里剥豌豆。炉子上炖着排骨。小砂锅咕嘟咕嘟响着，煎的是中药。乔素素不放心，隔一会儿，就忍不住走过去看一眼。

　　海先生在书房里写字。书桌大得有些惊人。设着笔墨纸砚。都是上等的东西。海先生立在那里，悬着腕，一脸端正，真是写字的气派。旁边的废纸篓里，张牙舞爪地团着几张废字。客厅的CD机放着邓丽君。甜美的，幽怨的，带着一点空灵的遐想的味道。海先生侧耳听了一时，仿佛是入了神。他们这个年纪的人，有几个不迷邓丽君？就连找朋友，也是暗暗地有了参照。比方说，原先的那一个，眉目之间，就有那么一点邓丽君的影子。嗓音也甜，嗲声嗲气的，是南方小女人的做派。当初，第一眼看见，海先生就下了决心。然而，谁料得到呢？海先生不由地叹了口气。却发现，一滴墨汁正落在那个"情"字上，弄污了。

厨房里弥漫着香气。排骨的香气，草药的香气，混合在一起，是纷乱的家常的气息。温暖的，世俗的，带有微微的瑕疵，让人安宁，妥帖，也有那么一点说不出口的无可奈何。豌豆正当时令。海先生喜欢豌豆。因此上，乔素素也喜欢豌豆。每年豌豆上市的时候，乔素素都要买回来很多。乔素素喜欢买带壳子的。便宜倒在其次。她简直是把剥豌豆当作了一种消遣。看电视的时候，听音乐的时候，聊天的时候。手指头娴熟地动着，毕毕剥剥，潮湿的，青涩的，不太清脆。一地的绿壳子，张着惊讶的嘴巴，乔素素把剥好的豌豆冷藏起来。豌豆炖排骨，豌豆烧牛肉，豌豆煨鸡汤。能够一直吃到春节。

海先生慢慢踱过来，立在一旁，看乔素素剥豌豆。嫩绿的豌豆盛在洁白的瓷碗里，十分的悦目。海先生看了一会剥豌豆，又去看砂锅里的中药。随手拿起旁边的筷子，一面尖起嘴唇吹气，一面小心地搅一搅，把周边的药渣子往里面拢一拢。乔素素看他的样子，知道是有话要说。正待开口问，海先生却说话了。今年，我得回去一趟。乔素素不说话。等着他的下文。海先生却不说了。

清滋排骨用的也是砂锅。在这方面，乔素素是个固执的人。高压锅偶尔也用。不过是万般无奈的时候应急罢了。砂锅里的东西咕嘟咕嘟响着，白色的蒸汽冒出来，雾蒙蒙的，把窗玻璃模糊了一片。海先生把一颗掉在外面的豌豆捡起来，摊在掌心里研究了一会儿，依旧扔进瓷碗里。乔素素目不转睛地剥豌豆，眼皮待抬不抬的。海先生咳嗽了一下，清了清嗓子，说那什么，我得回去一趟，去年，就没有回成。乔素素说，好啊。海先生似乎本来预备了很多说辞，听她这么痛快，倒一时间不知说什么好了。半晌才解释道，小鸢也刚买了房——想让我过去看看。小鸢是海先生的女儿。想必，他们父女两个，是早已经通过电话了。乔素素说好啊，那真好。海先生忖度她的语气，迟疑了一下，说，那，我就回去看看。是商量的口吻，听在乔素素耳朵里，却是已经决定的了。回去回去。一口一个回去。当真是把苏州当作家了！那么北京呢？他和她的小窝，这个漂亮的四居室，算作什么？

我出去买菜——晚上，吃什么？海先生弯下腰来，把脸凑到她的脸下。这是在讨好她了。这么些年了，做大爷也做惯了。他几时想起来过买菜的事！乔素素说，我去吧。你也不知道都买什么，海先生趁机说，那，不如我们一起？

风有些大。树木的枝条在风中舞蹈，是放荡的春天的样子。阳光软软地泼下来，到处都很明亮，叫人忍不住微微眯起眼睛。隔着小河，对面的马路上，一辆辆汽车一掠而过，反射着太阳光，只看见无数个光斑，流星一般闪过。乔素素在前面走，手里拿着购物袋。海先生在后面跟着，有一点亦步亦趋的意思。这两年，海先生是更胖了一些。肚子高高地挺着，把风衣支出去老远。因为个子高，看上去，倒还不算十分臃肿。乔素素听得他呼哧呼哧的喘气声，渐渐有些紧了，心里有些不忍。还有，倘若让熟人看见了，说不定会以为他们在怄气。这些年来，在人前，他们可是出了名的恩爱夫妻。便故意把脚步慢下来等他。

去菜场要穿过一个小的街心公园。远远望去，那一行柳树，竟也绿蒙蒙的，是烟柳的意思了。几个老人立在树下说闲话，一面伸胳膊伸腿。乔素素从包里掏出面巾纸，小心地把嘴唇按一按，立刻便有一个淡淡的口红印子。海先生说过，她的唇色好，根本不需要涂口红。

当初认识海先生的时候，乔素素已经三十三了。这个年纪的女人，经历了一次婚姻，对生活仍是似懂非懂。有一点世故，有一点天真，有一点沧桑，还有一点幻想。一切都是刚刚好。公正地讲，乔素素是一个耐人琢磨的女人。眉目如画，尖尖的下巴颏，秀巧得让人心疼。如今，虽说依旧是不胖，但无论如何，是不一样了。怎么说，有了一些珠圆玉润的意思。那一举手，一投足，一个眼神，一个低眉，都似乎有无限的意味在里面。当年，乔素素也是很多男人的梦中人。求之不得，便有人赌咒发誓，非她不娶。为了表忠心，也有人为了她，决意要打破自己婚姻的牢笼。都被乔素素劝阻了。经历过一次失败，她知道自己想要什么样的生活。一直以来，乔素素宁愿一个人孤单单地熬日月，正是因为她深知这一点。事情既然已经到了这一地步，她决不肯令自己委屈半分。直到遇上海先生，距离她跟原先的那一个离婚，已经是四年多了。那四年间，她什么没有遇见过？

阳光照下来，街上笼着一层薄薄的烟霭，淡蓝色的，有一点透明。墙上是现代派的壁画，配着洒脱的英文。黑色的雕塑静静地站着，仔细一看，却是果皮箱。在北京，这一片住宅区，被称作高尚社区。真是有意思得很。高尚社区！难不成还有卑下社区？乔素素这样嘲讽着，心里还是不免有一些得意。如今这个时代，可怎么得了！什么都离不开物质两个字。物价，房价，什么都涨——除了薪水。小民百姓，竟然都住不上房产证上写着自己名字的房子！就像她从前。吃够了苦头，只是为了争着做上房奴。仔细想来，如果不是因为海先生，这一生，她怎么会住进这样的社区？修剪整齐的草坪，幽雅迷人的小花园，高档休闲会所，就连穿漂亮制服的年轻门卫，脸上的微笑都是高贵而矜持的，彬彬有礼，热情而节制。虽然，乔素素总不肯承认，这一切，都是海先生带给她的。私心里，她怎么不知道呢？按照旁人的说法，她算是嫁对了。亲戚朋友中间，她竟然成了女人们口中的例证，在夫妻吵架的对白中，乔素素梅开二度的好姻缘，不免

如意令

成了女人们有力的依据，成了一种梦想的激励，或者怂恿。

　　先前的那一个，自不必说了。年少夫妻，一路牵扯着跌跌撞撞走过来的。年貌相当。甜蜜也是甜蜜过的。可越是这样，越容易针尖碰上麦芒。指着鼻子对着脸，吵起架来，像两只好斗的蛐蛐，是谁都不肯容让半分的。她和他统共过了四年。四年里，她只记得，他们一趟一趟地吵架。枕头在空中飞来飞去。茶杯的破碎声像花一样，猝然绽放。米饭不是夹生，就是烧焦了，永远没有合适的时候。卫生间洗手盆里碎的黑胡碴。茶几上烟蒂不小心烧出的伤疤。仔细想来，都是含混的糊涂的岁月，年轻，仓皇，手足无措，却真切地感到那种气恼，还有绝望。痛不欲生。这是真的。当时，两个人分手的时候，都是赌了咒发了誓的，就像他们当初好的时候那样。恶毒的词语，绝情的话，也都是尽着说完了的。咬牙切齿，生怕让对方看出自己半分的犹豫和不舍。那一种孩子气的决然，如今想来，倒忍不住有些好笑。何至于此？再怎么，也曾是彼此真心喜欢过的，一千多个日夜的枕边人。何至于此？

　　同海先生呢，就不一样了。赌气，吵嘴，甚至，一连几天不给他好脸子，种种情形，也是有的。可是，到底是不一样了。比方说，今天。今天这件事，其实，乔素素早就料到的。她只是不说罢了。这几天，海先生有点心神不宁。这些年，每逢这几天，哪一年不是如此呢。自然是由原故的。海先生原先的那一位，据说是病逝的，就在清明前后。到底是什么病，问了两回，也没有问出所以然来。只说是急症。也便不好再问了。看海先生那吞吞吐吐的样子，乔素素心里有些不痛快。倒仿佛是，就连那一点病症，也是他和她之间共同的秘密，不便与不相干的人分享。也为了这一点，每年的清明，海先生总要费一番踌躇。犹豫着要不要回去，要不要开口，如何开口——海先生跟原先的那一位是同乡，祖坟自然也在苏州。回乡祭祖，说到哪里，都是天经地义的事情。乔素素不是一个不明事理的人。可是，乔素素总觉得，海先生回苏州，有那么一点假公济私的意思。论理，即便果真借机去缅怀凭吊一番，也是人之常情。更何况，还有小鸢，他们的女儿在侧。可乔素素顶恨的，是海先生那副冠冕堂皇的样子。比方说刚才，还把女儿搬新居的事情拿出来。亏他想得出！有时候，乔素素就是要故意为难他一下，让他知道，她并不是一个傻瓜，任他哄骗。然后呢，还要放他走。也是让他明白，她是一个通情达理的好太太。她懂他。这世界上除了她，谁还能够懂得他？

当然了，也有例外的时候。比方说去年，海先生就没有能够如愿。去年，想来也是赶巧了。学术界有一个重要会议，作为 B 大的重量级人物，海先生理当出席。偏偏是，乔素素又病了。这病呢，又有一点说不出口，是女人家的私疾。虽则是病在乔素素身上，然而海先生怎么能够脱得了干系？看着乔素素娇滴滴病快快的样子，海先生几度欲开口辞行，都被乔素素的眼神堵回去了。海先生情知势不能回了，只有背地里跟女儿通电话，百般譬解，许诺，方才把那一方渐渐安抚下去。这一边呢，也索性不去管什么会议的事了，安心待在家里，端汤递水，细心服侍，把乔素素敷衍得风雨不透。如今想来，这么多年了，去年的清明，算是乔素素最痛快的一回。那一阵子，乔素素倒宁愿把那一点小恙抱着，越性做了一回病西施，看海先生如何放下一切，对她极尽温存体贴，殷勤周到。当然了，乔素素也不是不懂事的人。投桃报李，这一点情理，她是知道的。因此上，那一个微雨的清明，两个人倒真的感受到了春天的气息。甜蜜的，湿润的，微醺的，动荡的，凉的凉，热的热。有一些放纵和疯狂，但并不过分。

阳光寂寂的，同周围的人声隔绝开来。远远地，竟有一两声鸡啼——该是菜场那边的鸡。熙熙攘攘的城市，有一种千里荒烟的错觉。乔素素情不自禁地叹了口气。总觉得不过是昨天的纠结，缠缠绕绕横竖理不清，岂料偶一回首，竟然都是前尘往

如意令

事了。

　　菜场并不远。海先生终于跟上来的时候，已经快到了。旁边就是物美。乔素素迟疑着，是到菜场呢，还是到超市。怎么说呢，平日里，乔素素都是到菜场买菜。菜场里的菜又新鲜，又便宜。种类也丰富。鸡鸭鱼虾都是活的，现吃现宰。还有各种杂粮，超市里都不全。可是今天，有海先生跟着。去逛乱糟糟的菜场，乔素素总觉得有点不相宜。正犹豫间，迎面走过来一个人，远远地叫她。小乔，小乔。仔细一看，竟是当初的旧同事吴亚芳。

　　乔素素当年在中学里教书的时候，和吴亚芳都在英语组。都知道英语组的女老师活泼大方，时尚洋派，又会打扮，又会穿衣服。这个吴亚芳，就是一个例证。吴亚芳人生得丰满高大，一头卷发，性感迷人，人称大洋马。当年，吴亚芳亲眼见证了乔素素恋爱结婚离婚的全过程。后来，乔素素调动工作，几乎跟原来的旧同事失去了联系。而今，乔素素在街头偶遇吴亚芳，她心里不由地一跳，只有满脸惊喜地同她寒暄。

　　吴亚芳一叠声地哎呀呀，哎呀呀，一面抱怨乔素素的人间蒸发，一面把眼睛飞向旁边的海先生，左一眼又一眼地打量。乔素素也格格笑着，有些夸张。同吴亚芳说起了当年的一些故人旧事。轻轻叹着气，也不知道是感叹，还是惋惜。

　　海先生从旁看着，两个女人十指交握，互诉着离情别绪，心里笑了一下。女人真是麻烦的小东西。最是口是心非。这么多年了，也曾听乔素素提起当年的旧同事，都是置身事外的口吻。眼光也是客观公正的。无非是一些小知识分子，装腔作势，清高自许。势利起来，却是比谁都要入木三分的。还有眼前这个女人，也不知道，是不是乔素素口中的大洋马。关于她的那些风流韵事，他听的实在是太多了。

　　吴亚芳忽然把话头止住，向着乔素素说，怎么，也不介绍一下？眼睛却看着海先生。乔素素忙说，哎呀，光顾说话了。这是我先生。姓海。又指着吴亚芳，对海先生说，这是吴亚芳。我原来的同事。吴亚芳嘴里又是一叠声地哎呀呀，说，海先生你好。一面把手伸出来。海先生连忙握住那涂了丹蔻的指尖，只轻轻一下，便想抽出来。却已经不能了。吴亚芳握着海先生的手，直个劲儿地抒发感情，赞美乔素素贤惠，感叹海先生有福。海先生被她握着手，脸上虽则是微笑着的，心里却有些不自在。乔素素从旁看着，心里明镜似的。这个吴亚芳，她怎么不知道呢？当年，在学校的时候，就是一个著名人物。据说，校长都要让她三分。一说是因为她是市教育局长眼前的红人儿。一说是，校长大人本人，也和这大洋马有一些首尾。还有一说，这吴亚芳虽是那胖书记的干女儿，却比嫡亲的女儿都还要亲几分。总之，无论如何，吴亚芳在二中的位置有些特殊。而她天生又是那样一种女人，在这一方面，永远是孜孜不倦。最擅长在男人队伍里周旋。那些男同事们，连同校长大人书记老爷，少不得又要拈酸吃醋。为此，闹出了很多桃色故事。吴亚芳本人，倒是泰然自若，十分的从容。有一度，吴亚芳是把乔素素当作潜在的情敌的。仔细想来，在二中，怕是只有乔素素，才可以同吴亚芳一较短长。可是，乔素素怎么肯？

　　杨花乱飞。阳光落在地上，溅起一片金粒子。市声喧嚣，仿佛从很远的地方传来。有行人不断从身旁经过。乔素素冷眼看着旁边这两个人。海先生今天穿浅米色的风衣，同色皮鞋，卡其色西裤，戴一顶浅咖色软帽，恰好把秃顶掩盖起来。咖啡色眼镜，衬着白皙的肤色，一眼看上去，果真像一个学者的气派。乔素素不免暗暗有些得意。当初，也真是万幸。把海先生这样一个人抓到手里。虽则说，日常里也有许多的不如意，然而无论如何，还好。还好。

　　其实，当初，乔素素还是有一些犹豫的。按说，海先生先前

如意令

那一个病逝，倒也简单了。省得牵牵绊绊的，藕断了，却还连着丝。而今想来，是自己太天真了。失去的，总是最好的。这个道理，她怎么就忽略了呢？每一年的清明，都是他们最难熬的日子。看着海先生那心神不宁的样子，乔素素心里就觉得委屈得不行。让自己同一个不在世的人较量，海先生他凭什么呢？还有小鸾。最初，乔素素是曾经下了决心的。决不找带孩子的。她和原先的那一位没有孩子。她可不愿意，一进门就做人家的后妈。况且，后妈难当。这是任谁都明白的道理。当初她母亲极力反对，也是因为心疼她。更要命的是，小鸾偏偏是女儿。是谁说的话，女儿是父亲前世的情人。这话真是对极。海先生和他的女儿，感情十分的好。电话，短信，是从来不曾厌烦过的。看那神态，听那口气，不知情的，不以为是父亲和女儿在说话，倒以为是恋爱中的小情人了。吵架，撒娇，耍赖皮，打嘴仗，种种情态，都是有的。乔素素偶尔从旁听见了，不免酸溜溜的，觉得电话那一端的，不该是小鸾，而应该是乔素素。海先生呢，就笑她，说瞧你，这么大个人了，还吃起女儿的醋了。海先生拿食指挑一下她的下巴颏，说傻不傻？啊，你傻不傻？

　　旁边一个孕妇慢慢走过，挺着高高的肚子，神色宁静，有些雍容的意思。一旁的男人小心地趋步随着，一只手围在身后，虚张声势地护着。一定是做丈夫的了。乔素素这辈子，从来没有机会享受这样的待遇。不是她不想。是海先生。海先生也不是不想。怎么说呢，究竟是年纪不饶人了。再者，做学问的人，镇日里在书斋里待着，也不得益。听医生说，且得吃几服药调理。这阵子，乔素素就十分积极地煎中药。海先生的态度，似乎是无可无不可。这让乔素素心里不痛快。他倒是有了那么大的女儿养老。海先生比她大那么多，万一有一个想不到，可叫她后半生指望何人呢？

　　吴亚芳犹自絮絮地说个不停。海先生只觉得那一只手，被她握得微微出了汗，湿漉漉的难受。有乔素素在一旁，又不好看着对方的眼睛。然而呢，又不好不看。海先生的一双眼睛就有些躲闪，做贼心虚的样子。吴亚芳的笑声很婉转，娇滴滴，脆生生，像一群黄莺，扑棱棱在耳边盘旋。乔素素心中暗暗骂了一句，没见过世面的东西！也不知道是在骂谁。看着海先生的窘样子，乔素素终于有些不忍。上前去一把挽起海先生，冲着吴亚芳甜甜一笑，说吴姐，一会家里来客人，我们去买点菜。回头聊？

　　从菜场出来，太阳正慢慢从那座赭红色大楼边缘掉下去。街心公园里，迎春早已经开了。娇黄的，细碎的小花，挤挤挨挨的，簇在一起，倒很有几分繁华景象了。桃花粉粉白白，让人看了，不禁想起美人的嫣然一笑。经过这一番活动，已经微微地出了汗。乔素素停下来，喘口气。海先生也跟着停下来。海先生的手里拎着大包小包，满当当的。他人又胖，简直一动就出汗。她想起他们夫妻之间的一句玩笑话，禁不住把脸飞红了。瞟一眼海先生，见他衣襟上不知怎么沾了一片菜叶子，纤细的，带着锯齿，大约是茼蒿。忍不住要替他摘下来，却又恐怕前功尽弃了。就扭过头去，只管用手指整理吹乱的头发。海先生见她一张脸红喷喷的，大约因为热的缘故，眼睛里波光闪闪，忍不住要逗她说话。见她耷着眼皮，待看不看的，知道少不得要碰个软钉子。也只有把身段软下来，说累不累？我看还是依着我，请个阿姨帮着做做家务。这也是个老话题了。海先生曾几番提起，乔素素只是不肯。乔素素在图书馆上班，大学图书馆，最适合女人。清闲，自在，假如不喜欢看书的话，甚至还有一些百无聊赖。这当然也是海先生的功劳。女人嘛，就是要闲一些才好。所谓的闲情，闲心，都是养出来的。这是海先生的原话。整日里风风火火的，哪里有女人的样子。怎么说呢，如今，乔素素最重要的事业，是家庭。她宁愿自己劳累一些，也要亲手把家打理好。这是她的江山，失而复得，来之不易。她怎么不知道呢？海先生纵有千般的

如意令

不如意，自己少不得要忍耐一些。已经有过一回了，难不成还要再来折腾一过？想起从前那一回，仗着年纪轻，什么都是大无畏的。爱和恨，都是不管不顾的，赤膊上阵，没有半分遮掩。刀枪之下，难免不伤筋动骨，留下一辈子都难以痊愈的暗伤。然而如今，到底是不一样了。

隔了马路，是护城河。遥遥地，小河里的水涨满了，闪着波光，绸缎一般。有垂钓的人，在河边安静地等着。上来就是车水马龙。他们倒仿佛入定了一样，也不怕吵。路边有一家修自行车的摊子。摊主是一个乐呵呵的中年男人。此刻，他正把一个轮胎抱在怀里，满手油污。女人在一旁打下手，手脚麻利。地下有一个罐头瓶，充作大号的茶杯，染满了黄色的茶渍。两个人并不说话。过了一会，男人把头摆一摆，女人就在围裙上蹭一下手，把茶杯给男人递到嘴边。喝罢水，两个人依旧埋头干活。自始至终，也没有一句话。乔素素想起来，和海先生刚认识的时候，也是说不完的话。后来呢，却越来越话少了。偶尔说一句，往往是听了上半句，对方早已经知道了下半句。甚至于，一个眼神，就知道了对方的心思。海先生是一个风趣的人。可那都是从前的事了。当然了，在外面，海先生或者依旧是从前的样子。风趣，机智，爱说俏皮话，逗得人简直是撑不住笑疼了肚子。乔素素不免有些遗憾。可是，却也觉得安心。有时候，她也一时弄不清楚自己，是喜欢现在的海先生，还是从前的那一个。

海先生见她往前走，只好赶忙提起东西跟着。大包小包的散在地下，等全拎在手里的时候，已经被乔素素落下一大段了。从后面看去，乔素素的身材还是很不错的。洋红洒金的中式小袄，黑色纯棉宽腿裤，头发随意地松松一绾，女人味十足。当初，为了娶她，海先生也是费了一番心思的。这个年纪的男人，太鲁莽了不行，太矜持了呢，也不行。经历了一回，他可不想再在这方面冒险。乔素素这个人，哪里都好，只有一点，学历是低了一些。女人嘛，海先生的意见，还是简单一些才好。女人本就是麻烦的小东西。再遇上个复杂的，可怎么得了！就像原先的那一个。学问倒是大得很，然而，海先生摇了摇头，仿佛要把这个想法摇掉。无论如何，现在的这个女人，知情识趣，虽说是北方女子，不比南方女人的精致，可话说回来，也多亏是北方女子，凡事大气，不计小节。比方说，每年清明的事情，也真是委屈了她。然而，不知道怎么回事，今年，她的脾气似乎是变了一些，不过还好，总不至于吧。

夕阳渐渐从楼顶上坠下去了。西天上一片绚烂，金红，绯红，粉色，浅紫，映在河里，像是有一河的碎金烂银流淌跳跃。对面有一对老夫妇，正预备过马路。老先生提着一兜青菜，另一只手拿着报纸。老太太抱着一个油汪汪的纸袋，一只手扯着丈夫的衣襟。一辆摩托车风驰电掣飞驰而过，只留下一阵震耳欲聋的音乐。不知道谁家的鸽子，似乎受了惊吓，扑棱棱飞起来，翅膀在霞光里轻轻剪过，带着清脆的哨音。

风吹过来，吹在微汗的身上，竟然还是有一些凉了。外套脱也不是，不脱呢，也不是。这个季节的天气，就是这样让人烦恼。海先生把东西换一换手，抬头瞥见乔素素回头看他，赶忙提一口气，快步追上去。

好在，也终于快到家了。

如意令

琴　瑟

　　这一带，是老城区。多是那种朴实的平房，带着一个小小的院落，藏在弯弯曲曲的胡同深处。院子里，大都种了石榴树，还有枣树。窗台上，屋门旁，高高下下下摆着几盆花草，在阳光里寂寂地盛开。狗在墙的阴凉里卧着，闲闲的，百无聊赖，偶尔把耳朵支起来，听一听门外的响动，往往只是摇一摇尾巴，也就罢了。也有楼房。很老的样式，原是那种很旧的灰色，这两年，不知什么时候，却被涂上一层很触目的赭红，仿佛一个严妆的迟暮美人，让人看去，只有感到莫名的凄凉。一楼，人家的窗下，常有一小片空闲。有心的人家，就拿一道篱笆围起来，种上些花草，也可以放一些杂物，比如，破旧的自行车，废弃的木箱子，或者，一只小马扎。这些老物件，跟随了主人大半生，有好几回，都要咬咬牙扔掉了，却到底忍住了。这些老物件，就那么闲置着，渐渐落上一层灰尘。也有一些人家，索性依傍着窗子搭起一间小房。用的是那种极常见的石棉瓦，

70

也有铁皮的，下起雨来，丁当响。这种房子简陋，狭小，像鸽子笼，因为依窗而建，自然就挡住了光线。然而，对这一条，人们却并不介意。这小房子，可以出租呢。这一户人家，就住在这样一间小房子里。正好在第一个单元，临着小铁门。出出进进的人们，就很容易把这一家的生活看得明白。

这一家，其实只有夫妻两个。男人个子不大，却结实。留着平头，紫红的面皮，想必是常年风吹日晒的痕迹。女人呢，很高，略有些胖，显得很丰满。皮肤倒是白净，留着一头长发，在脑后梳起来，一直拖到腰际，走起路来，一荡一荡。看上去，这一对夫妻，总有三十多岁了。也不知道，他们有没有孩子。平日里，只见他们两个人进进出出。或者，把小孩子寄养在乡下了，也未可知。他们住的房子，门前，竟有一片篱笆围起来的空地，算是小小的院子。院子里，边边角角，种了庄稼，菜蔬。几棵玉米，几棵高粱，还有丝瓜，牵牵绊绊的藤，攀着篱笆墙，一路纠缠上去。篱笆旁边，停着一辆三轮车。里面装满了各种各样的废品。矿泉水瓶子，纸箱子，塑料桶，还有旧的书报。这是他们的生计。这夫妻两个，在这里，总有五六年了。这一带的居民，对他们都很熟识。谁家有了废品，只要推开窗子，喊上那么一嗓子，男人就笑嘻嘻地上门来收了。不用下楼，也不用担心斤两和价钱。态度也好，永远都是笑脸。也有时候，人们从他们篱笆旁经过，顺手捎带一只饮料箱，两个空油桶，只管扔在篱笆旁边的三轮车上。夫妻俩看见了，慌忙要从口袋里掏钱，却被拦住了。夫妻俩就冲人家笑一笑，有感激，也有难为情。这一份善意，他们就心领了。

清早，太阳还没有出来，男人就蹲在院子里忙碌开了。他把收来的废品分门别类地整理好，一样一样地，很是耐烦。这一带，多的是各色各样的树，往往都有一抱多粗，很老了。树多，鸟就多。在枝叶间飞飞落落，啁啁叫着。屋门旁有一个小炉子，

琴瑟

炉子上坐着一只小锅，咕嘟咕嘟地冒着热气。女人扎着围裙，忙着往锅里搅疙瘩。来城里好几年了，早饭的习惯却改不了。家乡的人，最喜欢疙瘩汤，有汤有面，呼噜噜两碗喝下去，出上一身透汗，舒服得很。细细的小疙瘩在汤里煮沸了，打了两个滚儿，女人这才把切好的青菜叶子撒进去，关了火。男人还在那堆废品前忙碌，摸摸东，摸摸西，这些东西，是他的宝贝呢。女人打了一盆水，拧了一个湿毛巾把子，递过去。男人并不接，只管低头忙，女人就骂一句，把毛巾打开，给男人擦汗。男人张着两条胳膊，一只手里拿着一个纸盒子，眼睛闭起来，任女人擦，脑袋一抑一仰，很是配合，乖顺得像个孩子。女人一边擦，一边唠叨，看，看看，看看你这样子。擦完脸，男人洗手，女人收拾饭。这时候，太阳正一跳一跳，从楼房的背后爬上来。小院里一片明亮。

吃完饭，男人就去推他的三轮车。大多时候，男人在小铁门旁边，守着摊子，等着人叫他。有时候，他也骑着三轮车转一转。人们见了，老远就招呼，忙啊？男人就笑一笑。人们坐在阴凉里，摇着扇子，看着男人的背影，汗水正慢慢把他的后背洇透，两只穿着塑料拖鞋的脚，一下一下地蹬着三轮车，很有力。人们就叹息道，勤苦人啊，这大热天。有人就接过话茬，说，这个小区，全包了——也够便宜。人们自顾闲聊着，东家长，西家短，待到聊得乏了，正要回家的时候，男人却骑着车从小区深处过来了。车上，装满了各种各样的废品，高高地堆着，一颠一颠的。男人满头大汗，脸上，却是眉花眼笑的。人们就说，这一会工夫。看，看看。

女人在家洗衣服。她蹲在院子里，一面洗，一面留意着外面的动静。篱笆上，挂着一块小纸板，上面写着两个字，缝补。女人在家做惯了，闲不住。针线活计，她也很是在行。篱笆旁的树阴底下，摆着一台缝纫机，蝴蝶牌的，很旧了，可是却好用。如

今，在城里，缝纫机极少见了。人们都买现成的。可也免不了缝
缝补补的事。尤其是，这一带是老城区，老居民的做派，到底是
旧式的，朴素，家常，都是平民百姓的日子。女人的针线好，脾
气又好，在工钱上，也灵活。人们都喜欢把活计拿给她做。院子
里，两棵树之间，横了一根铁丝，上面已经晾了几件刚洗的衣
服，水滴滴嗒嗒淌下来，留下一片湿的迹子。一只麻雀飞过来，
在地上蹦来蹦去，喳喳叫着，冷不防一滴水落在它身上，吓得小
东西一缩脖子，扑棱一声飞走了。女人自顾埋头搓手里的一件大
背心，搓着搓着，也不知想到了哪里，就走神了。墙角栽了一簇
月季，红红粉粉开得正盛，引来两只蜜蜂，嗡嗡嘤嘤地闹。

　　早晨的喧嚣渐渐平息了。小区里重又安静下来。上学的上
学，上班的上班，偶尔也有小孩子，在屋子里憋不住，由保姆抱
着，嘴里咿咿呀呀说着，也不知道在说什么，忽然就高兴了，咧
开嘴，露出粉红的牙床子。女人冲着那孩子的背影看了好一会，
直到看不见了，才恋恋地把目光收回来。这孩子几岁？看样子，
也不过十来个月，老是跃跃地，企图挣扎着下地。当真把他放了
手，肯定要摔跤了。小孩子，简直都一个脾气。女人把头摇一
摇，心里笑了一下。今天，那个人似乎没有出去。往常，八点钟
左右，那个人就会准时从她的篱笆旁走过，出了小铁门，去上
班。那个人喜欢穿一件细格子衬衫，白色休闲裤，说不出的清爽
雅致。至今，女人还记得第一回见面的情景。那一天，是个傍晚
吧，女人端了半盆水，往瓜架上一泼，不料一个人正从篱笆旁走
过，待要收回来，已经晚了。女人惊呼一声，那个人的裤脚就湿
了半截。正手足无措，那个人却扭头冲她笑一笑，走了。女人立
在原地，呆了半响，方才省过来。心里想，这个人，倒和气。从
那以后，也不知怎么，女人总是看见那个人。每天早上，八点左
右，出门；傍晚，六点多钟，回来。女人心里纳罕，怪了，这个
人，怎么以前竟没有见过？阳光照下来，煌煌的，很热了。女人

琴瑟

抬起胳膊，把额角掉下来的一绺头发掠上去，一滴水珠子就飞上来，她慌忙闭一闭眼。

午饭是凉面。女人的手擀面，最拿手。在乡下的时候，进了伏天，女人几乎天天做凉面。她知道，男人离不开这个。饭后，男人照例是不睡，坐在阴凉里，把上午收来的旧书旧报整理好，打捆。女人收拾完，坐在他的对面，把破了边的蒲扇拿过来，用一个花布条包了，密密地缝上。小区里寂寂的，人们都在午休。蝉在树上叫着，一声疾，一声徐，在某个瞬间，忽然又停下来。四下里一片寂静。阳光从树叶的缝隙里漏下来，落在地上，落在花盆里，落在男人的脊梁上，一跳一跳的。还有一片，落在女人的眼睛里。女人把眼睛闭一闭。再睁开的时候，眼前竟是茫茫的一片，仿佛刚从梦里醒来。男人还在埋头翻检书报，纸张在他手里飒飒响着。男人说，怎么了？女人说，有点困。男人说，就去躺一会嘛。女人却不动，仍是低头缝蒲扇。隔一会，一个长长的哈欠打出来，眼睛里就有了泪光。男人说，看，看你。女人就笑。男人站起身，把两只手拍一拍，就往外走。女人说，去哪？男人不说话，自顾出去了。不一会，男人抱了只西瓜回来，笑嘻嘻的。女人看见，却恼了。男人把指头在瓜上弹一弹，说好瓜。女人不理他。男人把瓜在水管子下面洗了洗，去屋里拿了刀，刚要切，女人说，多少钱，这瓜？男人也不回答，喀嚓一声把瓜劈开，露出红红黑黑的瓤子。女人说，问你呢。男人把一牙瓜递过来，说，三伏天，总得吃回瓜。女人就不说话了。两个人专心吃瓜。蝉声忽然大起来，像雨点，密密地落了一地。树叶子在阳光下一闪一闪，灼人的眼。

傍晚时分，小区里渐渐热闹起来。小铁门旁边，有一条长的木椅，还有一只旧沙发，不知道谁家淘汰下来的，就放在树下，供人闲坐。太阳渐渐黯淡下去了，一天中，难得片刻的凉爽。老人们在树下坐着，聊天，东家长，西家短，更多的时候，是沉默。他们静静地打量着来来往往的行人，他们的眼睛深处，有平静，也有茫然。明天，他们是不再想了。可是，往事，怎么就总是忘不了。一时清晰，一时模糊，仿佛是一场梦，想起来的时候，总让人没来由的惘然。人们从四面八方回来了，陆陆续续，像归巢的鸟。女人们忙着做饭，男人们呢，不免互相寒暄几句，相互递上一支烟，就立住了，谈谈时局，谈谈形势，全是一些男人们的话题。这个时候，是不开玩笑的。老人们就在身旁。还有小孩子，嘴里呼啸着，跑来跑去。篱笆墙里，女人在炉子旁边忙碌，偶尔朝这边看一眼，听一听男人们的高谈阔论。这个时候，她总会想起那个人。男人们的话，她听不懂，可是，她觉得欢喜。她愿意看他们侃侃而谈的样子，自信，笃定，胸有成竹，不待开口，就让人觉得信服，觉得有理。那个人，她想，谈论起来，恐怕也是这个神气吧。那一回，从菜场回来，刚走到小铁门旁，一辆汽车悄无声息地停下来，正挡住她的去路。女人赶忙避在一旁，车门开了，先下来一只脚，穿着皮鞋，擦得亮晶晶的，接着，女人看见，竟然是那个人。那个人回身砰的一声关上车门，一抬手，丁的一下，锁车，动作洒脱优雅。女人立在一旁，都看得呆了。男人在篱笆旁边，正把一堆废品往三轮车上装。女人看着男人的背影，有那么一瞬，就恍惚了。天热，男人打着赤膊，黑黝黝的背上，汗水一道一道淌下来，亮晶晶的。女人心里忽然就疼了一下。炉子上的锅沸了，孜孜响着，女人慌忙把一颗心思收回来，努力按回腔子里去。

　　暮色渐渐笼罩下来。空气里流荡着饭菜的香气，是晚饭时分了。不知谁家的电视，正在播着广告，一个女声，不厌其烦地宣讲着天然皂粉的好处。忽然间，一个小孩子哭起来，夹杂着大人的训斥声，另有一个人在劝，谆谆的，劝着劝着就失去了耐心，任他哭。小院子里，两个人静静地吃饭，谁都不说话。饭食很简单。馒头，凉茄，额外加了一道菜，烧豆腐。因了这烧豆腐，男

琴瑟

人就想喝一盅。今天好，顺，只在一家就收了两车。两车，满满的两车，都是书，还有杂志，很厚，很重，拿在手里，简直像一块砖。男人心里痛快，就多喝了两盅。女人也不拦着，只是把菜往男人那端挪一挪。小孩子还在哭，直着个嗓子，明显没有了先前的气焰，却还是勉力支撑着，有点示威的意思，声音里尽是疲惫，又一时下不来台，只有呜呜咽咽地坚持下去。女人叹口气，说，这孩子——男人抿了一口酒，说，跟民子一样，犟。女人的眼窝就红了红。男人知道她这是想民子了，就说，赶明儿打个电话。女人把头点一点，说，也该打点钱了。这一时，那孩子的哭声终于慢慢低下去，低下去，听不见了。墙角里，小虫子在唧唧叫着，高一声，低一声，女人收拾碗筷，男人呢，喝得醺醺然，看着女人的身影，就哼起了家乡的小调。哥哥长妹妹短，欢快而流气。女人噗嗤一声笑了。男人趁势凑上来，把嘴巴附在她耳朵边上，威吓她，笑，让你笑，让你再笑。女人张着两只水淋淋的手，只得拿胳膊肘抵挡着，一面嘴里骂道，看你，让人看见。男人就按捺不住了，一把把女人抱起来，往屋里走，一面在她耳朵里吹热气，我让你笑，让你笑，让你笑，再笑。

月光从窗子里照进来，在木床边流淌。女人睡不着。男人的鼾声一起一伏，屋子仿佛一只小船，在水上一荡一荡。女人躺在小船里，身子里的潮水一浪一浪地涌上来，简直要把她淹没了。想起来都让人脸红。方才，也不知怎么，就做了那样的梦。她把脸埋在枕头里，心里慌慌的，只是跳个不停。直到现在，她还不肯承认，梦里，那个男人，就是那个人。这怎么可能。小虫子在外面唧唧叫着，让人心慌意乱。方才，在梦里，那个人，看上去那么斯文，却简直是——简直是可恨。她在黑暗中错一错牙，却又轻轻叹了口气。男人的鼾声忽然停了下来，她心里一惊，莫不是他听见自己叫了？直到这一刻，她才发现，浑身都是汗水，湿漉漉的，仿佛刚刚淋了雨。她想起方才梦里的事，心里剧烈地荡漾了一下。男人翻了个身，模模糊糊地说了句什么，又睡去了。女人在自己的胳膊上拧了一把，骂了自己一句。

太阳渐渐移到了头顶，树下的阴凉越来越小了。女人趴在缝纫机上，哒哒哒踩着机子，手里的一双枕套，马上就好了。女人抬头看了看天，茫茫的大太阳，毒花花的一片。毕竟是伏天了，真热。女人忙着手里的活计，心里却计划着午饭的事。午饭得改善一下。豆角焖面，对，就是豆角焖面。豆角得出去买，就用那种豇豆角，要稍老一些才好。还有肉，应该割上一点肉。他们两个人，有日子不动荤了。

男人回来的时候，午饭已经做好了。男人吸一吸鼻子，说香，真香。女人早把水打好，嘱他脱了背心，自己把毛巾湿透了，要给他擦背。男人躬身趴着，把两条胳膊撑着盆沿，嘴里哎呦哎呦呻唤着，听上去，很舒服，又很痛苦。女人只管把水哗哗地撩上他的背，然后把毛巾往男人一扔，说自己擦。男人就自己擦，一面说，不管了？女人也不理他，自顾盛饭，剥蒜，又把男人的酒壶拿出来，推到他跟前。男人看着女人的脸，说今天，怎么了？女人说没怎么。男人说，有好事？女人说好事，哪里有那么多好事。男人就把脸附过来，一直看到她的眼睛里，说让我猜一猜——我知道了。女人脸上就红了一下，一巴掌打过去，说，吃饭也堵不住你的嘴。两个人就吃饭，一时都无话。一院子的蝉声，满耳朵都是。男人就着焖面喝酒，喝了两盅，就被女人劝住了。这比不得晚上。下午，还得干活。男人就不喝了。吃过饭，男人就有点困，却强自撑着，整理那些废品。女人呢，照例是坐在一旁，给一条裤子扦边。这种活儿，她向是做惯了的。在乡下，谁家的姑娘不懂针线，模样脾性再好，总也算一大短处。女人缝好了，把头俯下去，拿牙齿咬断了线头，一面抬眼看了看男人。男人显然是困极了，坐在那里，脑袋一点一点，像鸡啄米似的。这是女人第一次以旁人的眼光打量男人。男人赤着背，背心搭在肩上，穿一条大短裤，光脚上，是一双灰色塑料拖鞋。此时，他已经睡着了，歪着头，耷拉在胸前，他的嘴巴微微张开，表情似乎很是惊讶。男人的光脚上，有一些泥点子，怎么刚才就忘了让他洗一洗。还有他的短裤，也该换了，裤腰子上已经洇出一片一片的汗渍，像云彩。男人的额上，眼角边，已经爬满了细细的皱纹。女人看了一会，心里忽然就难过起来。这是当年那个青涩的后生吗？当年，他们头一回见面的时候，他多年轻。也不过二十吧。一说话就脸红，一双眼睛，简直都不敢朝她看。可如今，他坐在那里，困成这个样子，疲惫，萎顿，邋遢，仿佛都让人认不得了。在乡下的时候，清苦是清苦，然而却笃定，从容，不论怎样，都是有根底的。哪像现在。怎么说呢，来城里，总也有五六年了。家乡的人，都知道他们发了财。家里的房子都翻盖了，可不是发了财么？男人呢，又极爱脸面，跟人家辩了几回，到底是辩不清，也就沉默了。逢年过节回家，就只得打肿了脸，充胖子。为这个，她也同男人怄气。可是，能怎样呢？这样的日子，无边无际，总得一天一天过下去。一只刀螂从玉米棵子里蹦出来，蹦到她的脚边，抖动着细的须子，朝她试探。女人俯身把这青绿的东西抓住，看着它挣扎了半晌，就松了手。女人叹了口气，半阖上眼。远远近近，到处都是蝉声。

　　周末，日子总比平时慢了半拍。男人一早就出去了。收购站在东城，往返须得大半天。女人身上倦，就在床上多歪了一时。听见外面有人叫，知道是有人来取活。女人把顾客打发走，刚要回屋，看见那个人从楼门里出来。路过篱笆的时候，他无意间朝这边看了一眼，镜片一闪，女人的心就无端地跳了一下。忽然又想起那天夜里的梦，呸了自己一口，就发起怔来。满院子阳光，新鲜而凌乱。

　　一整天，女人都心思恍惚。男人回来，以为她是病了，摸一摸额头，凉沁沁的，并没有发热，就问她。女人被问得不耐烦，忽然就发了脾气，把桌上的一条黄瓜扫在地上，咔嚓一声，摔断了。男人有些奇怪，女人一向的好脾性，今天，这是怎么了？也不敢再问，就只有敛了气息，出去了。女人伏在床上哭了一通，方才慢慢止住了，收了泪，看见床头放着大半碗糖拌西红柿，小锅在门口的炉子上突突响着，屋子里弥漫着一股绿豆粥的香气。院子里，男人正弯腰把矿泉水瓶扔进大麻袋里，砰，一个。砰，又一个。女人看着那碗糖拌西红柿，红殷殷的，真是好看。女人最爱吃糖拌西红柿。大热天，这东西，祛火呢。女人吃了一口，酸酸甜甜，喉头就哽了一下。哎，她隔了窗子叫。她从来不喊男人的名字，他也是。他们都管对方叫作"哎"。哎，她又叫。男人慌忙放下手里的活，跑过来。慌什么？女人横了他一眼，那个绿豆，你挑一挑没有？有虫子了。男人看着女人肿着一双眼，头发睡得毛毛的，因为泪水的冲洗，脸上仿佛更有一种纯净的光泽，就笑了，说，病好了？女人又睃了他一眼，说，谁有病，你才有病。

　　夏天，日光正长，晚饭过后，天色才慢慢暗下来。老城区的人们，大都有乘凉的习惯。这一带，树多。繁茂的枝叶，把一天的星星都遮住了。小铁门旁，路灯的光洒下来，敝旧，昏黄，然而却让人温暖。上了年纪的人，歪在藤椅上，东一句，西一句，全是些陈年旧事。稍稍年幼些的，听着听着，渐渐就有了鼾声。远处，有人气急败坏地揿着汽车喇叭，每一声都是不耐的催促。喧嚣了一天的城市，此时沉静下来，带着迷离的乱梦，慢慢往幽深的夜里沉下去，沉下去。篱笆墙里，两个人收拾完毕，坐在黑影里，一递一声说着话。风把玉米叶子吹得索索响，还有南瓜花的香气，这个时候，总是分外的浓郁。蟋蟀在墙角里唱着，同蝉声织成一片，在某个瞬间，忽然沉默下来，稍顷，就又继续了。这一回，却变换了节奏，然而更热烈了。女人说，倒像在村子里了。男人说，怎么，想家了？女人不说话，只是一手扶腰，另一

琴瑟

花好月圆

手握成拳头，在后腰上轻轻捶着。男人说，这两天身子倦，就别逞能——跟你说了多少回了。一面就过来，替女人揉腰。女人说，我才不像你，我心里有数。半老四十了，还当自己是小伙子。男人说还嘴硬，手下揉着，揉着揉着就揉错了地方。女人就恼了，却挣不开。男人低声说，我倒要你看看，我还是不是小伙子。女人在黑影里骂了一句，男人就笑了。一滴露水从树上落下来，砸在女人热热的脸上，凉沁沁的。

夜深了。

那 雪

一

　　傍晚的时候，下了一点雨。空气有点湿，有点凉，弥漫着一种植物和雨水的气息。那雪把手插在衣兜里，抬头看了看天。周末。又是周末。在北京这些年，那雪最恨的，就是周末。大街上，人来人往，也不知道，哪里来的那么多的人。还有汽车。各种各样的汽车，在街上流淌着，像一条喧嚣的河。那雪在便道上慢慢地走，偶尔，朝路边的小店里望一望。店里多是附近大学的学生，仰着年轻新鲜的脸，同店主认真地侃着价。当年，那雪也是这样，经常来这种小店淘衣服。那时候，多年轻！那雪喜欢穿一件洗得发白的牛仔裤，细格子棉布衬衫，头发向后面尽数拢过去，编成一根乌溜溜的辫子。走在街上，总有男孩子的目光远远地飘过来，像一片片羽毛，在她的身上轻轻拂过，弄得那雪的一颗心毛茸茸的痒。

　　怎么说呢，那雪算不得多么漂亮。可是，那

81

雪姿态美。长颈，长腿，有些身长玉立的意思。偏偏就留了一头长发，浓密茂盛，微微烫过了，从肩上倾泻下来，有一种惊人的铺张。从后面看上去，简直惊心动魄了。为了这一头长发，那雪没少受委屈。很小的时候，母亲给她梳头，她站在一个小凳子上，刚好到母亲的胸前。母亲的胸很饱满，把衬衣的前襟高高顶起来，使得上面的一朵朵小蓝花变形，动荡，恣意，有点像醉酒的女子。那雪的鼻尖在那些恣意的小蓝花之间蹭来蹭去，一股甜美的芬芳汹涌而来，那是成熟和绚烂的气息。那雪喜欢这种气息。多年以后，当那雪长成一个汁液饱满的女人，她总是会想起那些扭曲的小蓝花，那种气息，热烈而迷人。母亲命令她转过身去。她恋恋不舍地把鼻尖从那些绽放的小蓝花中挪走，背对着母亲。早晨的阳光照过来，她感到梳子的尖齿在头皮上划来划去，忽然就疼了一下。这么多的头发，像谁呢？母亲的抱怨从头顶慢慢飘落，堆积，像秋天的树叶。这样的话，那雪是早就习惯了。也不知道怎么一回事，母亲对她的头发，总是抱怨。也不全是抱怨。是又爱又恨的意思。童年时代的那雪，被人瞩目的焦点，便是她的头发。母亲总能够一面抱怨，一面在她的头发上变出各种花样，让看到她的人眼睛一亮。一根头发被梳子单独挑起，有一种猝不及防的疼。那雪的鼻腔一下子酸了，一片薄雾从眼底慢慢浮起来。直到现在，她还记得当年那种感觉。早晨。阳光跳跃。母亲胸前的小花恣意。梳子在头发里穿越。细细的突如其来的疼痛。泪眼模糊。窗台上一面老式的镜子，龙凤呈祥，缠枝牡丹，花开富贵的梳妆匣。阳光溅在镜子的边缘，在某一个角度，亮晶晶的一片，闪烁不定。

　　一滴水珠飞过来，落在那雪的脸颊上。一个男孩子，正把一支深蓝的伞收好，冲她笑一笑，露出一口雪白的牙齿。那雪看着他的背影发了一会子呆。这个男孩子，大约有二十岁吧。想必是B大的学生。在这一条街上，总能够看到这样的男孩子，阳光般明朗，青春逼人。当然，也有神情悒郁的，留着长发，浑身上下有一种颓废的气息。然而，终究是青春的颓废。有了青春做底子，颓废也是一种朝气。那雪把头发向耳后掠一掠，心里忽然就软了一下。她是想起了杜赛。这个人，她有多久没有想起来了？那个男孩子的背影瘦削，但挺拔。每一步都有一种勃发的力量。这一点也像杜赛。那雪看着街上一辆警车呼啸而过，闪电一般。雨后的空气湿润润的，新鲜得有些刺鼻。那雪把两个臂膀抱在胸前，深深地吸了一口气。

　　街上的灯光渐次亮起来。城市的夜晚来临了。两旁店铺的橱窗里人影浮动，看上去繁华而温暖。那雪在一家内衣店前迟疑了一时，慢慢踱进去。老板很殷勤地迎上来，也不多话，耐心地立在一旁，看她在一排内衣前挑挑拣拣。漫不经心地选了一套，正拿在手里看，手机响了。是叶每每。她踱到窗前僻静的地方，接电话。老板从旁看着她，脸上一直微笑着。叶每每的声音听起来很热烈。她问那雪在哪里，做什么，吃饭了吗——我跟你讲啊——那雪看了一眼旁边的老板，他真是好涵养。依然微笑着，没有一丝不耐。叶每每在电话那头叫起来，在听吗你——七点，暧昧。不许迟到啊。

　　从地铁里出来，那雪穿过长长的通道，往外走。风很大，浩浩的，把她的长裙翻卷起来。她腾出一只手按住裙角，忽然想起那一回，夜里，从外面回来，地铁口，也是浩浩的风，直把一颗心都吹凉了。那雪不喜欢地铁的原因，究其实或许是因为这风。那种风沙扑面的感觉，让人止不住地心生悲凉。地铁外面是另一个世界。红的灯，绿的酒，衣香鬓影。城市的夜生活才刚刚开始。

　　暧昧是一家茶餐厅。叶每每喜欢这名字。暧昧。那雪不明白，为什么非要叫暧昧。远远地看见叶每每坐在那里，埋头研究菜单。看见她，一面指表，一面叫道，迟到八分零三秒。那雪坐

那
雪

下，看叶每每点菜。叶每每今天满脸春色，两只眸子亮晶晶的，水波荡漾。那雪和叶每每是同学，硕士时代的同学中，几年下来，在北京，也只有她们两个一直保持着很好的私交。叶每每是那种非常闯荡的女孩子，胆子大，心野。人倒是生得淑女相，长发，细眉，一双丹凤眼，微微有点吊眼梢。叶每每最喜欢的，就是一个人单枪匹马去旅行。用叶每每的话，旅行是一场冒险，灵魂的，还有身体的。叶每每是一个喜欢冒险的人。有时候，那雪一面听着叶每每惊心动魄的奇遇，一面想，这样娇小的身体里，究竟潜藏着多么巨大的能量？

怎么，又有艳遇？

叶每每笑，此话怎讲？那雪把嘴撇一撇，说自己照镜子吧。叶每每果真就拿出一面小镜子照了照。那雪说，今年桃花泛滥啊。叶每每把镜子收起来，幽幽叹了一口气，说，我可不是你。清教徒。有音乐从什么地方慢慢流淌过来，是一首经典英文老歌，忧伤缱绻的调子，让人莫名地黯然。那雪低头把一根麦管仔细地拉直，一点一点，极有耐心。薄荷露很爽口，清凉中带着一丝微甘，还夹杂着一些淡淡的苦，似有若无。那雪尤其喜欢的，是它葱茏的样子，绿的薄荷枝叶，活泼泼的，在杯中显得生动极了。还有薄的柠檬片，青色逼人。叶每每把杯子里的酒一饮而尽，说，人生难得沉醉的时刻。那雪，不是我说你——那雪看了一眼叶每每，知道她是有些醉了。叶每每爱酒，量却不大。而且，逢酒必醉。这一点，就不如那雪。那雪是能喝酒的。可是那雪轻易不露。在人前，那雪更愿意保持一种淑女的仪态。酒风也好。不疾不徐，十分的从容。叶每每呢，上来就是一心一意要喝醉的样子，气焰嚣张，惹得人家都不好意思劝她。那雪知道，这一回，叶每每又要故伎重演了。那雪把她的酒杯拿过来，替她倒酒。叶每每口齿含混地说道，满上。那雪，满上。今晚不醉不归。那雪——

二

从出租车上下来，那雪在街头立了一会。夜色苍茫。大街上一片寂静。偶尔，有汽车一闪而过，仿佛一条鱼，游向夜的河流深处。夜凉如水。那雪把两只手臂抱在胸前，抬眼望一望楼上。这一幢居民楼，是上世纪八十年代的房子，老而旧，一眼看上去，总有一种沧桑的岁月风尘的味道。那雪喜欢这味道。尤其是，这一带有很多树，槐树，还有银杏，很老了，翁翁郁郁的，让人喜欢。当初来这里租房的时候，那雪只看了一眼，就定下来了。她甚至都没有问一问价格，也没有看一看里面的格局。那时候，那雪研三，刚刚答辩完，马上面临着毕业。有一度，那雪对这所小小的房子简直是迷恋。这是她的小窝。在偌大的北京城，这是她的家。那雪用了整整一周的时间，把这个家收拾得情趣盎然。她买来壁纸，把墙壁糊起来，浅米色，飞着暗暗的竹叶的影子。家具是现成的，一色的原木，只薄薄地上了一层清漆，裸露着清晰的纹理。那雪养了很多植物。龟背竹，滴水观音，绿萝，虎皮掌，孔雀兰。那雪喜欢植物。植物不像人。植物永远是沉默的。你给它浇水，它就给你发芽，甚至开花，甚至结果。植物永远善解人意。而且，植物永远在你身边，不离不弃。那雪最喜欢的，是每天早晨，到阳台上给它们浇水。阳光照过来，植物的绿叶变得透明，可以看见叶脉间汁液的流淌，甚至可以听见流淌的声音。那雪举着喷壶，仔细地给植物们浇水。它们需要她。每一天下班回家，那雪都有点迫不及待。这一点，即便是叶每每，她都从来没有告诉过。叶每每一定会笑她吧。然而，这是真的。至于杜赛，更是无从说起。在她的眼里，杜赛就是一个孩子。尽管杜赛只比她小两岁。尽管，杜赛不止一次向她抗议，甚至威胁。杜赛喜欢把她抵在那个小吧台上，慢慢咬她的耳垂。其实是窗子

那雪

的位置，被主人设计成一个小巧的吧台，完整的黑色大理石台面，荡漾着活泼的水纹。杜赛的唇湿润柔软，在她的耳垂上慢慢辗转。他知道她受不了这个。杜赛一面咬她一面逼问，谁是孩子，说，到底谁是孩子？杜赛的身上有一种青草般的气息，清新袭人，在他的怀里，仿佛躺在夏夜的草地上，蓬勃而湿润，带着露水的微凉。杜赛。大理石般凉爽的触感，年轻男人的火热和硬朗。那雪在一瞬间有些恍惚。

已过午夜，整个楼房黑黢黢的，只是沉默。偶尔有谁家的窗子里透出灯光，是晚睡的温情的眼。那雪在楼下踟蹰了一时，掏出钥匙开门。

也不知从什么时候开始，那雪有点害怕回到这个小屋了。有时候，她宁愿在外面延宕，延宕多时。那雪还记得刚搬过来的时候。那时候，她是多么依恋这个安静的小窝啊。她依恋它，就像孩子依恋母亲。她喜欢一个人呆在家里，看书，写字，或者，什么都不做，搬一把小折叠椅，坐在阳台上，晒太阳。阳光吐出一根根金线，密密地织成一个网，温柔的网，将她罩住。她躲在这网里，发呆，想心事。这样的周末，她甚至可以两天不下楼。

当然，那时候，她还没有认识孟世代。

那雪这个人，怎么说呢，天真。用叶每每的话就是，有点傻。在男人方面，尤其没有鉴别力。叶每每把这个归因于那雪的家庭。那雪姐妹两个。从小，她生活在缺乏异性示范的世界里。父亲不算。父亲是另外一回事。叶每每嘲笑她，那雪，你简直是——不懂男人——简直是——

叶每每说得对。像孟世代这样的男人，那雪再傻，也是看得出他的一些脾性的。可是，那雪执拗。其实从一开始，那雪就知道，孟世代是一个浪荡子，久经情场，在女人方面，更是阅尽春色。当然，这样形容孟世代也不尽准确。孟世代在京城文化圈里名气很大，文章写得聪明漂亮，是可以一再捧读的。孟世代为人也通透，在大学教书，却没有一丝书斋里的迂腐气味，长袖善舞，人脉极广。孟世代喜欢那雪。这一点，是可以肯定的。用叶每每的话说，那雪这样的女人，有哪一个男人见了不喜欢呢？问题在于，从一开始，那雪就不该对这一场感情抱有太多的期待。孟世代是一个有家室的人。可是，也不知道为什么，那雪对孟世代的家室倒没有太多的醋意。当然，那雪知道，孟世代的家在另外一个城市，远离京城，那一个家，对孟世代来说，只是一个象征罢了。他极少回去。而且，据他讲，对家里的那一个，他是早已经心如死灰了。那雪听这话的时候，心里有一点得意，也有一点感伤。有时候，听着他在电话里对着那一头认真地敷衍，莫明其妙地，她会生出一种难以言说的悲凉。更多的时候，孟世代得拿出时间来应付身边的莺莺燕燕。这些年，一个人在北京，想必也少不得花花草草的事。孟世代向来不大避讳那雪。他当着她的面，接她们的电话，看她们的短信。那雪听他们在电话里缠缠绕绕地调笑，全是一些无关紧要的精致的废话。孟世代一面说，一面冲着那雪眨眼睛，有炫耀，也有无辜，还有几分甜蜜的无可奈何。那雪那种熟悉的疼就汹涌而来，从右手腕开始，一点一点，慢慢向心脏的深处蔓延，像钝的刀尖。对这种疼痛，那雪有些迷恋。这真是奇怪。用叶每每的话，有自虐倾向。那雪笑，也不分辩。自虐倾向，或许是有吧。要不然，她怎么会千里迢迢从家乡的小镇来到北京，吃了那么多的苦，还愿意在这个举目无亲的城市里辗转，挣扎。她记得，还是刚来北京的时候，有一回，在一条小胡同里迷了路，懵懵懂懂撞进一户人家，正是隆冬，天阴得仿佛一盆水，空中偶尔飘下细细的雪粒子。门帘挑起一角，油锅飒飒的爆炒声传出来，还有热烈的葱花的焦香。那雪慌忙退出门去。一股热辣辣的东西涌上喉头，硬硬的，直逼她的眼底。一个小孩子举着糖葫芦跑出来，光着头，也没戴帽子，很狐疑地看着她。屋子里有大人在喊，快回来——冷，外面冷——风很大，把

那雪

人家的旧门环吹得格朗朗乱响。

　　浴室的莲蓬头坏了。那雪勉强洗了澡。心里总是疙疙瘩瘩的，感觉不畅快。要是有孟世代在，她根本不会为这种事烦心。孟世代这个人，在世俗生活里一向是如鱼在水中。他活得舒畅，滋润，在物质享受上，从来都不肯令自己受半分委屈。这一点，那雪一直很是钦佩。同时，又有那么一点不屑。那雪向来是清高自许的。同物质比较起来，她更愿意让自己倾向于精神。当然，那雪也喜欢名车豪宅，喜欢华服，喜欢美食，喜欢定期到美容院，做皮肤护理，做香薰 SPA。喜欢在各种各样的场合，男人们惊艳的一瞥，当然，还有女人们欣赏中的嫉恨。那雪承认自己的虚荣。可是，有哪一个女人不虚荣呢？只不过，那雪把这虚荣悄悄地藏起来，藏在心底，让谁都识不破。包括孟世代。

　　当初，孟世代追那雪的时候，简直是用尽了心机。糖衣炮弹自然是少不得的。孟世代这个人，在女人方面，总是有着无穷的智慧和勇气。更重要的是，孟世代有着雄厚的经济基础。经济基础决定上层建筑，这话是真理。有时候，那雪跟在孟世代身旁，在堂皇的商场中慢慢转，售货小姐恭敬地陪侍左右，笑吟吟地恭维，先生的眼光真好，太太这么好的身材，穿我们这新款，再合适不过了。先生。太太。那雪心里跳了一下，脸上有些烫。她们这些人，阅人无数，一眼就可以看出里面的山重水复。她们只是不说破罢了。孟世代的手在她的腰上轻轻用了一下力，脸上却依然是波澜不惊。他让她试装。走过去。走过来。转身。回头。他把眼睛眯起来，两只胳膊抱在胸前，远远地看。他有时候点头，有时候摇头，有时候，什么也不说，只是久久地盯着她看，直看到她的眼睛里去。那雪的心就轻轻地荡漾一下，把身子一扭，说不试了。却被他拉住了。他对售货小姐说，这些，都包好。眼睛却看着那雪。那雪呆了一呆。她怎么不知道，这个牌子的衣服，贵得简直吓人。眼看着一件件衣服被包好，装进袋子，递到自己手里，只有垂下眼帘，轻声说，谢谢。孟世代在她耳边说，怎么谢？鼻息热热的，扑在脸上。那雪的心里又是一跳。

窗帘垂下来，把微凉的夜婉拒在窗外。或许，雨还在下着。也或许，早已经停了。可是，无论如何，这是一个雨夜。那雪喜欢雨夜。雨夜总给人一种特别的感觉，迷离，幽深，低回，忧伤，充满神秘的蛊惑力。

知道吗？你就像——这雨夜。那一回，杜赛拥着她，在阳台上看雨。细细的雨丝，打在窗玻璃上，瞬间形成大颗的雨滴，亮晶晶的，像夜的泪。

你的身上有一种味道，雨夜的味道。杜赛说。我喜欢。

三

孟世代这个人，怎么说呢，南方人，却是南人北相。然而刚硬中，到底还是有属于南方的缠绕温润。这两种品性，使得孟世代有一种很奇特的气质。奇怪得很，按理说，这种老少配，应该是一边倒的姿势。当然是向着那雪这边。虽不是白发配红颜，却实实在在是相差了十五岁。有了这十五年的岁月，任孟世代在外面如何叱咤风云，在红颜面前，总该是不惜万千宠爱的。然而不。在孟世代的宠爱背后，那雪却分明感受到一种威压，莫名的威压。有时候，那雪心里也感到恼火。凭什么呢？没有道理。难不成就是凭了那几两碎银子？正要把脸子撂下来的时候，却见人家分明是微笑着的。孟世代的微笑很特别。嘴角微微地翘起来，脸上的线条柔软极了，眼神是空茫的，仿佛蒙了一层薄雾，有些游离世外的意思，又有一些孩子般单纯的无辜。当初，就是这微笑，让那雪心里怦然一动。这是真的。有时候，那雪不免想，以貌取人，是多么幼稚的事情啊。可是，人这一生，有谁敢说不犯这种幼稚的错误？

那雪

夜，是整幅的丝绸，柔软，绚烂，有着芬芳的气息和微凉的触感，让人情不自禁地想沦陷其间。那雪把鼻尖埋在枕头里，任松软的棉布把一张脸淹没。恍惚间，依稀仿佛有一种熟悉的味道。怎么可能。床上的东西是全部换过的，虽然，那雪极喜欢那一套开满淡紫色小花的卧具。单位募捐的时候，她咬一咬牙，把它们抱了去。办公室的人都围过来，看那华贵的包装。嘴里一片惋惜，说她大方，这么漂亮的东西——那雪笑一笑。漂亮。这世上有的是金玉其外的东西。当初，孟世代带她逛商场的时候，她一眼就喜欢上了这一套。家居区域的气息很特别，一张一张的床，美丽的卧具，薄纱的帷幔深处，随意散落着毛绒玩具，娇憨可爱，是浪漫温馨的家的味道。那雪慢慢地流连，看一看，摸一摸，认真地询问，仔细地比较。孟世代从旁看了，捏了捏她的手。那雪感到心脏深处有一点痛，渐渐弥漫开来，迅速掣动了全身。孟世代这是在提醒她了。或者说，警告。有必要吗？她怎么不知道，同眼前这个男人，他们没有未来。他们只有现在。至于家，更是她不曾奢想的。在北京，她的家，就是她自己的那一个小窝，简单，却可以容纳她所有的一切，包括伤痛，包括泪水，还有一个个全副武装的白天，以及无数个溃不成军的夜晚。就像今夜。那雪也不知道为什么，忽然就想流泪。不仅仅是因为孟世代。杜赛，也不是。她是为了她自己。

记得来北京那一年，正是秋天。走在校园的小径上，梧桐树金黄的叶子落下来，偶尔踩上去，发出擦擦的声响。池塘里，荷花已经过了盛期，荷叶倒依然是碧绿的。有一对情侣，坐在荷塘边的椅子上，头碰着头，唧唧咕咕地说着悄悄话。那一本厚厚的线装书，不过是爱情的幌子。那雪抬头看一看天，苍茫辽远，让人心思浩渺。秋天，真是北京最好的季节。那雪是在多年以后才知道，那最初的秋天，在她异乡的岁月里，是多么地绚烂迷人。而以那个秋天开始，之后三年的读书生涯，又是多么地宁静而珍贵。那时候的那雪，心思单纯。当然了，在叶每每的词典里，单纯这个词，并不是褒义，相反，单纯的同义词是，傻，迂，呆，没有脑子，没心没肺。可不是。同叶每每比起来，那雪简直就是一个傻丫头。谁会相信呢，那雪不会谈恋爱。竟然不会谈恋爱！叶每每每一回说起来，都是恨铁不成钢的口气，简直白白读了一肚子的书，简直是——叶每每把那雪的一头长发编了拆，拆了编，心里恨恨的，手下就不由地用了力，那雪丝丝地吸着冷气，骂道，狠心的——也就笑了。叶每每说得对。三年间，那雪身边从来都不乏追求者，其中，有的是钻石黄金品质的男孩子，至少，是很好的结婚对象。可是，那雪呢，硬是一个都不肯要。也不知道怎么一回事。直到遇到孟世代。叶每每冷眼旁观了许久，长叹一声，这一回，这个心高气傲的丫头是在劫难逃了。

　　叶每每是北方姑娘，却生得江南女子的气质颜色，骨骼秀丽，娇小可人，皮肤也是有红有白，水色极好。性格竟是北方的。在对待男人的态度上，最是有须眉气概，杀伐决断，手起刀落，十分地豪放爽利。这一点，令那雪不得不服。当初在学校的时候，有几个痴情种子，软的硬的，使尽了手段，把那雪纠缠得万般无奈，其中有一个，在网上贴了致那雪的公开情书，配上那雪的玉照数张，都是从那雪博客上下载的，点击量暴增，跟帖者无数，一时闹得满天星斗。最后到底是叶每每出马，把这个痴狂小子彻底搞定。直到现在，那雪也不知道，当年，叶每每究竟使了什么计，把那小子一剑封喉，从此风烟俱净。问起来，叶每每便说，什么计，美人计嘛。那雪嘴里丝丝地吸着凉气，说那牺牲也太大了点。叶每每大笑，又傻了吧，两性之间，哪里有什么牺牲？

四

　　仿佛还在下雨。并不大，零零落落的，落在一层的铁皮房顶

那
雪

上，叮叮当当的响。这一带老房子，主人大都是老北京人，最知道地皮金贵，一楼的人家，便依着窗子，搭起简单的平房，用篱笆围起来，便俨然是一个小的院落，种上一些花花草草，瓜瓜茄茄，便很有几分样子了。这种平房当然是有用场的。租出去，每个月就是一笔不小的进项。小民百姓的日子，最能显出民间的智慧。当初，就是在这样的小平房前，那雪认识了杜赛。那时候，同孟世代正是如胶似漆的蜜糖期。那雪几乎很少去孟世代的别墅。都是孟世代过来。为了这个，叶每每不止在那雪面前感慨过多少回。叶每每的意思，那雪应该去住孟世代的别墅。那么大的房子，孟世代一个人住，资源浪费是其一，二则呢，也可以把孟世代周围的花花草草清理一下。清君侧嘛，这是谋略。还有更重要的一条，跟这个已婚男人一场，图的是什么？如果不是婚姻，那么至少，也该有必不可少的物质享受。否则的话，岂不是虚掷华年？那雪呢，到底不脱读书人的迂腐，人又固执，听不得劝。直把叶每每气得咬牙。其实，那雪有自己的小心思。这一来和一往，不一样。孟世代来，而不是她那雪去。当然不一样。其间的种种微妙，她都在心里细细琢磨过了。去年北京房价回落的时候，那雪也动了买房的心。月供倒不怕，好在薪水还算不错。只是单这首付，就让人不得不把刚生出的心思斩草除根。叶每每问过好几回，孟世代，就没有一点说法？那雪不说话。她不知道该说什么。没错，孟世代有钱。区区一栋房子，在孟世代，不过大象身上的一根毫毛。可是，孟世代要是有这份心，也用不着她亲自开口。而且，即使孟世代愿意给，受与不受，受多少，如何受，那雪也一时踟蹰不定。这不是衣裳首饰。这是房子。房子意味着什么？在这样的男女关系当中，房子意味着太多。直到后来，那雪也不愿意承认，当初，她是给自己留了退路。她深知自己不是叶每每。有很多东西，她还没有看破。

　　那一回，好像是个周一，那雪记不得了。应该就是周一。一般情况下，孟世代周末过来。却从来不住。周一早晨，那雪去上班。锁门，下楼。路过篱笆墙的时候，见一个男人站在那，一下一下地刷牙。看见那雪，嘴里呜呜啊啊地说了句什么，看那手势，似乎是有事。那雪就站住了，看一眼手表。男人三下五除二漱口完毕，走过来，欲言又止。那雪这才看清他的模样，年轻，称得上俊朗，由于刚洗漱完的缘故，整个人看上去十分地清新，空气里有一股淡淡的薄荷味道。早晨的阳光很明亮，有些晃眼了。那雪又看了一眼手表，等着他开口。有上班上学的人从旁边走过，一路摇着铃铛。那个人迟疑了一时，说，你们……以后能不能安静点……吵得人睡不着。那雪怔了一下，脸一下子就红了。那是她第一次见杜赛。

　　后来，那雪想起这一段的时候，总是情不自禁的脸红，心里恨恨的，却又不知道该恨谁。杜赛倒仿佛把这回事忘记了，从来也不曾提起过。那时候，杜赛在一家品牌咨询公司做设计师。那是一家很厉害的公司，在业界名头十分响亮。杜赛的样子，倒不像是那些光头或者小辫子的艺术家，戴耳钉，穿帆布鞋和带洞的破牛仔裤。杜赛也穿牛仔T恤，喜欢黑白两色，站在那里，说不出的干净清爽，一眼看上去，就是好人家的子弟。那雪是在后来才知道，杜赛是地道的北京人，胡同里长大的孩子，在京城，算是中等人家，却难得地有一种清扬之气。也不知道为了什么，长到这么大，那雪总觉得，即便是再衣冠整洁的男人，身上都有一股……怎么说……一股浊气。杜赛一直没有解释，他为什么要出来租房住，而且，还住这样简陋的小平房。杜赛不说，那雪也不问。那雪不是一个刨根问底的人。对孟世代也是。后来，有时候，那雪不免想，孟世代这样一个看惯风月没有长性的人，能同她走过这么久，除去容貌心性，大约就是喜欢她的这一条吧。用叶每每的话说，那雪你这个傻瓜，大傻瓜，天生就是他妈做情人的料。叶每每说这话的时候又是喝多了酒。餐厅里的人们都朝这

那雪

边张望，搞不清到底哪一个女人是人家的情人。那雪低头把碰翻的酒杯扶起来，泼洒出来的红酒在桌面上慢慢流淌，迅速把洁白的餐巾纸洇透。绛红色的酒在纸上变淡了，有一些污。那雪从来没有见过那样一种暧昧的粉色。

现在想来，那一回，叶每每是一定受了重创。直到后来，那雪也不知道，一向铜头铁臂所向披靡的叶每每，怎么就不小心把自己伤了。

孟世代照例地忙。大江南北飞来飞去。是那种典型的会议动物。有一回，那雪在孟世代的电脑上查资料。看见桌面上有一个文件夹，名称叫做西湖。那雪犹豫了一下，还是打开了。全是照片。孟世代和一个女人。那郎情妾意的光景，看来正是你侬我侬的良辰。看日期，正是最近这一回出差。那雪对着那些照片看了半晌。关掉。网速很慢。那雪坐在电脑前，安静地等待。孟世代的声音从客厅里传过来，一声高，一声低，忽然朗声大笑起来。顾老——您放心——当然，当然——这件事，一言为定——

五

老居民区的好处是，树多。春夏两季，蓊蓊郁郁的，到处都是阴凉。那一回以后，再有没有碰上过杜赛。有时候，从楼下经过，那雪就忍不住朝小院里看一眼。房门紧闭，美人蕉开得正好。篱笆上爬满了喇叭花，紫色，粉色，蓝色，还有白色，挨挨挤挤，很喧嚣了。窗台上晾着一双耐克鞋，刷得干干净净。一条蓝格子毛巾，挂在晾衣架上，已经干透了，在风中飘啊飘。

有一天下班回来，那雪发现厨房里的水管坏了，跑了一地的水。正手足无措间，有人敲门。是杜赛。水漫金山了。杜赛说。一面就往厨房走，弯腰察看了一下，说，没事。管道老化，换一段新的就好了。那一回，为了感激，那雪留杜赛吃饭，杜赛竟一口答应了。那雪做了清蒸鱼，软炸里脊，拌了素什锦，煲了蘑菇汤。那雪的厨艺还是可圈可点的。酒是好酒，孟世代送她的法国葡萄酒。那雪喜欢红酒。那一段时间，那雪下决心要跟孟世代了断。她不接他的电话，也不回他的短信，即便是孟世代亲自上门来求她，她也决不会再次妥协。当然了，她也知道，以孟世代的为人，怎么可能呢？人，有时候就是这样的残忍，尤其是，对在爱情的战场上赤膊上阵而手无寸铁的人。也不为别的。只因为成竹在胸。杜赛端着酒杯，眼睛一瞬不瞬，盯着她看。那雪脸颊热热的，知道自己是喝多了。灯光摇曳，杜赛的影子映在墙上，高高下下，把整个房间充得满满当当。那雪有些恍惚。酒从喉咙里咽下，慢慢地涌流到全身。整个人就化作一池春水，柔软而动荡。后来的事，那雪不大记得了。只记得，她哭了。杜赛的身上有一种青草的气息，清新醉人。她感到自己滚烫的身子在青草地上不停地辗转，辗转。草木繁茂，把她一点一点淹没。夜露的微凉慢慢浸润她。彩云追月，繁星满天。她的指甲深深掐进杜赛结实的肩头，她叫了起来。不知道是汗水还是泪水，湿漉漉的，流了一脸。

那雪也不知道，那一晚，杜赛是什么时候离开的。她是真醉了。后来，听杜赛不止一回嘲笑她。一忽哭，一忽笑，梨花带雨，百媚千娇。杜赛在她耳边说，你知道吗，你那个样子——要多端庄有多端庄。杜赛。这个坏孩子。

有一度，那雪以为，或许同杜赛，他们是能够携手走过一段很长的人生的。那段日子，那雪对厨房充满了热爱。每天下了班，她做好饭菜，等杜赛过来。像一个十足的贤惠的妻子。吃完饭，他们做爱。杜赛是一个多么贪得无厌的孩子啊。然而那雪喜欢。他们一起上街，买菜，做家务。对生活，杜赛总是充满了灵感。杜赛把一个树桩子拿回家，左弄右弄，自己动手制作了一盏落地灯。杜赛把一个断柄的勺子做成漂亮的花插。杜赛。把暖气

那
雪

管用美丽的棉布包起来，那是什么呢，是令人心旌摇曳的"春凳"。杜赛喜欢即兴发挥。沙发上，书桌旁，阳台上，处处怜芳草。杜赛还喜欢在厨房里纠缠她，就那么站着，吻她。鱼在锅里挣扎，喘息，呻吟，尖叫。烈火烹油。鲜花着锦。一屋子的香气，一屋子的俗世繁华。杜赛。杜赛。这一切，全都是因为杜赛。

可是，谁会想得到呢。那一回，做俄式红菜汤的时候，发现盐没了。杜赛放下手头的事，出去买盐。此一去，再也没有回来。

杜赛不见了。

有时候，那雪会看着书架上那个没有完工的水果托盘发呆。那是杜赛随手放下的。用淘汰下来的筷子，巧妙地拼起来，已经有几分样子了。杜赛说，放洗干净的水果，顶合适。沥水，还透气。

后来，从楼下平房经过的时候，那雪会朝那篱笆墙里再看一眼。偶尔，一个女孩子张着湿淋淋的双手出来，警惕地看着她。那雪有些恍惚。杜赛。她没有找过他。从来都没有。那雪一直没有搬家。她想，如果他愿意，总会回来找她。他又不是不知道回来的路。

六

夜色空明。那雪在枕上转了转头，只听见耳朵里嗡嗡的鸣叫，让人心烦意乱。浑身的不适。仿佛枕头不是先前的枕头，床也不是原来的床。总之，翻来覆去，怎么都不对。那雪知道，这是又失眠了。时令过了白露，是秋天的意思了。夜间，已经有了薄薄的寒意。窗子关着，依然可以听见秋虫的鸣叫，唧唧，唧唧，唧唧唧，唧唧唧唧。楼下的墙根里，草丛还是绿的，泼辣辣的，一蓬一蓬。那些虫子，想必就藏在草丛中间。仿佛也不睡觉。也或者，是在梦里，也不知道梦到了什么，就情不自禁地叫两声。那雪把被子紧一紧，闭上眼睛。她也想不到，今天，竟然遇上了孟世代。从"暧昧"出来，叶每每接了个电话，说有事，要先走一步。那雪看她心神不定的样子，知道是有情况，就说好，路上当心——最好是让他来接你。叶每每笑，醉眼蒙眬。当然——必须必。

　　灯火阑珊，城市已经坠入梦的深处。从地铁里出来，那雪站在大街上，一时有些茫然。离家还有两站地。那雪决定走回去。街道两边的店铺，有些已经打烊了，有一些，依然灯火辉煌。那雪在大街上慢慢走，在一家咖啡馆门口，有两个人刚刚走出来，在路边等出租车。那雪看那身形，心里一跳。竟然是孟世代。孟世代也看见了她，便把身旁女人的手松开，佯作从口袋里掏手机，口里打着招呼，你好，这是刚回来？那雪说你好。身旁的女人像一只小兽，很警觉地看着她。那雪心里一笑。看上去，这女人总有三十岁了，水蛇腰，大屁股，单眼皮，嘴唇饱满，是那种十分性感的熟女。孟世代咳了一声，仿佛打算介绍一下身旁的女人，话一出口，却是，好久不见——还好吧？

　　夜风吹过来，爽利的，带着薄薄的轻寒。那雪也不知道怎么一回事，几年后的邂逅，竟然这样云淡风轻。看来，有时候，人最拿不准的，不是别人，倒恰恰是自己。

　　有一辆出租车呼啸而过。那雪走在便道上，还是下意识地往里面靠一靠。裙子却被吹得飞起来。那雪下意识地把一只手按住。不远处，路灯的昏黄里，有一个女子扶着树干，把额头抵在胳膊上，长裙，长发，看上去是十分讲究的妆扮，无奈醉酒的人，再得体，也不免露出人生的落魄。那雪忽然有些担心叶每每。她边走边写短信。写好了，看了一会，想了想，到底删掉了。

七

　　国庆放假，那雪回老家。从京城到省城再到小镇，一路辗

那雪

转，却也算顺利。一进门，却发现走错了。怎么回事，分明是那条街，却找不到那个爬满丝瓜架的院子。问人家，都摇头。那雪慌了，我是那雪，那雪啊。那家的老二……

醒来的时候，天还没有大亮。那雪感觉脸上湿漉漉的，浑身是汗。却原来是一场梦。

外面的天阴沉沉的，看样子，想必还有雨。一场秋雨一场寒。或许，就真的这样凉下来了。

六月半

　　六月半，小帖串。这个风俗，芳村的人都知道。今年闰五月，容工夫，俊省的一颗心就稍稍放宽些。小帖的意思，就是喜帖子，这地方的人，凡当年娶新的人家，都要在六月里把喜帖子送到女方家，叫打帖子。这打帖子的事情可不简单。红红的喜帖子倒在其次，最要紧的，是票子，硬扎扎的票子。如今，票子之外，还添了很多名目，比方说，三金，比方说，手机，比方说，婚纱照。三金的意思，就是金项链，金戒指，金耳环，特别要样儿的闺女家，还要添上金手镯。手机这东西，须得有。这时节，在乡下，有几个年轻人没有手机？还有婚纱照。小两口双双去县城，或者省城，捧回一个大相册来，一个村子的人都要传着看一看，评一评。爱显摆的，还要把其中最得意的，放大了，挂起来。这些钱从哪里来？当然是男方出。芳村的人们都说，老天爷，这年头儿，闺女金贵。谁家有俩小子，简直要把老子吃了。这话，俊省不爱听。俊省喜欢小子。俊省娘家没

花好月圆

人。这地方，没人的意思，就是少男丁。很小的时候，俊省便在心里暗暗发了愿。就连嫁给进房，也是看中了刘家的院房大，兄弟稠。算起来，刘家是芳村的大姓，远族近支，覆盖了大半个村子。到了进房家这一支，更兴旺了。进房弟兄四个，进宅，进房，进院，进田。下面又是一群小子，只进田家有一个闺女，总算是变了变花样。在乡下，别的不论，单是红白事，院房大的人家，就显得格外排场，格外热闹，格外有脸面。俊省早计划好了，今年，兵子结婚，要好好地闹上一闹。兵子是老大，家里的头一宗事，总要有点样子才是。

早在年初，刚开春的时候，俊省就张罗开了。先是请村西的布袋爷看日子。看日子这事，最是要紧。布袋爷耳朵背，心却是亮的。他微阖着双眼，把一对新人的生辰八字细细算过了，查了书，还要请上一炷香，叩一叩，问一问。看好日子，接下来，就是订笼屉，请响器吹打，请厨，请押轿，请娶客。如今，虽说是不坐轿子，可照样得有押轿。押轿的，自然是男人。娶客呢，则是女人。这娶客有讲究。须得是全福的妇人，夫妇和睦，儿女双全，当然，最好还要容貌周正，有德行有口碑。辈分也要对。乡亲辈，胡乱论。可是在这一条上，一定不能乱，还是要仔细论一论。还有很要紧的一条，属相要合。跟谁合？当然是跟新人合。这就很难得。夜里，睡不着的时候，俊省把芳村的女人们在脑里过筛子，一遍又一遍。除了这些，还有很多琐碎事。比方说，请管事。管事须得是村子里的能人，头脑活，帐码清。请管事要谨慎。管事的嘴巴一松一紧，里头的出入就大了。俊省想好了，就请村长建业。建业能，又有身份，一句话掉地上，能砸出个坑。再比方说，雇车。不知从什么时候开始，结婚都用汽车了。不像俊省他们那会儿，一队自行车，并不骑，只是推着，慢慢地从村子里走过。如今，乡下的汽车越来越多了，再不用到城里去花钱雇。俊省掰着指头算了算，村长家算一个，老迷糊二小子家算一个，宝印家算一个，统共需要八辆，足够了。俊省的意思，既是喜事，要红色的才好，才喜庆，可是，兵子说了，黑车好，黑车大气。兵子这话是在电话里说的。兵子在城里一个工地上做工。俊省拗不过小子，就用黑车。反正都要用红绿彩扮起来，倒也醒目。俊省盘算着，就依着芳村的例，管司机一顿酒饭，再每人塞给一条好烟。钱是不必的。乡里乡亲的，即便给，也未必好意思接。给什么烟呢？俊省拿不准，就把这事问进房。

怎么说呢，进房这个人，老实，本分，最没有主见，倒是种地的好把式。可是，如今，谁还把地当回事？小辛庄有一户人家，儿女都出息了，家里只剩下老两口。想雇一个人，俊省就让进房去了。活儿也不苦，无非是洒洒扫扫，侍弄一日三餐，还管吃，一个月下来，净挣五百。俊省觉得挺合算。进房却不乐意，每回把钱交给她的时候，就好像受了多大的委屈。俊省不理他，她最知道男人的心思。无非自忖一个大汉们家，给人家当老妈子，供人家呼来喝去地使唤，心里不好受。可是，除了这个，他还能干些啥？五十多岁的人了，腿脚又不好，总不见得像脏人他们那样，去城里给人家卖苦力吧。这样多好。家里外头，两不误。月月有活钱。俊省算了算，一个月五百，一年下来，六千，三金的钱，就够了。俊省的小算盘一响，心里就止不住的欢喜。一欢喜，就想跟进房念一念。有一回，俊省话到嘴边，又咽回去了。进房脾气倔，保不齐会说出什么不好听的话来。还有一条，俊省心里清楚。进房腿脚不好，是那年工地上落下的毛病。寒冬腊月，给人家踩泥，雨靴倒是穿了的，可那一年有多冷！北风小刀子似的，割人的脸。寒气逼入骨头缝里，从此落下个老寒腿。进房心里恼火。在乡下，五十多岁，离养老还早着哩。脏人他们，干劲多足！不像他，只能拖着病腿，在人家干些女人家的活计。俊省知道他的心事，话头上就格外的小心。也不知从什么时候开始，里里外外，都是俊省一个人张罗了。顶多，问进房一

六月半

句，也是模棱两可的意见。是从什么时候开始的呢？俊省努力想了想，到底是想不起来了。

有时候，俊省心里也感到委屈。嫁汉嫁汉，穿衣吃饭。她想不通，自己怎么就落到了这般光景。建业的媳妇，香钗，是同自己一块儿穿开裆裤长大的，如今呢，一个天上，一个地下，简直是差得没了远近。凭什么？还不是凭着人家是建业媳妇，人家的男人是村之长，芳村的土皇上。俊省长得好模样，人又机灵，很小的时候，一帮孩子在槐树下玩泥巴，村西相面的文焕爷就说了，这孩子，长大了有饭吃——看那鼻子长的——当时，这帮孩子中也一定有香钗。如今，文焕爷早就过世了，可是俊省有时候会想起他多年前的那句话，心里不觉叹一声，暗暗埋怨文焕爷的眼光。然而，埋怨归埋怨，俊省转念一想，也就把自己劝开了。香钗好是好，高楼大院子，盖得铁桶一般，可偏就生了两个丫头片子，大家大业的，硬是膝下凄惶。为这个，香钗嘴上不说，背地里，去了多少趟医院，喝了多少苦药汤？看来，老天爷到底是公平的。给了你这一样，就拿走你那一样。圆满。人世间，哪里能够有圆满？

过了端午节，两场热风，麦子就黄透了。如今，麦收也容易，都是机器，轰隆隆一趟开过去，就剩下直接拿布袋装麦粒子了。哪像当年。当年，过一个麦天，简直能让人脱一层皮。这一天，俊省在自家房顶上晒麦，阳光从树缝里落下来，落在麦子上，斑斑点点，一跳一跳的。这时节，家家户户的房子上，都晒满了新麦，一片一片的黄，散发出好闻的香味。俊省冲着太阳眯了半天眼，很痛快地打了一个喷嚏。她仿佛闻到了蒸馒头的微甜，还有新出锅的烙饼的焦香，她寻思着，这两天，一定要去老苦瓜家的机子上出半袋子麦仁。新麦，出麦仁最好。把外面的壳子脱去了，只剩下里面的仁。煮麦仁饭，抓一把豇豆，抓一把麻豆，再抓一把赤小豆，那才叫好吃。俊省知道，进房最爱这一口。孩子们就不大热心，尤其是庆子，说还是大米饭好。庆子在县城念高中。

俊省的意思，这两个小子，家里一个，外头一个，正合适。要是庆子也在家里，从盖房到娶亲，加上以后的满月酒，没有十几万，走不下来。兵子这边的债台刚垒起来，又该轮到庆子了。这后半辈子，要稍稍松一口气，也是万难。正胡思乱想，听见有人叫她，抬头一看，是小敬。小敬是二震媳妇，正拿了一个笊子，哗啦哗啦笊麦子。俊省说，今儿天不错，火爆爆的大日头，再有个三两天，这麦子就该干透了。小敬说，可不是，这大日头。小敬说快了啊，这有了日子，梭一样，真快。俊省说可不，眼瞅着就逼到跟前了。小敬一只手拿笊子，一只手屈指算了算，哎呀，闰五月，要不是闰五月，这会子，该打帖子了吧。俊省说，可不，今年闰五月。俊省问小敬知不知道行情，这地方，一年一个样儿，得先打听清楚了。小敬是芳村有名的广播喇叭，消息顶灵通。小敬说，上年是一万，大家都这么走着呢。今年么，就不一定了。今年宝印的小子过事。宝印是谁？那还不得好好闹一闹。俊省抓起一把麦子，让它们慢慢从手指缝里漏下来。宝印是包工头，兵子就在他的手下干活。俊省拿手掌把麦子一点一点摊平了，没有说话。小敬说，宝印早发话了，十八辆奔驰，整个胡同，红地毯铺地，一直铺到大街上来。请县城同福居的大厨掌勺，城里乐团的吹打。宝印说了，上席的都是客。到时候，还不知道排场有多大。俊省把手边的麦子一点一点摊平了，越摊越薄，越摊越薄。宝印还说了，帖子嘛，尽着女方要。依我看，今年，这个数，恐怕都不止。小敬伸出两个指头，在眼前晃了晃。俊省心里格登一下子，背上就出了一层细汗，痒梭梭的难受。小敬说，也该着今年办事的人家倒霉。宝印这么一闹，大家跟在屁股后面，跑掉鞋子也撵不上。小敬说没有这么行的，这世道。俊省捏起一颗麦粒，放在上下齿之间，试探着咬了一下，喀吧一声，就两半了，这大日头，真是厉害。俊省把两只手掌拍了拍，细的尘土纷纷扬扬飞起来。宝印这家伙，牛气烘烘的，这家伙，恨，这家伙。小敬一连说了几个这家伙，口气里说不清是怨恨，还是羡慕。宝印这家伙——小敬忽然把嗓门压低了，这家伙，和大眼媳妇靠着呢。俊省说谁？大眼媳妇？不是小茅子媳妇吗？小敬扑哧一声笑了，说人家是土财主，顺手掐个花花草草的，还不是寻常？还不是轻易？钱这东西，谁还怕扎手？俊省就不说话了。院子里，有谁在喊，小敬，小敬——小敬应着，爬着梯子下去了。太阳越来越热了，蝉躲在树叶里，拼命地唱着。俊省看着一片一片的新麦，发了一会子呆。一只花媳妇飞过来，停在她的手背上，红地黑点的身子，两根须子一颤一颤的，忽然，翅子一张，又飞走了。

　　吃过饭，俊省就歪在炕上。电扇嗡嗡地摇晃着脑袋，把身边的被单子吹得一掀一掀，只蹭她的脸。珠串的帘子被风戏弄着，簌簌的响。宝印。她怎么不知道宝印。当年，宝印家托了人来俊省家提亲，被回绝了。爹的意思，宝印倒是个机灵孩子，只是，家里人口单薄了一些。宝印是独子，上面一个姐姐，嫁到了小辛庄。俊省很记得，有一回，从田里薅草回来，在村东的那条坝上，她被宝印拦住了。宝印说，我在这里，等你半晌了。俊省呢，因为有提亲那回事，见了宝印，总是绕道走。这一回，眼看着绕不过了，就低了头，听他说话。宝印说，你——不同意？俊省吓一跳，她万想不到，宝印会这样开门见山地问她。宝印说，那——你嫌我啥?俊省更是一句话也说不出来，很尴尬了。宝印说，俊省，我，我，你——你会后悔的——俊省呆了一时，扭身就跑了。夕阳在天边很热烈地燃烧着，整个村子笼罩在绯红色的霞光中。多少年了，俊省从来不曾回忆起那个黄昏。今天，这是怎么了？其实，当初兵子走的时候，她也没有多想。这些年，宝印从芳村带走了多少人，一茬又一茬，兵子只不过是其中一个。兵子凭着自己的双手吃饭，又不是仰仗着他宝印的施舍。兵子倒是常常在电话里提起来，老板长，老板短，言语间充满了敬和惧。老板指的就是宝印。宝印的小子，民民，跟着他爹干，俨然是二把交椅。民民和兵子同岁。一样的孩子，不一样的命。一个天天吃香喝辣，一个整日里黑汗白流。俊省想起了宝印的那句话，心头忽然就莫名地躁起来。

傍晚的时候，进房回来了。车铃铛一路响着，一直骑进院子里。俊省在饭棚里炒菜，听到铃铛唱，她知道这是发工资了。可是俊省不抬头，只作听不见。进房骑在车子上，一腿支地，看着厨房里热气腾腾的媳妇，摇了一会铃铛，就止住了，把车支好，立在门口，两只手撑着门框。俊省自顾埋头炒菜。油锅沙沙响着，俊省的铲子上下翻飞，又灵巧，又有法度。进房讨个没脸，就去舀水，洗手。这边俊省已经把炒菜装进盘子里，另一只锅也揭开了盖子，白色的蒸汽一下子就弥漫开来。吃饭的时候，两个人谁都不说话。鸡们在院子里走来走去，百无聊赖的样子。一条丝瓜从小敬家的墙头上爬过来，探头探脑。进房说，发工资了。俊省说嗯。进房说，那老两口，真会享福。俊省说噢。进房说，孩子们也孝顺。进房说小子给安了空调，闺女给买的冰箱。俊省说，那还是有钱。没有钱，咋孝顺？进房说，听说，小子在城里当干部，闺女也不差，婆家是城里人。俊省不说话。进房说，老两口，真会享福。俊省还是不说话。进房说，怎么了，你这是？看这脸拉得。俊省一下子就爆发了，把碗当的一下顿在桌上，说怎么了？你说怎么了？人家享福，人家享福是人家命好，上辈子修来的，我受罪也是自找的，活该受罪。进房说怎么了嘛这是，这说着说着就……说闲篇哩。俊省说，说闲篇，我可没有心思说闲篇，自己的苦咸，自己清楚。眼瞅着进六月了，帖子的事，我横竖是不管了。进房这才知道事情的由头，说不是说好了吗？他大姨，小姨，我大哥，还有进田他们，大家伙儿凑一凑。俊省哇的一声就哭开了，要借你去借，这手心朝上的滋味，我算是尝够了。进房说你看你，你看你——俊省说，刘进房，嫁给你，我算是瞎了眼……我的命，好苦哇……

　　这地方的人，一年里，除了年节，还有好几个庙。三月庙，六月庙，十月庙。庙呢，就是庙会的意思。乡下人，少欢娱，却是喜热闹。正好趁了这庙会，好好热闹一番。这六月庙，就在六月初一。六月里，田里的夏庄稼都收完了，进了仓。玉米苗子窜起来了，棉田也粉粉白白地开了花，红薯，花生，静悄悄地绿着，在大太阳底下，藏在泥土里，憋足了劲，只等秋天的时候，让人们大吃一惊。节令马上就数伏了。节令不饶人。数了伏，天就真的热起来了。头伏，二伏，三伏。三伏不了秋来到。眼瞅着，地里的秋庄稼就起来了。这时节，忙了一季的人们，也该偷闲歇一歇了。六月庙，家家户户都烧香，请神。这一回请的是谷神，还有龙王。女人们梳了头，净了手，跪在地上，口中念念有词，心里悄悄许下愿。谷神管的是五谷丰登，龙王管的是风调雨顺，乡下人，年年月月，祖祖辈辈，盼的不就是五谷丰登风调雨顺？如今，女人们许的愿就多了，多得连她们自己都有些不好意思开口了。就只有藏在心里。藏在心里，别人就看不见了。这几天，俊省忙得团团转。烧香，请神，最要紧的，是要把人家女方请过来，看戏。这地方的六月庙，总要唱几天大戏。城里的戏班子，那才叫戏班子。穿戴披挂起来，台子上一个亮相，不等开口，就赢得个满堂彩。都是这地方的传统剧目，《打金枝》，《辕门斩子》，人们百听不厌。这时候，定了亲的人家，就要把没过门的媳妇请过来，看戏。说是看戏，其实，就是要让人家过来探一探，探一探家底子的厚薄。好酒好饭自然是少不了的，更要紧的，是临走时悄悄塞给人家的那一封红包。往往是，六月庙一过，是非就生出来了。有人哭，有人笑，还有的，因此断送了一门好姻缘。这些天，俊省格外的忙碌，格外的劳心。怎么说呢，俊省这个人，心性儿高，爱脸面，这个时候，决不能让人家挑出半分不是。俊省把屋里屋外都收拾得清清爽爽，割了肉，剁馅子，炸丸子，煎豆腐，蒸供。这后一样，是有讲究的。芳村的女

花好月圆

人，谁不会蒸供？新麦刚下来，新面粉香喷喷的，女人们拿新面粉蒸各色各样的面食，鸡、鱼、猪头、面三牲、莲花卷，出锅的时候，统统点上红红的胭脂，热腾腾摆在那里，粉白脂红，那才叫好看。俊省还特意让进房刮了胡子，换了件新背心。她自己呢，也去三子家的理发馆理了发，穿上那件小黄格子布衫。俊省家里家外打量了一番，略略松了口气。只是，还有一样。既是人家女方要上门，按理说，无论如何，兵子该回来一趟。俊省盘算着，帖子的事，也该问一问兵子。

　　这天，吃罢晚饭，俊省就去见礼家打电话。见礼是老迷糊家二小子，论起来，还是本家。俊省家里没装电话，有事，就到见礼家打。傍晚的乡村，显得格外静谧。风从田野深处吹过来，湿润润的，夹带着一股庄稼汁水的腥气。这个时辰，见礼一家子肯定在吃饭，这样最好，她正好可以躲在北屋里，跟兵子说几句体己话。俊省想好了，她得跟兵子说一说六月庙的事，主要是那一封红包。还有，这一封红包，由兵子回来塞给人家，顶合适。小儿女们，什么话都好说一些。更要紧的一件事，是打帖子。眼瞅着进了六月，可不能让人家挑了礼。俊省的意思，最好先趁这个六月庙，探一探人家的口风。这些，都离不开兵子。正想着，迎面差点撞上一个人，待细一看，竟是宝印。俊省想躲，已经来不及了。宝印嘴里叼着一颗烟，问吃了？俊省说吃了。宝印说，去哪儿？俊省说串个门儿。宝印顿了顿，说噢，这天热的，真热。俊省说是啊，真热。宝印说，兵子的日子，腊月里？俊省说腊月十六。宝印说，好日子。正跟民民碰着。俊省一惊，问民民也腊月十六？宝印说可不是，真是个好日子。俊省心里忽然像塞了一团麻，乱糟糟的。宝印说，你，还好吧？俊省说，挺好。俊省想什么意思，宝印你是想看我的笑话了。宝印说，进房他，干得还顺心吧，我是说在小辛庄。俊省说那还能不顺心？顺心。宝印吸了一口烟，慢慢吐出来，看着那一个个青白的烟圈一点一点凌乱

六月半

起来，终于消失了。俊省刚想走开，听见宝印说，兵子在我手里，你放一百个心。俊省就立住了，等着宝印的下文。宝印深深吸了一口烟，却不说了。俊省只好说，这孩子实在，就是脾气倔，你多担待。宝印就笑了，这还用说？我看着他长大，这还用说？在我眼里，兵子和民民一样。俊省脸上就窘了一下，她想起了当年宝印那句话。宝印把烟屁股扔地上，拿脚尖使劲一碾，说，我正思谋着，把兵子的活儿调一调。孩子家，筋骨嫩，出苦力的活，怕把身子努伤了。俊省心里颤悠了一下，脸上不动声色，一双耳朵却支起来。宝印却不说了。墙根底下，草丛里，不知什么虫子在高一声低一声地叫着，唧唧，唧唧唧，唧唧唧唧。还有蝉，躲在树上，嘶呀，嘶呀，嘶呀，嘶呀，叫得人心烦意乱。俊省立在那里，正踌躇着去留，只听宝印的手机唱了起来，宝印从腰间把手机摘下来，对着手机讲话。喂？哦，这件事，我不是说过了吗，你让老孙处理。事事都找我，我长着几个脑袋？少罗嗦，赶紧去办。挂上电话，宝印皱着眉说，这帮人，都是吃粮不管事的。宝印说几个工程，摊子铺得太大了，劳心。俊省看了一眼宝印的手机，心里就动了一下，她说，那啥，我正要去给兵子打电话呢，看他能不能抽空回来一趟，快六月庙了。宝印说怎么不能？回来，让孩子回来。这是大事。宝印说耽误一点工算啥？孩子一辈子的大事。说着就低头拨手机，把手机在耳朵边听了一会，说找兵子，对，就是兵子，还有哪个兵子？芳村的兵子嘛。好，快去。俊省立在那里，呆呆地看着宝印的手机，那上面有一个红灯一闪一闪，很好看。宝印对着手机喂了一句，说，兵子，兵子吗？六月庙，你回来一趟，对，回村里。活不要紧。不要光想着活，该想想你的大事了。兵子，你等着，你听谁跟你说话。俊省紧张地盯着递过来的手机，看宝印冲她挤挤眼，就犹犹疑疑接过来，叫了一声兵子，就不知道说什么了。兵子在那头喂喂的叫着，俊省只觉得嘴唇干燥得厉害，手掌心里却是汗涔涔的，对着手机说，兵子，我是你娘……

六月庙，说到就到了。村子里，真仿佛过节一样，到处都是喜洋洋的。进入头伏了，太阳越来越来烈，像本地烧，两口下去，胸口就热辣辣的，头脑就晕乎乎的，整个人呢，就轻飘飘地飞起来了。六月庙前的芳村，空气里，似乎有什么东西慢慢发酵了，带着一丝微甜，一丝微酸，让人莫名的兴奋和渴盼。戏台子也搭起来了，在村子中央的空地上，披红挂绿，上面是高高敞敞的凉棚。这地方的人，几乎个个都是戏迷。河北梆子，丝弦，不论老少，都能随口来上两嗓子。这些天，人们都议论着，这一回，县里的赛嫦娥一定要来，赛嫦娥，人家那扮相，那身段，那嗓子，简直是，简直是——说话的人一时找不到合适的词，就动了粗口，说简直是——他二奶奶的。人们就笑了。说什么是角儿？人家那才是角儿。台上一站，一个眼风，台下立时鸦雀无声。这时候，不论你在哪个角落，都能感觉到，人家的眼风是扫到你了，人家赛嫦娥看见你了。娘的。什么是角儿！

一大早，俊省趁凉快，去赶了一趟集。俊省买了香纸。香纸这东西，不能买早了，伏天里，最易吸潮气，吸了潮气，就不好了。这地方，管专门烧香请神的人叫做"识破"。"识破"可不是一般的凡人。在乡下，逢初一十五，女人们少不得要在神前拜一拜，即便是吃顿饺子，也要盛了头一碗，供在神前。为的是图个吉祥如意。"识破"就不同了。"识破"都是沾了神灵仙气的人，他们能够领会神旨，甚至，直接跟神灵对话。乡村里，有了灾病坎坷，总要请"识破"叩一叩，破一破。"识破"都会看香火。香点燃了，"识破"跪着，看香火燃烧的走势。有时欢快，有时沉闷，也有时，忽然就霍的烧了半边，剩下另一半，突兀地沉默着。这时候，"识破"就开口了，说，这是东南方向，有说法了。因此上，俊省知道，香纸这东西，最不能受潮，受了潮，就不好了。六月庙，俊省是想请"识破"问一问。问什么呢，俊

六月半

省心里计划着，就问一问家道，问一问光景，还要问一问兵子的亲事。怎么说呢，直到这个时候，俊省还是悬着一颗心。六月半，这第一道关坎儿，还不知道该如何迈过呢。俊省叹了一口气，把香纸收好。篮子里东西还多。二斤鸡蛋。等兵子回来，得补一补，穷家富路，出门在外，苦了孩子。二斤五花肉。肉卤子面，兵子一口气能吃三大碗。这些，都得放到老迷糊家，老迷糊家里有冰箱。天热，可不能糟蹋了东西。俊省还买了绿豆粉。往常，一到伏天，俊省都要搅凉粉。在芳村，俊省的凉粉搅得最地道。凉粉搅好了，用冰凉的井水镇上，吃的时候，浇上调好的汁儿，蒜要多多的放，还有醋，还有辣椒，还有芫荽，吃一口，那才叫过瘾。两个孩子都爱吃。只是，如今，没有井水了，都是自来水，又没有冰箱，俊省就只好一遍一遍地换水。水愈来愈热，粉就一点一点凉下来了。庆子的补习班还要五六天，俊省掐着指头算一算，还是兵子回来得早。宝印说了，活儿有什么要紧？这是大事。可兵子还是要等到月底才回来。小子是怕误了工，怕误了工要扣钱。兵子的心思，俊省怎么不懂？俊省叹了口气，看着院子里一铁丝的衣裳，在风中飘飘扬扬。

响午，俊省收拾完，刚歪在床上，小敬挑帘子进了屋。俊省让她坐，起身把电扇调快了一档。两个人扯了一会子闲话，小敬说，帖子的事，人们都看着宝印呢。俊省说噢。小敬说，宝印这家伙！宝印这家伙不出手，人们就都等着。俊省说，可不。小敬说，宝印这家伙！这家伙！俊省想起那天宝印的样子，像一头豹子，真是凶猛，让人害怕，又让人欢喜。就那样把她抵在老槐树上，粗糙的树皮，把她硌得生疼。树上的露水摇晃下来了，还有蝉声，落了他们一身一脸。宝印在她耳朵边，热热地叫她，小省小省小省小省。一天的星星都黯淡下来了，月亮也不知道躲到哪里去了。后来的事，俊省都记不起来了。俊省只记得宝印那一句话。宝印说，兵子的事，你放心——放心好了。小敬说，宝印这家伙！这个宝印！你，怎么了？俊省这才省过来，知道自己是走神了，忙说，有点困——昨夜里一只蚊子，闹了半宿。小敬说蚊子？是只大蚊子吧。俊省骂了一句，小敬就嘎嘎笑了。屋子里寂寂的，电扇嗡嗡叫着，把墙上的月份牌吹得簌簌响，一张一张掀起来，红的字，绿的字，黑的字。日子飞快，眨眼间，六月庙就到了。

三十这一天，俊省起了个大早。进房已经走了，他得赶着去给人家做早饭。俊省把瓮接满水，浇了菜，泼了院子，把香纸供享装进篮子里，打算去村南别扭家。别扭媳妇是个"识破"，方圆几十里名声很响。晚上，兵子就要回来了。俊省想请"识破"问一问。这事，得瞒着兵子。青皮小子，嘴上没毛，倘若说了什么话，冲撞了仙家，就不好了。乡村的早晨，太阳刚刚露头，就按捺不住了。风里倒是有些凉意，悠悠地吹过来，脸上，胳膊上，绒毛都微微抖动着，痒簌簌的，很适意了。远处的田野，仿佛笼着一层薄薄的青雾，风一吹，就恍惚了。遥遥的，偶尔有一声鸡啼，少顷，又沉寂下来。俊省心里高兴起来。走到建业家门口的时候，听见院子里有人说话。俊省想，这个香钗，起得倒早。忽然，听见有人说兵子。俊省就停下脚步，在墙外边立住了。

谁知道就那么寸？狗日的。建业骂道。一下子仨！活蹦乱跳的小子！狗日的！香钗说，命，命里该。香钗说可惜了的，看俊省这命！兵子都要娶媳妇了。建业说，狗日的！狗日的宝印。钻到钱眼里了！狗日的！

俊省立在墙外面，整个人都傻了。兵子！兵子！她拼尽全身的力气，竟然一句话也喊不出来。兵子！兵子！她想挪动脚步，却忽然眼前一黑，身子就软下去了。

天真热。明天，就是六月庙了。

六月半

111

苦　夏

　　天慢慢黑下来了。丫豆儿背着书包，慢吞吞往回走。小学校在村子的西头，丫豆儿的家在村子的东头。一条街，窄窄的，从村子的中央蜿蜒而过。太阳早已经从树梢后面掉下去了。炊烟升起来，一片一片，同淡青的暮色融在一起，远处的树啊房子啊都变得模糊了。丫豆儿一边走，一边拿一只脚踢一个土坷垃，一下，又一下，土坷垃一忽向左，一忽向右。忽然，丫豆儿就跑起来，书包在背上一颠一颠。

　　饭桌已经摆出来了。院子里，郁郁葱葱的，种满了菜，茄子，西红柿，黄瓜，莴苣，小茴香，有红有黄，有白有绿，热闹极了。丫豆儿洗手，爷正把饭菜一样一样端出来。馒头，豆粥，炒茄子，一把洗好的莴苣，半碗蒜汁。蝉在树上拼命地嘶叫，有一瞬间，忽然就停下来。爷孙两个人默默地吃饭。丫豆儿忽然问，爷，娘什么时候回来？爷喝了一口粥，说，还早，还早着。丫豆儿又问，爹呢？爷说，不是说了吗，你爹他忙，忙着呢。这孩子。丫豆儿就不说话了。老黄狗在桌子边上卧着，两只眼睛瞅一会丫豆儿手里的馒头，瞅一会丫豆儿。

丫豆儿把馒头揪下来一块，在手里捏来捏去，捏成一个圆圆的小团子，这才慢慢放进嘴里，很努力地嚼啊嚼。丫豆儿也不知道，爹和娘为什么要到那么远的地方去。爷说，好丫豆儿，爹和娘去城里给你挣钱了。挣了钱回来，给你买糖，买花衣裳，买本买笔。好丫豆儿。爷这么说的时候，丫豆儿就高兴了。丫豆儿爱吃糖，尤其爱吃娘上回买的那一种。花衣裳也爱。那条红裙子，丫豆儿轻易舍不得穿上身。还有铅笔盒，娘买的，可真是漂亮。轻轻一摁，啪的一下就开了，把丫豆儿吓了一大跳。再一摁，就弹出几个小盒子，放橡皮的，放转笔刀的，简直像变戏法。丫豆儿把铅笔盒装进书包里，把书包都衬得丑了。丫豆儿就想，等娘挣钱回来，让娘再买一个新书包。丫豆儿脑瓜灵，特别会念书。爷说，丫豆儿好好念书，认字，长大了，考个女状元。丫豆儿就把这话记住了。村子里，五爷家的云姑姑，就考了个女状元。丫豆儿见过云姑姑，简直是仙女一般的人物，把丫豆儿都给看痴了。爷说，云姑姑在京城里头，吃皇粮。爷说丫豆儿啊，好好念书，像云姑姑一样，念到城里去。可别学你爹你娘，种地不成，去人家城里卖苦力，汗珠子掉地上摔八瓣儿，苦啊。丫豆儿听了，心里就有点疼，疼自己的爹娘。她想，还是不要新书包了。这个书包，就挺好。书包是娘用碎布头缝的，有花有叶有红有绿，丫豆儿觉得，娘的手真是巧。

村子里，丫豆儿最常去的，是红果家。有时候，正赶上红果一家人吃饭，丫豆儿就在一旁等。这地方的人家，院子里，都少不得一架梯子，大多是木头的，也有铁的，靠在房檐上，方便人们上上下下。丫豆儿坐在梯子上，两条腿垂下来，晃来晃去。红果一家围在桌子前，头碰着头，吃饭。红果的爹和娘说着话，一递一句的，说着说着，红果的娘就把筷子点一点红果爹的额头，或者，一巴掌打在红果爹的光脊梁上，清脆得很。红果笑起来，咯咯咯，咯咯咯。丫豆儿就坐不住了。她慢慢地往梯子上面爬，爬了一节又一节，一直爬到房顶上。风从四面八方吹过来，开阔得很。房子后面是庄稼地，一片一片，一眼望不到边。风过处，庄稼一波一波地向后涌，涌到很远的地方，远得让人有些惆怅，有些茫然。丫豆儿想，爹和娘，他们现在做什么呢？

算起来，爹和娘走了三年了。三年里，也只有过年的时候，他们才赶回来。通常，都要等到年根儿底下，比方说，大年二十九，或者，三十。村子里，到处是鞭炮声，辟辟啪啪，辟辟啪啪，人们忙着捏饺子，泼院子，贴门神，挂彩，上香，这个时候，爷就显得特别的沉不住气。爷从屋子里走到院子里，再从院子里走到屋子里，更多的时候，是站在大街门口，向远处望。门神早贴好了，横眉立目的，威风极了。灶神爷也早在腊月二十三请上天了。猪圈鸡栏粮仓，都贴上了花花纸，就连院子里的水瓮，还有那棵一搂粗的大槐树，都贴了一个很大的福字，新年新光景，图个吉祥平顺。丫豆儿跟在爷的屁股后面，两个脸蛋子冻得通红。隔一会儿，丫豆儿就问，爷，怎么还不回啊？

好在还有电话。对电话这回事，丫豆儿总也想不明白。这么老远，看不见人，却能说上话。真是怪了。村子里，有电话的人家，能数得过来。村长家，算一个。庆叔家，算一个。庆叔在城里做包工头，发了。还有五爷家。五爷家的电话是云姑姑装的。起初全叔不允，说没用，有啥用？白白掏着月租费。云姑姑就发了脾气，说你们可是天天守着，这隔天隔地的，让我怎么办？全叔是五爷的儿子，云姑姑的弟弟，见姐姐发了急，就不敢作声了。因为近，丫豆儿的爹娘常把电话打到五爷家。有时候，是五爷隔着墙头喊，丫豆儿，丫豆儿，你爹来电话了。有时候，是全叔到地里把爷找回来。丫豆儿总是跟过去，眼睛紧紧地盯着那个红色的话筒。爹和娘的声音从很远的地方传过来，叫她，丫豆儿，丫豆儿。丫豆儿的心怦怦跳着，电话那边的声音一下一下的，撞着她的耳朵，把她的眼泪都撞出来了。爷在旁边说，丫豆儿，你说话呀，叫你爹一声，叫你娘一声。丫豆儿只觉得嗓子眼儿紧紧的，硬硬的，一句话也说不出来。电话那边说，丫豆儿，你怎么了丫豆儿？说话丫豆儿，这可是长途，长途——丫豆儿的嗓子更紧了，更硬了，她一个憋不住，哇的一声就哭出来了。电话那边着急了，说丫豆儿，丫豆儿不哭啊丫豆儿，娘给你挣钱，挣好多钱……放下电话，丫豆儿才发现手心里全是汗，好像是使了很大的力气。回到家，丫豆儿一下子就趴到炕上，眼泪不听话地流啊流。丫豆儿也不知道自己是怎么回事，只觉着委屈得不行。长途，她知道长途，长途的意思，就是要费很多钱。爹和娘挣钱不容易，今天，她倒让他们费了钱。她有些后悔，又有些难为情，这么大了，还哭鼻子。爹和娘一定笑话她呢。还有五爷。五爷说，丫豆儿，都是小学生了，还掉金豆子哩。丫豆儿擦了擦眼泪，歪着头，看见窗格子里有一片云彩，慢悠悠地飘过去。浅绿色的冷窗纱上，停着一只蝉蜕，浅褐色，仿佛眨眼间就会动起来。丫豆儿看着那只蝉蜕，想，蝉是什么时候飞走的呢？

　　丫豆儿放暑假了。五黄六月，正是最热的时候。丫豆儿把头发梳起来，在脑勺后面扎个小辫子。最开始的时候，是爷给她梳，爷的手掌又大又粗，丫豆儿的头发呢，像泥鳅，一下抓不住，两下抓不住，第三下的时候，爷就发了急。爷说，丫豆儿，咱把小辫子剪了吧。利索。丫豆儿不同意。丫豆儿喜欢小辫子，她要留着，留得长长的，像云姑姑那么长，披下来，简直是一块黑缎子。丫豆儿就学着自己梳。丫豆儿的辫子总是朝一边歪着，翘翘趔趔，像喝醉了酒。有一回，红果的娘看见了，就说，丫豆儿，看小辫子都歪到天上去了。婶给你梳一梳。丫豆儿就坐在小凳子上，让红果的娘梳辫子。红果的娘拿梳子一遍一遍地给她通头发，一面通一面哎呀哎呀的叫，看，看看，看这头发，都快梳不通了。你娘也是——真是——真是的——丫豆儿感觉到红果娘的两个奶子在她背上一跳一跳，天热，红果娘的身上有一股热烘烘的汗味儿，还有一种肉的暖香，很好闻，让丫豆儿莫名其妙地想起了娘。红果娘的手在她的头上很灵活地动来动去，丫豆儿忽然就站起来往外挣，红果的娘连忙把她按住，说别动丫豆儿，别动，这就好，这就好了。丫豆儿就不动了，老老实实坐着，任她梳。一院子的蝉声，树影摇摇晃晃的，像是盹着了。

　　早晨起来，丫豆儿就趴在桌子上写功课。写功课的事，丫豆儿不用爷提醒。丫豆儿歪着头，写得很卖力。人口手，木土田，丫豆儿的字，横平竖直，规矩得很。写累了，丫豆儿就把笔放下，在屋子里走一走，在院子里走一走。墙上，最显眼的位置，贴着一张奖状，丫豆儿最认得这几个字：丫豆儿，第一名。那是放假前，谷老师当着全班同学的面，发给她的。奖状旁边，是一个相框。相框里有很多照片。有爹的，娘的，爷的只有一张，爷不喜欢照相。还有爹和娘年轻时候的照片，他们两个，肩并着肩，头碰着头，笑着。那时候，爹和娘，他们真年轻啊。更多的，是丫豆儿的。丫豆儿刚出生，眉眼模糊。丫豆儿三个月，胖胖的，咧开没有牙的嘴，傻呵呵地笑。丫豆儿会走路了，摇摇晃晃地，冲着阳光，眯起眼睛，旁边有一只手，很紧张地护着她，一定是娘的手了。丫豆儿上学了，站在门口，穿着那条红裙子，神气极了。还有一张，是全家福。爷把丫豆儿抱在膝上，爹和娘一边一个，站着，微笑，阳光照到他们的眼睛里去了。丫豆儿看一会儿，往后面退两步，再看一会儿。那时候，她几岁？一只手塞进嘴里，吃得真香啊。旁边那一张，是爹和娘新照的。爹和娘是在哪里呢？一定是在城里，他们并排站着，爹搂着娘的肩，他们身后，可以看见很高的楼房，还有汽车。这一定是城里了。娘的头发变弯了，一卷一卷的，像极了五爷家的绵羊。颜色也变了，有点黄，又有点焦，像铁桶上生的锈。娘的笑容很甜。不过，丫豆儿还是喜欢娘以前的那个样子。头发黑黑的，直直的，把娘的一张脸衬得像月亮一样好看。爹也变了，戴着一副眼镜，黑洞洞的，看不清他的眼。丫豆儿觉得爹的样子像是特务，电影里，特务就是戴着这样的眼镜。丫豆儿冲着相框里的爹和娘吐了吐舌头，她觉得很高兴，也不为别的，也许就是因为，爹搂着娘的肩膀。这让丫豆儿心里又高兴，又有一点难为情。

　　院子里，爷正在给菜地浇水。见丫豆儿出来，说丫豆儿，写累了？写累了就歇一歇。看把眼睛给累坏了，戴个二饼，就丑了。丫豆儿就笑。爷说的二饼，就是眼镜。村子里，人们玩一种纸牌，细细的，长长的，二饼是两个圆，像眼镜。早晨的阳光洒满院子，菜们喝饱了，顶着亮闪闪的水珠子，精神抖擞。丫豆儿帮着爷摘了两条黄瓜，摘了一把豆角，在水管子下面洗干净了。爷慌忙说，丫豆儿，你别碰刀。一会儿爷来切。丫豆儿答应着，又回屋写功课。

　　吃完饭，爷去地里割草。天热，这几天，那头小花猪有点打蔫儿。爷说，八成是暑气闹的。猪跟人一样，这个时候，就想吃点新鲜爽口的。丫豆儿蹲在猪圈边，看了一会小花猪，小花猪卧在那里，哀哀地看着她。丫豆儿说，你病了？小花猪哼一声，算是回答。丫豆儿说等着吧，爷去给你割草了。小花猪又哼了一声，丫豆儿就笑了，你听懂了？她起身到菜畦里摘了两叶莴苣，扔给它，说吃吧，你尝一口。小花猪犹豫了一下，果真就尝了一口，丫豆儿说，好吃吗？你馋不馋？馋不馋？正说着话，听见有人隔着墙头叫她，丫豆儿，丫豆儿。丫豆儿抬头一看，是全叔。丫豆儿心里就一跳，来电话了？全叔说，来电话了，丫豆儿，你娘在电话那头等着你呢。丫豆儿一听，心里跳得更欢了。上一回，娘来电话的时候，丫豆儿出去玩了。这一回，她可要好好跟娘说几句话。说一说她的奖状，还有谷老师的夸奖。谷老师是怎么夸她的呢？谷老师说，丫豆儿，好样的。谷老师当着全班同学

花好月圆

的面这样夸她，让丫豆儿非常不好意思。为这个，红果好几天都不理丫豆儿。红果考试不好，挨了老师的批评，心里一定不好受。谷老师说，红果，你天天跟丫豆儿在一起，怎么就不跟人家学一学？人家丫豆儿的爹娘都不在，学习全靠自己。这样一来，丫豆儿就更不好意思了。她想，这一回，一定要把这件事跟娘说一说。院子里静悄悄的。羊在栏里卧着，静静地吃草。不见五爷，也不见全婶。丫豆儿跟着全叔进了东屋。丫豆儿一眼就看见，那个红色的电话机静静地卧在桌子上，并不像上回那样，话筒撂在一旁。全叔看了丫豆儿一眼，说，八成是你娘等不及，挂掉了。丫豆儿想，娘怎么这样心急呢？全叔说，等一会吧，等一会你娘就打过来了。丫豆儿就只好等一会儿。墙上的钟表滴滴答答走着，越发让人心烦意乱。全叔凑过来，说丫豆儿，坐下，坐下等。丫豆儿就坐下。全叔到院子里去了。电话卧在那里，像是睡着了。丫豆儿有点着急。娘去干什么了？也许是去厕所了，也许，是有什么别的要紧的事。丫豆儿坐了一会，忽然想上厕所，又不敢去，怕是刚离开，娘的电话来了。正为难着，全叔进来了，问，还没打过来？丫豆儿说，没有。全叔站在那里，搓搓手，显得有些心神不定，说，不急，等等，再等等。丫豆儿等了一会，还不见来，就有点着急，说全叔，怎么还不来？全叔不说话，过去把门闩上，笑得有些奇怪。丫豆儿，别着急，叔教你做一个游戏好不好？丫豆儿还没有来得及答应，就被全叔一把抱到怀里，他把手伸进她的裙子里，丫豆儿吓得说不出话来，这叫什么游戏？全叔喘着粗气，说别怕，别怕。丫豆儿还是说不出话，只是浑身颤抖。全叔把她抵在炕沿上，像一座山一样压下来。电话铃忽然就响了。零零零，零零零，全叔身子一震，松开了丫豆儿。丫豆儿一溜烟似的跑回家。

　　这个夏天，格外的漫长。每天早上，丫豆儿照常趴在桌子上写功课。写累了，丫豆儿就托着腮，定定地看着虚空的某一处，发呆。窗格子里，一片云彩慢悠悠地流过，不知道流到哪里去了。绿色的冷纱窗上，停着一只蝉蜕，浅褐色，一动不动。丫豆儿想，那只蝉呢？它飞到哪里去了？蝉声密密地砸下来，铺天盖地。太阳在窗子上盛开，很明亮，也很寂寞。丫豆儿老是想起那天，全叔的游戏，想着想着就恍惚了，仿佛是一场梦。还有那电话铃声，零零零，零零零，很急切，也很有耐心，丫豆儿想，电话那头，会不会是爹呢，或者，是娘？她很后悔没有留下来听一听。这件事，丫豆儿没有告诉爷。爷肯定会笑她，笑她傻，守在电话旁，竟然也不听一听。这阵子，爹和娘的电话，是越来越少了。爷说，长途，贵着呢。两句话，就是一个鸡蛋。

有一回，一出门碰上了全叔，丫豆儿特别想问一问那天电话的事。可是，全叔像是没有看见她，只顾着扭着头，一心一意跟全婶说话。全婶胖胖的，花背心被胸脯高高地顶起来。丫豆儿觉得全婶很好看。全叔呢，高个子，喜欢穿一件白衬衫，白得耀眼。全叔开了个小卖部，都是全婶张罗着，全叔自己呢，倒当起了甩手掌柜。人们都说，全叔命好，有个好姐姐。人们说的是云姑姑。这个时候，全叔一心一意地同全婶说着话，草帽遮住了他半个脸，丫豆儿看不见他的表情。还是全婶一眼发现了她，叫她，丫豆儿，又长个了吧丫豆儿？丫豆儿忽然就有些难为情，刚要跑开，全婶却走过来，一把揽过她，说这孩子，光抽条子，就是瘦。丫豆儿的脑袋正好拱在全婶的胸前，全婶问她，丫豆儿，想你娘了吧？全叔立在原地，走不是，不走不是，只得把草帽摘下来，一下一下地扇着。丫豆儿想，也不知道，全叔的游戏，全婶会不会？

晚饭过后，爷收拾清爽，把凉席子铺在地上。丫豆儿躺在上面，看星星。天蓝幽幽的黑，星星很稠，一颗一颗，挤挤挨挨。丫豆儿问，星星为什么老眨眼睛？爷说，它们淘气呢。丫豆儿说，爷，星星一共有多少颗？爷说，那可数不清。丫豆儿说，爹和娘，也在看星星吗？爷说，你爹娘累着呢，哪有闲心看星星。丫豆儿就不说话了。可她还是想，要是爹和娘也在看星星就好了。说不定，他们看的是同一颗星星。风吹过来，潮润润的，夹杂着植物和泥土的味道。隔壁传来电视的喧哗声，还有五爷的咳嗽。丫豆儿想，这么些日子，都没有电话了。丫豆儿掰着指头算了算，差不多，总有一个月了吧。夜空黑蓝黑蓝的，仿佛离人很近，又仿佛离人很远。星星们大概也困了，困得都睁不开眼了。丫豆儿翻了个身，迷迷糊糊睡着了。也不知道过了多久，从很远的地方传来一阵电话铃声，零零零，零零零，丫豆儿一下子坐起来。爷说，怎么了丫豆儿？丫豆儿？丫豆儿含混地说，电话，电话。头一歪，就又睡着了。爷抚了抚她小小的背，心想，这孩子，是想爹娘了。下回她爹娘来电话，一定要告诉他们，丫豆儿想他们了。问问他们，这个闺女，他们还要不要了？算起来，丫豆儿的爹娘有半年不回来了。钻到钱眼里了！爷忽然就生气了。他知道孩子们难，出门在外，更是不容易。可是，今天，看着丫豆儿那小小的身子，蜷着，像一只虾米，他忽然就生了气。还有半年，他就七十了。七十岁，黄土都埋到脖子上了，还不能够歇心。家里外头，都是他一个人。怎么说呢，孩子们倒都很孝顺，他也不知道，自己怎么忽然就生了这么大的气。明天，他一定要把电话打过去，问问他们，丫豆儿，他们还要不要了？这个家，他们还要不要了？可是，怎么找他们呢？爷犯难了。半个月亮淡淡的，已经到了中天。一天的星光仿佛黯淡下去了。风也变得野了，有些凉。

　　晌午，村子里静静的，人们都睡晌午觉。爷的呼噜声像打雷，震得一张炕忽悠忽悠的。丫豆儿闭着眼睛躺着，数绵羊。这是爷教的法子。睡不着就数绵羊，一只绵羊，两只绵羊，数着数着，丫豆儿就想起了五爷家的绵羊。绵羊的毛卷卷的，像娘的头发。丫豆儿想了一会娘，又接着数绵羊。蝉在院子里喊，喊破了喉咙，喊得人越发睡不着。丫豆儿就悄悄起来，跳过爷的腿，去红果家。

红果家在村北。出门就是庄稼地。这个季节，庄稼地正深。这地方的人，也不知从什么时候，大多种的都是玉米。也有高粱，在垄边，或者地头，种上那么两垄，为的是用高粱秸编盖帘，编筐篓，摆饺子盛馒头，透气又干净，好得很。谷子，芝麻，还有棉花，都不常见了。人们嫌种它们费事。花生和红薯，都在河套里，有人专门包了地。远远地看见红果家的门了，丫豆儿跳过一道垄沟，听见有人在说话。热不热？一个男人的声音。能不热？一个女人说。女人的声音很耳熟。丫豆儿听见索索拉拉的声音，玉米棵子摇晃起来。男人说，不动一刀一枪——女人来钱易啊。女人噗嗤就笑了，敏子她们更易——城里头……丫豆儿的心怦怦跳起来。敏子，敏子就是丫豆儿的娘。玉米棵子剧烈地摇晃起来，哗啦啦，哗啦啦。丫豆儿站在大太阳地里，愣了好一会，才忽然醒过来，撒腿就跑。

爷蹲在树影里，前面摆一个簸箕。天热，米都生了虫子。眼睛不行了，这才多一会儿，酸胀得难受。要是在往常，丫豆儿一定会跑过来，帮着爷。丫豆儿的眼睛尖，指着米里的虫子，却又不敢拿手捏，吓得吱哇乱叫。可是，丫豆儿病了。可能是昨天夜里着了凉。爷冲着屋里喊了一声，丫豆儿。没人答应。爷又喊，丫豆儿，别老在屋里闷着。还是没有人答应。爷刚要站起身，只见眼前金灯银灯一阵乱窜，他闭一闭眼，重又坐下来。天真热。老毛病又犯了。晚上，得去药铺抓点药，正盘算着，听见五爷隔了墙头在叫，丫豆儿爷，电话。快，不得了，出事了——丫豆儿爷——

丫豆儿从炕上一下子坐起来，疑心又是做梦了。她看着窗格子里有一片流云慢悠悠飘过。浅绿的冷窗纱上，那只蝉蜕还在。旁边，多出了一只大的。丫豆儿看着这一大一小两个蝉蜕，心里想，说不定就是母子俩呢。那两只蝉，飞到哪里去了？

天真热。这个夏天，真是漫长啊。

苦夏

火车开往C城

夜色慢慢降临了。我看着窗外一掠而过的田野，村庄，树木，河流，心里有一种久违的轻松。我要出趟公差，去B城。

我在我们这个小城的一家图书馆上班，出差的机会很少。绝大部分时间，我坐在图书馆的借阅处，无聊地翻看小木盒子里的借书卡。借书卡上有借书人的姓名，年龄，单位，住址，联系方式，借阅的图书等。我把这些借书卡一张一张抽出来，翻来覆去地看，想象着这些人的相貌，性格，还有他们的生活。当然，这些人有一个共同的特点，就是爱看书。我对此不屑一顾。我不喜欢看书。面对着一排排的书架，以及书架上黑沉沉的书，我总是犯困。我更喜欢坐在椅子上，发呆，瞌睡，胡思乱想。在周围人眼里，我是一个循规蹈矩的人，准时上班，准时下班，准时接送孩子，准时吃饭，准时睡觉。就连跟老婆做爱，也从来都不肯马虎。一周两次，这是一个固定不变的频率。当然，一些特殊日子除外。

　　车上的灯亮了。对面坐着一男一女。男人总有五十了，或者，四十七八，衣着讲究，戴一副眼镜，很斯文的样子，看上去像一个学者。女人很年轻，至多不过二十岁，很清纯的一张脸。两个人不时地聊上两句。我半闭着眼，猜测着他们的关系。有售货车过来，男人招手示意，买了两杯冰淇淋。我犹豫了一下，要了一杯奶茶。我慢慢地喝着奶茶，心里盘算着出差的事。其实，这回出差纯属阴错阳差。采购小姜病了，我是临时替补。B城有一个图书订货会，我去探一下行情。也就是说，这次出差，并没有什么具体任务。这令我很放松。就当作一次公费旅行好了。我想起头儿的话。B城，可是美女如云啊。我抬头看了一眼对面的美女，整个人就呆住了。我发现，学者正把美女揽在怀里，在她耳边低语。我把空的奶茶纸杯慢慢捏扁，内心里忽然充满了莫名的忧伤。

　　出了站，已经是夜里十一点半了。我拉着行李箱，慢慢走在B城的街道上。此时，夜色温柔，这个陌生的城市，竟令我有一种奇异的亲切。一辆出租车在我身旁慢下来，我挥挥手，放它离去。我忽然想在这个城市走一走。为什么不呢？这么好的夜晚。灯光闪烁，把夜色装点得繁华动人。高楼，店铺，街道，硕大的广告牌，一切都是陌生的。我喜欢这种陌生。有一对情侣相拥着走过，缠绵得迈不开脚步。一个男人，一身的酒气，正在对着手机说话，语无伦次，时而大笑。我的箱子在路面上碌碌地响着，在这深夜时分，格外引人注目。然而，没有人注意我。甚至，都没有人朝我看上一眼。我心里高兴起来。先生，要不要喝上一杯？路旁的黑影里，一个女人的声音。我吃了一惊。一个艳妆的女人，站在那里，背着光，我看不清她的脸。我停下来，很从容地跟她调情，侃价，她的眼睛在夜色中闪闪发亮。我闻到一股浓烈的香水的味道，我皱了皱眉。一辆出租车过来，我招招手，打开车门，请女人上车，女人提着裙子，很艰难地爬上去。我对司

火车开往C城

机说，九州大厦。啪的把门关上。我目送着车子扬长而去，想象着女人歇斯底里的咒骂。是的，我骗了她。我不住九州大厦512房间。小姜说过，九州大厦太贵，五星级，我们消受不起。

来到预订的宾馆，已经是凌晨两点了。洗完澡，躺在宽大的双人床上，洁白的卧具，散发着淡淡的芬芳。我忽然特别渴望在这一尘不染的床上放肆一番，当然，是和女人。想起那个艳妆女人的眼神，我有些隐隐的懊悔。不应该把她骗走，应该把她带回来。这么多年，我只有老婆一个女人。凭什么？这么多年！有时候，老婆拧着我的耳朵，说，嫁给你，就是图一样，放心。说着，嘎嘎地笑，语气很嘲讽了。平日里，对这种话，我是早就麻木了。可是今天，我忽然变得忍无可忍。哼，放心。我知道这话里的意思。我老实，窝囊，懦弱，无能，没有哪个女人会对我这样的男人动心。放心。她当然放心。她以为，就因为我让人放心，就可以任意地对我，当着外人，当着她的父母，甚至，当着儿子。想起老婆臃肿的腰身，我心里恨恨的。凭什么？

门铃响的时候，我都快要睡着了。然而，我很快就激动起来。这是一个很丰满的女人。在床上，这个女人如此狂野，妩媚，伶俐而风情，这令我吃惊。我们度过了一个销魂的夜晚。这么多年了，我从来没有像今天这样，这样放松，这样享受，这样欲仙欲死。欲仙欲死，这真是一个生动的词。我付了一笔很可观的钱，我真的喜欢她。不，我感激她。她让我懂得，什么才是女人。我拥着她，情意缱绻。忽然，铃声大作，我一下子坐起来。是闹钟。每天早上，我的手机都会在七点钟准时响起。昨晚我是忘了调了。屋子里寂寂的，我看了一眼身侧，什么都没有。我横在床上，一只枕头被我抱在怀里，揉得面目全非。妈的。我把怀里的枕头狠命地扔在地上，颓然倒下。我侧过身，百无聊赖地按着床头灯的开关。灯一亮一灭，仿佛一双闪烁其辞的眼睛。我躺着，浑身无力，感到异常的迷茫和绝望。

　　吃早点的时候，我同服务小姐吵了一架。起初，我还努力地保持冷静。我把她叫过来，把豆浆里的一根头发指给她看，她千不该万不该，在说对不起的时候把嘴巴撇了一下，扭着腰肢去给我换一杯新豆浆。我忽然就爆发了。我咆哮着，把豆浆摔在地上，清脆的玻璃破碎声立刻引起了整个餐厅的骚动，人们纷纷把目光投过来，想看一看事情的究竟。我也不知道自己哪里来的那么大的火气，我站在那里，面对闻讯赶来的经理，滔滔地宣讲，辩驳，训斥。我简直为自己感到惊讶了。平日里，我是一个寡言的人，用我老婆的话，三锥子扎不出一个屁。我内向，害羞，近于木讷，从来都是多一事不如少一事，在众人面前，我几乎不会大声说话。有时候，我老婆气急败坏地诅咒我，骂我窝囊废，受气筒，烂泥巴抹不上墙。你简直不是男人。最后，我老婆骂累了，总结道。然而，今天，我是怎么了？如果老婆在场，她一定会对自己的老公刮目相看。经理在我面前弯着腰，忙不迭地道歉，冲身旁肇事的服务小姐喝斥着。我看见，泪水在服务小姐漂亮的眼睛里闪烁，我忽然有些怜香惜玉了。我想起这么多年，在单位，在家里，在任何地方任何时候，我总是扮演这种被训斥的角色。我把手挥一挥，结束了这场讨伐。餐厅里慢慢平静下来，我重新坐在桌前，从容地享受新鲜的豆浆，还有一份美味的烘焙面包。

　　吃过早点，我在街上悠闲地散步。我本来是打算去图书订货会的。既然来了，怎么也要去看看。对工作，我向来是一丝不苟的。可是，来到街上，我就改变了主意。是个晴好的天气。阳光照下来，软软地泼在身上，让人说不出的温暖熨帖。这样好的春天，这样好的阳光，我应该尽情享受一下才是。大街上，来来往往都是行色匆匆的人。春日的阳光下，他们一脸的茫然，还有麻木，低着头，急急地赶路。看着汹涌的车流，我长长地舒了一口气。说实话，我有些幸灾乐祸。多好。今天，此时，我什么都可以想，什么都可以不想。我自由，散漫，像一个无业游民，一个流浪汉。我看了一下手表，八点半，通常，这个时间，我刚送完儿子，正奋力骑车赶往单位。从家到学校再到单位，几乎要绕过大半个城市。这么多年，风雨无阻，我是怎么过来的？身旁，一个男人骑车擦身而过，身后坐着一个胖墩墩的孩子。男人一边骑车一边看表，满脸的焦虑。我心里笑了一下，立刻又觉出自己的不厚道。我冲着天上的鸽群，吹了一声响亮的口哨，鸽群受了惊，扑楞楞飞走了。

太阳越来越热了。我渴了，在路边的冷饮店坐下来，喝果汁。这时候，手机响了，一个陌生电话。对方是个女人，一开口就说，死哪去了，没良心的——快点啊，九州大厦，一层咖啡厅。我对着手机愣了那么一会，刚要开口，对方却挂断了。九州大厦。我想起了那天晚上，那个艳妆的女人。我把果汁慢慢地喝完，把瓶子倒过来，扣在桌上。冷饮店的老板娘很诧异地看了我一眼，张了张嘴，没有说话。

站在门外，我仰起脸，看着高高的台阶，铺着红地毯，一直通到闪闪发光的旋转门。九州大厦，果然气派不凡。听小姜说，这里面的服务小姐，一律是大学毕业，年轻貌美，经过特殊训练。小姜说这话的时候，特意把特殊两个字强调了一下。我在咖啡厅靠窗的位置上坐下来，打量着四周。客人不多。一对老外，一个梳辫子的男人，在屏风背后，有一个女人，正认真地研究着单子。我猜测，这个人，就是电话里的女人。服务生走过来，问我要什么，我踌躇了一下，要了一杯冰水。妈的，一杯冰水，都要三十块。简直是敲诈。我喝着冰水，眼睛从杯子上方遥遥地观察着那个女人。她还在耐心地研究单子。凭心而论，这是一个很有味道的女人，大概三十出头的样子，美丽而优雅。女人的气质，只有在三十岁以后，才能慢慢地显露出来，这话看来是真的。想起她在电话里的娇嗔，我心里一跳，身上就热起来。这样的一个女人，她要等的，会是一个什么样的男人？我想起凌晨的那个梦。直到这时，我才发现，眼前这个女人，跟梦里那个人，何其相似。不，简直就是梦里的人。我的心越发跳得厉害了。热热的掌心，在冰凉的杯子上留下清晰的痕迹。我出汗了。正心猿意马间，那个女人掏出手机接电话，一脸的恼火，拎起包就往外走。我赶忙尾随出去。

　　这么多年，生平第一次，我跟踪一个女人。在一个陌生的城市，跟踪一个陌生的女人。我这是怎么了？大街上人潮汹涌。女人的白裙子在阳光下，时隐时现，白裙子的屁股很好看，在紧绷绷的裙子里，像两只饱满的苹果，一前一后地滚动。我满头大汗。忽然，白裙子不见了。我站在那里，茫然地看着四周。车声，人声，一片喧嚣。阳光像雨点，劈头盖脸砸下来。我的太阳穴突突跳着，眼前金灯银灯乱窜。我闭了闭眼。

　　坐在路旁的长椅上，我心情沮丧。我还在想着白裙子。一个人的消失，仿佛一滴水掉进大海，转眼就无处寻觅了。太阳明晃晃的，把这个世界照得昏昏欲睡。我把脚跷在椅背上，让自己更舒服一些。蝉躲在不知哪棵树上，热烈地叫着。真是奇怪，这才几月，在这个城市，居然有蝉鸣了。我循着蝉声望去，满目的青枝绿叶，在阳光下灼灼地闪烁。我觉出口袋里硬硬的，摸了一会，摸出一支棒棒糖。我儿子爱吃棒棒糖，草莓口味。我把棒棒糖剥开，让糖纸随风而去。我吮着棒棒糖，看着那张花花绿绿的糖纸伏在地上，被风吹得一张一翕。我不喜欢甜食，对各种糖果，更是敬而远之。可是今天，我竟然爱上了棒棒糖。棒棒糖很甜。我的口腔里弥漫着浓郁的草莓的甜香，我不由地打了寒噤。我喜欢这种感觉。一个孩子走过来，胖胖的，大概不到两岁。他弯下腰，努力去捉那张糖纸。后边跟着一位年轻的母亲，学着细细的童音，说宝宝真棒，把糖纸扔到垃圾筒。我这才发现，旁边几步开外，有一个垃圾筒。我感到脸上有些发烧。从小，我就是

火车开往C城

这样教育儿子的。年轻的母亲拉着孩子走过去了，我眯起眼，看着她的背影，半天，从牙缝里挤出一个字，切。

中午，我回到宾馆。宾馆里有自助餐，据小姜介绍，味道好极了。当然，更重要的是，餐费含在住宿费里，可以报销。我慢条斯理地享受午餐，偶尔，会想念一下白裙子。此时，她在做什么？回到房间，我冲了个澡，并不擦，淋漓着一身的水珠，赤条条地走来走去。镜子里出现了一个中年男人，已经开始发胖，肥厚的肚腩，后背，线条模糊，完全没有了棱角。我看着这个男人，心头忽然涌上一重很深的悲伤。我想起很多年前，阳光下，几个少年，在操场上奔跑，呼啸，浑身热气腾腾。力量，速度，汗水，血液在血管里沸腾。可是，如今，都过去了。我有多少年不上球场了？我的身体，在时光深处慢慢堕落，沉沦，在生活的重围中，我无能为力。身上的水珠一点一点蒸发了，皮肤一寸一寸地紧绷起来，像一张张小嘴，温柔地吸吮。我抱着双肩，看着镜子里的那个人。这么多年了，我甚至从来不曾注意过自己的身体。我感到陌生，不安，还有莫名的恐惧。我蘸着口水，在镜子上画了一个很大的叉，镜子里的人被分成了几半，看上去很滑稽。我把自己扔在床上，看着天花板发呆。我又想起了白裙子。

晚上，我本来打算出去走走。明天一早，我就要回去了，回到那个小城，回到日复一日的生活。我说过，我这种工作，出差机会几乎为零。那么，今天晚上，我应该好好挥霍一下才是。或者，叫一个女人？我吃了一惊，我被这想法吓了一跳。天地良心。我是一个正派的人。这么多年了，我一直很努力。好丈夫，好父亲，好员工，好公民。总之，我努力了。可是，我为什么总要让旁人满意？

吃过饭，我刚要出门，发现手机不见了。不行，我不能没有手机。手机是我同这个世界之间的纽带，我离不开它。我找遍了房间的每一个角落，床上，地下，窗帘的后面，地毯缝隙里。没有。手机不见了。我敲着脑壳，在房间里团团转。真他妈的邪门了。我努力回想最后一次用手机的时间，却怎么也想不起来了。平日里，我的手机习惯沉默。我说过，我交际不多，朋友更少。就连老婆，有事找我，也喜欢把电话打到图书馆。因为电话少，我的手机没有办免费接听。倒是偶尔有一些垃圾短信，在那些百无聊赖的图书馆的午后，或者是黄昏，适时地骚扰我一下，让我从昏昏欲睡中蓦然惊起，懵懵懂懂地看一眼墙上的钟表。如今，手机不见了。焦躁过后，我竟然感到一种莫名的轻松。多好！手机不见了。谁都别想找到我。谁都别想。

　　火车站很嘈杂。天南海北的人，在这里短暂停留，然后，从这里出发，各奔东西。火车很准时。我坐在窗前，看着 B 城一点一点被火车抛在身后，感觉自己像做了一场梦。早晨的阳光落在玻璃上，一跳一跳，活泼极了。我拿出一份 B 城晨报，慢慢看起来。晨报上多是一些无聊的新闻，我看了一会，感觉很乏味。对面是一个中年人，正埋头认真地剪指甲。旁边是一个青年，塞着耳机，闭着眼睛，摇头晃脑。一个女孩子，正专心致志地发短信，手指飞快地动着，熟练得惊人。我百无聊赖。把车票拿出来，翻来覆去地看，就像看一张借书卡。T123 次，开往 C 城。我笑了。C 城。我发誓，之前，我从来没有听过这个名字。我想起买票的时候，人很多。我前面的一个胖子气喘吁吁地把钱递给窗口，说，C 城，最早的一趟。我挤过去，对着窗口说，我也是。我看着手里的车票，粉红色，很好看。这不能怪我。来之前，我忘了买返程票。

　　太阳已经很高了。我半闭着眼睛，昏昏欲睡。C 城，应该快到了吧。

花好月圆

　　这家茶楼，藏在一条胡同的深处。生意却是特别的好。沿着胡同一直走，走出去，就是车水马龙的大街。来过的客人都称赞说，这真是一个好地方，闹中取静。

　　桃叶也喜欢这地方。算起来，来这家茶楼，已经有半年多了。茶楼的工作并不累，无非是端茶续水，迎来送往，洒扫抹擦，对于年轻的女孩子，尤其相宜。桃叶呢，性子又闲静，终日在淡淡的茶香中来去，真是再好没有了。当然了，还有音乐。多是一些古典的曲子。桃叶听不懂，可是却喜欢得很。有时候，桃叶听得痴痴的，不免想，这世上，竟真有这样好的东西。

　　晚上，是茶楼最忙的时候。周末呢，就更忙了。人们吃完饭，来这里喝茶，聊天，也有打牌的，下棋的。比较起来，桃叶更喜欢下棋的。打牌的太闹。喝茶聊天的，就更安静了。三两个人，沏一壶茶，静静地聊天，闲适得很。城里人，可真会享受。哪像乡下。想到乡下，桃叶就轻轻叹一口气，然而也就笑了，笑自己的傻。这是北京城呢。真是。

　　渐渐地，桃叶注意到，这些客人，大都是茶楼的常客。他们在这里存了茶，不定期地来这里消费。其中，有一对客人，也是这里的常客。他们的茶室，几乎是固定不变的，最里面的那一间，在一株硕大的植物的掩映下，门牌上垂下长长的流苏，上面写着：花好月圆。这是一间小茶室，最适于两个人对饮。装饰也不俗。迎面窗子上，挂着半月形的竹编，又别致，又清雅。墙壁设计出叠层，高高下下摆着竹筒，半只的，整只的，青色宜人，有的甚至还带着活泼泼的枝叶。另一面墙上，是一幅画。画上的物事，桃叶都认得，南瓜，葫芦，一只大石榴，咧开嘴，露出里面鲜红的籽实。这幅画，让桃叶感到亲切。每一回来这里清扫，桃叶总要对着这幅画看一回。也许是因了这幅画，桃叶喜欢这间茶室。名字也好。花好月圆。又吉祥，又悦耳。更巧的是，这间茶室，正好在桃叶的分工范围之内。茶楼里的服务生，都是有分工的。桃叶管小茶室。私下里，她们管小茶室叫做鸳鸯房。通常情况下，来这里喝茶的都是成双成对的人。两个人，在幽静清雅的小茶室里，一坐就是半天。有时候，桃叶不免想，他们，在做什么呢？桃叶十七岁。十七岁的女孩子，已经懂了事。想着想着，桃叶就有点心神不定。然而，大多时候，桃叶什么都不想。茶楼里的规矩，服务生要知情识趣，懂得眉眼高低，在该出现的时候出现，在该消失的时候消失。每一间茶室，都有呼叫器，服务生要应声而动，不可擅入。这些，在最初来茶楼的时候，桃叶都一一牢记在心里了。

　　桃叶发现，往往是，那位男客先来，然后，大概十分钟之后，那位女客才姗姗来迟。也有相反的时候。总之是，这一对客人，极少同时来到。每一回，那男客来了，桃叶就过去照顾。通常，桃叶会问一下客人，是点新茶呢，还是喝先前存的？这一对客人，也是在这里存了茶的。普洱，十年的普洱。他们一直喝普洱，几乎从来没有换过。桃叶烫茶壶，烫茶杯，洗茶，一遍，两遍，三遍。这种陈年普洱，总要至少烫三遍才好。客人坐在椅子上，颇有兴味地看她沏茶。逢这个时候，桃叶就格外的紧张。心里怦怦跳着，手下也失去了分寸，一不小心，茶水就溢出来。桃叶偷眼看一下客人，却见他并不曾留意，就把心神定一定，专心做事。眼角的余光，却无意中扫到了客人的一双皮鞋，擦得锃亮，闪着凛然的光。沏好茶，桃叶躬身退出来，替客人把门带上，方才轻轻舒了一口气。

对于这位男客，桃叶她们几个都悄悄议论过了。怎么说呢，这位男客，在客人里面，是显得太出类了一些。不单是容貌，只那神情气度，行止之间，就有一种摄人的风仪。私下里，几个女孩子会拿他开玩笑，彼此打趣一番，说着说着就追逐起来，嘴上骂着，脸上却是朝霞满面，仿佛给人说中了心事，很难为情了。这类玩笑，桃叶几乎从来不参与的。桃叶是一个端正的人。在人前，最是懂得自持。这一点，临出来的时候，娘已经细细叮嘱过了。然而，有时候，桃叶也会暗自猜测，这个人，是做什么的？多大？还有，那位女客，是他的什么人呢？想着想着，桃叶就有些入神。看样子，这男客一定是一个学问很大的人，念过很多书，在堂皇的大楼里办公。在北京，多的是这种堂皇的高楼，亮闪闪的玻璃墙幕，傲慢而矜持，让人不敢直视。年龄嘛，桃叶看不出。三十多？四十？或者，五十出头？男人的年龄，真是似是而非的一个问题。在这方面，桃叶尤其没有天赋。至于那个女人，桃叶一直不大愿意去想。用小白她们的话，什么人？情人嘛。若是夫妻，怎么会老是在茶楼里幽会？桃叶不爱听这话，虽然也觉得有理。私心里，她倒宁愿相信他们是夫妻，般配，恩爱，罗曼蒂克，周末，出来喝喝茶，放松一下。她也知道，这愿望的不可靠，然而，她还是禁不住这样想。桃叶是一个执拗的人。莫名其妙地，她认定，这样一对人物，神仙一般，必是完满的。他们合该幸福。他们不该有别的。

　　这家茶楼，外面看并不起眼，进得门来，倒是一派朴野之趣。一段小桥，一弯清泉，几块石头随意散置着，篱笆后面，是几竿竹子。灯光照过来，竹影子印在墙上，一笔一笔，仿佛画出的一般。桃叶正冲着那影子发呆，听见有客人来了。细看时，却是那女客。桃叶赶忙上前去，引着她去那间茶室。不料她却把手摆一摆，示意不用了，自顾袅袅婷婷而去。桃叶看着她的背影，竟莫名其妙地生出几分失落。女客的身姿很美，一头卷发，往常都是披下来的，今天，却被松松地绾起来，在颈后绾成一个髻，倒越发平添了几分娇慵之美。女客穿一件奶白色开衫，长裙，淡淡的石绿色，浮着荷花的断梗，裙摆宽大，走动处，偶尔有零落的花瓣，飘飘洒洒，满眼秋意。桃叶在后面简直看得呆了。正怔忡间，那美丽的背影已经隐在花好月圆的门后了。怎么说呢，对这女客，几个女孩子心情复杂。公正地讲，这女客是一个顶标致的美人，不施粉黛，却自有一种动人的风姿。尤其是，这女客的衣裳，令女孩子们暗暗叹服。桃叶记得，几乎每一回，都是不重样的。多是裙装。长的，短的，宽的，窄的，素淡的，缤纷的。也有旗袍。桃叶很记得，其中有一袭，她最是喜欢。紫色，阴戚戚的，盛开着一朵一朵的淡白的花。有时候，她不免想，这样的衣裳，穿在自己身上，会是什么光景？阳光从窗子里照过来，晒着她的半个背，暖暖的。她低头瞅一眼身上的工作服，很不好意思地笑了。这工作服，是浅茶色的衣裤，配了雪白的兜肚围裙，一色的船形包头，两端尖尖翘起，说不出的干净俏丽。初来的时候，对这服饰，桃叶真是喜欢。她把自己关在卫生间里，在镜子前左顾右盼，心里有一种难言的快乐。她盘算着，在电话里，该怎么对娘描述这新的衣裳。还有杏儿。当初，杏儿本要同她一起来的，因为杏儿爹的病，只好耽搁了。看见她的样子，杏儿会怎么想呢？她一定会眼红吧。可是，后来，对这工作服，桃叶的看法渐渐改了。喜欢还是喜欢的。然而，却多了很多无端的憧憬。到底憧憬什么呢，一时也说不出。桃叶低头把围裙上的一些褶皱慢慢抚平，很黯淡地笑了。

有音乐细细地传来，缥缈，清婉，仿佛一个辽远的梦。茶楼里点一种香，淡淡的，不十分浓郁，却有一种沁人肺腑的气息，让人迷醉。桃叶立在地下，看着那间茶室门上的牌子，花好月圆，四个字瘦瘦的，眉清目秀，很受看。长长的流苏披拂下来，微微荡漾着，闪烁出丝质的光泽。门的上端，是磨砂玻璃，一丛兰草图，在灯光的映衬下，起伏有致。桃叶看了一眼那灯光，柠檬色调，温馨，神秘，让人莫名的心乱。墙壁上的钟当当响起来，十点钟了。算起来，那一对人，在茶室里，总有四个钟点了。茶楼里，依然闹热。棋牌室里传来麻将碰撞的声音，泼辣辣的，很清脆。下棋的呢，则安静得多了。托着脑袋，一脸的严峻，一脸的风霜，他们是沉浸在另一个世界里去了。走廊上，偶尔有人走动，把木质地板踩得孜孜响。洗手间在茶楼的两端，中间的茶室的客人，须经过一段不短的旅行。几个女孩子站得乏了，忍不住相互说说话。却不能凑在一处，担心领班或者老板看见了。她们各自站在原地，用神情示意。小白把嘴巴冲着花好月圆努一努，又抬起下巴指一指墙上的挂钟，做出一个很暧昧的表情。桃叶知道她的意思。

在这几个女孩子当中，小白算是元老。据说，早在茶楼开业之前，就追随着老板南征北战。关于小白同老板的关系，茶楼里的人都讳莫如深。桃叶隐隐约约听到，这个小白，是老板的旧情人。十几岁来京城闯荡，认识了现在的老板。老板是有家室的人，同小白，是露水的鸳鸯，稍有风吹草动，就只有散了。小白呢，究竟年幼，对世事还远不曾看破，她原是一心想修得正果的。老板是何等样人物？近五十岁的人了，经历了风雨无数，早洞穿了其间的山重水复，种种艰险处。权衡之下，索性就把小白介绍给了一个朋友。怎么说呢，小白是这样一个水性的女子，流到哪里，都是随遇而安。岂料那一个人，也是使君有妇。直到如今，小白依旧是妾身未名。私下里，人们都说，这个小白，怕是命里如此。最近，也不知为什么，放着安闲的外室不做，小白执意要来茶楼做工。老板呢，碍着多年的情分，当然也有朋友的面子，就只有把这颗定时炸弹留在身边，却自此对她敬而远之。据传说，小白是对老板心有不甘。当然，这些都不过是传说罢了。以桃叶的眼光看来，小白称得上风姿楚楚。在京城磨练既久，妩媚之外，身上自有一种风尘和沧桑。言谈间，却似乎是天真未凿的。这令桃叶很惊诧，同时也感到暗暗的宽慰。或许，只有小白这样的女子，才适合在京城里左冲右突，攻城略地。桃叶把目光跳开去，看着窗外。此时的北京，一城灯火，远远近近地闪烁着，把夜晚的天地映得明明灭灭。廊檐下，一只红灯笼，在夜色中摇曳不已。小白终是忍不住，已经同另一个女孩子凑到一处，吃吃笑着，咬耳朵。桃叶过去不是，不过去呢，也不是，迟疑了一时，只好去卫生间避一避。在这家茶楼，小白是无所惧的。在她，不过是寂寞之余的游戏，或者叫做娱乐也好。游戏总是不乏娱乐的成分的。桃叶却不同。她必须兢兢业业。这份工作，对她非比寻常。

　　从卫生间出来，一眼看见洗手池前站着一个人，却是那女客。此时，她正对着镜子，很仔细地补妆。桃叶慢慢地洗手，一面偷眼看镜子里的女人。她发现，女人脸色微酡，有一种掩不住的春色。她的头发已经纷披下来，流泻在肩头，她正用嘴衔着一支发卡，慢慢地整理。大概觉出了旁边的注视，她微微侧转过身。桃叶赶忙低头洗好手，匆匆往外走，却同迎面而来的小白几乎撞个满怀。小白说，桃叶，正找你呢——花好月圆——

　　植物硕大的叶子在灯光中招展着，把婆婆的影子投在地上，大片大片的，掠过来，森森地，满蓄着风雷。桃叶立在门外，对着一地的影子看了半晌。门已经阖上了。花好月圆。牌子底下的流苏还在微微颤动。方才，她犹疑了一下，才轻轻叩响了门。男客已经站起来了，慢慢踱到窗子旁，很专注地欣赏那幅画。桃叶把电热壶里的水续满茶壶，重又把各自杯子里的残茶倒掉，斟上新茶。把托盘里的果壳清理好，换上干净的烟灰缸。男人自始至终背对着她。他可真是挺拔。站在那里，仿佛一棵蓊郁的大树，沉默中透着一种说不出的英气。不知为什么，桃叶感到这房间里有一种莫名其妙的气息，黏稠，热烈，微甜，却又是暗流汹涌，让人止不住的心旌摇曳。男人慢慢转过身来，朝这边看。桃叶感觉自己的心像惊了的马，跳得动荡。慌乱间，她碰翻了一盘开心果，白色的果实撒落下来，骨碌碌滚了一地。桃叶慌忙弯腰去拾，抬眼却看见那男人的皮鞋，闪着凛然的光。桃叶越发慌了。正手忙脚乱，她感到一片阴影覆盖下来，心里一惊。男人立在她身旁，居高临下地看着她。这令她感到一种莫名的威压。正无措间，门开了。女客回来了。男客重又踱到窗子旁边，认真地看那幅画。女人呢，则在沙发的另一端坐下来，端起茶杯，看桃叶收拾。一时无话。收拾完，桃叶躬身退出来，把门带上。花好月圆的牌子轻轻摇晃了一下，就平静下来。桃叶立在影子里，想着方才的事。几位客人从走廊的另一端走出来，打着长长的哈欠，准备离去了。还有一位，从深处的茶室里踱出来，擎着手机，絮絮地说着，忽而，纵声笑起来，看看周围，赶忙又握住嘴巴，冲着手机窃窃地讲着，一脸的莫测。一位女客在走廊上慢慢走着，忽然，高跟鞋就趔趄了一下，她一惊，赶忙把心神定一定，更添了几分小心走路。桃叶看着这一切，仿佛看着一场乱梦的碎片，一时收拾不起。她感觉手里的电热壶越来越重，像铅一样，令她整个人都坠下去，坠下去。握着壶把的那只手，却早已经僵硬了。

　　窗外，夜色迷离。偶尔，有一辆汽车疾驶而过，在灯光的河流里，溅起闪亮的浪花。小白正在低头发短信，发着发着，忽然就吃吃笑了，掩着口，一脸的是非恩怨。世间，或许真有这样的女人，她们感情丰沛。对异性，永远怀着缥缈的幻想，永远心神激荡。这一向，小白同一个男孩子过从甚密。这个男孩子，桃叶是见过的。看样子，顶多刚满二十，穿着牛仔，脸上是稚气未脱的神情。同小白站在一起，简直是悬殊得无理。当着人，男孩子叫小白作白姐。小白携着男孩子的手，很欢喜地介绍道，这是我弟弟。说着，朝着那弟弟飞去一个媚眼，弟弟就红了脸。小白格格笑起来。桃叶从旁看着这一切，心头忽然涌上一种说不出的忧伤。

又有一拨客人走出来，在门口，相互道别，挥手，不知说到了什么，都笑起来，在这安静的夜里，显得格外响亮。小白还在低头发短信。那几个女孩子，都已经乏了，站在那里，神情倦怠，目光恍惚。小白的手机唱起来，她让它响了半晌，方才接听，懒懒地问道，喂——那边不知道在说什么，只见小白的眉头慢慢蹙起来，蹙起来。渐渐地，声音里就有了柔情的哽咽。良久，那边显然是在极尽曲折地逢迎，这一端，容颜也就渐渐展开了，倏忽就笑了一下，骂道，去——很娇嗔了。小白脸上还带着泪珠，却已经开始冲着手机的那一端吹气了，轻柔地，一脸小孩子的天真，还有小女人的风情。桃叶把眼睛看向窗外。

茶楼对面，是一家时装店。此时，早已经关了门。一对恋人相拥着走过，在不远处的灯影里，忽然就停下来，抱在一起，热吻。地上，他们的影子长长短短，纠缠不休。小白的电话还在继续，只是，早已经变成含混的呢喃，还有轻笑。桃叶立在窗前，感觉自己背上出了一层毛茸茸的细汗，痒刺刺的，很难受。这一带，路的两旁，多的是槐树，叫做国槐的，深秀繁茂，很老了。夜色中，老树枝叶模糊，黑黢黢的，沉默着，仿佛隐藏着无尽的秘密。一辆摩托车飞奔而过，风驰电掣一般，转眼就不见了踪影。墙上的挂钟当当响了，桃叶吃了一惊，方才把心思慢慢收回

花好月圆

来。小白已经打完了电话，此刻，正在忙着发短信。几个女孩子，在走廊里慢慢走动着，为着能够及时给客人服务，当然，也为着不让自己犯困。正在放着一支古筝的曲子，低低地，百转千回，仿佛一只蝶，美丽而哀伤，在茶楼的每一个角落里细细地游走，停停落落。桃叶很入神地听着，轻轻叹了口气。真的。也不知从什么时候，桃叶喜欢上了叹气。有时候，桃叶自己也觉得难为情。有什么可叹气的呢？想想从前，还有乡下，父母，还有，杏儿。为什么要叹气呢？桃叶黯淡地笑了。

植物硕大的叶子静静地绿着，在地上投下森森的影子，一片一片的，形状有些夸张。桃叶对着门上的牌子看了一会，花好月圆，四个字瘦瘦的，很好看。柠檬色的灯光透出来，把那丛兰草映得格外生动。桃叶看着那灯光，忽然心里有个地方细细地疼了一下。

直到后来，桃叶也不知道，事情究竟是什么时候发生的。清场的时候，那一对客人，被发现双双卧在沙发上，拥抱着，已经没有了呼吸。地上散落着几只竹筒。这种劈开的竹筒，有着锐利的棱角。茶具却是完好的。茶几上，两只茶杯相对，静静地打量着对方。那幅画还在。还有画上的物事，南瓜，葫芦，大石榴，咧开嘴巴，露出里面鲜红的秘密。

日子一天天过去了。茶楼照旧热闹。那件事，人们议论了一时，也就渐渐淡忘了。花好月圆的茶室，一切如旧。每天，迎来送往，满眼都是繁华。只是，桃叶却有些变了。她喜欢站在茶室外面，那一株茂盛的植物下面，默默地看茶室门上挂的那个牌子。一看就是半晌。花好月圆。这几个字瘦瘦的，眉清目秀，很受看。

翠　缺

天色暗下来了。

翠缺坐在自家的院子里，看着墙篱笆上的丝
瓜架发呆。丝瓜架是春上她帮着娘搭的。这会儿
花开得正稠，你不让我，我不让你，泼辣得很。
鸡们疯了一天，早早歇了。猪吃饱了，在圈里懒
懒地躺着，偶尔百无聊赖地哼两声。翠缺把蒲扇
往大腿上拍一拍，赶走涎皮赖脸的蚊子们。

缺，早睡啊，赶明儿好有精神。

村西头老坷垃家孙子要过满月，娘去帮着捏
饺子。娘是出门前冲着翠缺说这话的。当时翠缺
正端着一盆泔水走到猪食槽前，猪听到了动静，
吱吱叫着，翠缺不理它，哗啦一下把泔水倒进去，
猪拿鼻子试探了一下，还是吱吱叫着。馋货。翠
缺骂道。她从糠篓子里抓了一把糠扔进去，猪这
才把嘴埋进食槽里，哼哧哼哧吃起来，两只大耳
朵时不时满足地扇两下。翠缺听见了娘的话，她
没吭声，只管站在食槽前，瞅着猪吃食。猪把表
面那层糠吃完了，又抬起头冲着翠缺哼哼。惯的
你。翠缺拿食勺照着猪头就是两下子，猪委屈地
叫起来。

139

天慢慢就黑透了。

不知什么时候腾起一层薄薄的雾气，院子里菜畦啊丝瓜架啊鸡笼子啊都没有了轮廓，浸在湿润润的雾气里。翠缺摸了一把胳膊上鼓起的包，拿指甲慢慢地掐着，心里烦得很。

前天娘赶集回来很高兴，说是村里的家具厂又招人了。

这回就招俩。缺，试试去，风吹不着日晒不着，一个月八百块呢。

娘伸出两个指头比划了一下。那些出去盖房子的汉们家，又能挣多少？

翠缺埋头慢慢地喝粥，没说话。爹把饭碗一推，从兜里掏出烟荷包，慢条斯理地卷烟筒子。听缺的吧。爹把烟筒子叼在嘴上，两手在兜里摸索火柴。没个当爹的样子。娘把碗洗得咣啷啷响，缺，你倒是说句话。

家具厂在村南头，很气派。周围是玉米地，绿生生的一眼望不到边。

翠缺走到屋门口的时候迟疑了一下，大战隔着帘子一眼就看见了她。

进屋坐，翠缺。

翠缺不坐，在沙发边上勾头站着。

坐嘛。大战看着细密的汗珠顺着她的脸慢慢淌下来，一直淌进窄窄的衣领里，他使劲咽了口唾沫。

俺来厂里，给俺派啥活儿？翠缺冷不丁一问，大战一下子结巴起来。铰……海绵，就铰那个海绵吧。

太阳毒花花的，把玉米地烤出一片绿蒙蒙的雾气，空气里蒸腾着一股子青涩的气味。翠缺跳过一条垄沟，拐进村子。铰海绵是省力气的活儿，往日里都是大战媳妇铰，后来大战媳妇怀孩子，歇了，就让大战丈母娘铰。肥水不流外人田，还能帮闺女盯女婿的梢。女人怀孩子，最难熬的是男人。这个道理，谁都懂。

村委会门口，老袁家的油条摊子早已经摆出来了。老袁媳妇乍着油汪汪的手，冲人们打招呼，吃馃子吃馃子。这地方的人管油条叫馃子。可以拿钱买，也可以拿麦子换。村里人都喜欢拿麦子换，麦子是自家地里产的，总归比直接用钱少些心疼。翠缺看着几根饱满的馃子被老袁媳妇飞快地夹出来，搁到一只乌黑的铁筛子里沥油，一股焦香味一浪一浪直往她鼻孔里钻。她这才觉着肚子有点饿了。

回到家的时候娘已经把饭做好了。看见她回来就赶紧掀锅盖，一边朝屋里喊，吃饭。翠缺没接娘递过来的馒头，只是闷头喝粥。缺，说好了？翠缺没说话。娘摸得透闺女的脾气，不说话就是点头的意思。钱，还是那个数？爹瞪了娘一眼。娘就有些讪讪的。缺啊，到时候，咱置个好嫁妆。

铰海绵这活儿，忙起来，也就是一阵子，只要供足了缝纫的，就可以慢下来喘口气了。翠缺刚开始使不惯大剪子。这种大剪子比普通的大上好几号，尖长，刃薄，快得很。一天下来，翠缺的手就磨出了明晃晃的水泡。大战踱过来，嘴里丝丝吸着冷气。

疼不？

翠缺不吭声，低头铰海绵。大战嘴里停止了吸气，站在旁边看着她铰。翠缺被看得有点不自在。铰海绵的摊子在院子的廊檐底下。大战丈母娘回去了，大战说让她回去歇歇。风吹过来，慢悠悠地。蝉鸣像雨一样，一阵又一阵，密密的，洒的满院子都是。

渴不？

大战不走，眼睛像长了钩子。电话，大战电话。楼上有人喊。大战应着，转身走了。翠缺一下子把汗津津的大剪子扔在一边。

好像也是个夏天。玉米地正高。翠缺几岁？记不得了。晌午

翠
缺

141

了，娘歪在炕上打盹，翠缺躺在旁边，装睡。晌午晌，老鬼涨。晌午错，老鬼过。娘警告过她，大晌午的，甭出去疯，有老鬼哩。翠缺躺了一会儿，偷偷地爬起来，光着脚，溜出院子。街上静得很。白花花的阳光像雨点子，噼哩啪啦溅进翠缺的眼睛里，她不由地闭了闭眼。不睡啊翠缺。翠缺吓了一跳，回头见是大战懒洋洋地走过来，光着膀子，大裤衩子松松垮垮地挂在肚脐下面。翠缺看了一眼那只肚脐，牛眼似的，冲她瞪着。她笑起来。你笑什么？大战被笑得莫名其妙。牛眼。翠缺指着他的肚子，你肚子上长牛眼了。大战也笑起来。笑着笑着，他忽然不笑了。说你吃甜秫秸不，我去给你尝甜秫秸。

玉米有一人多高，正吐缨子。大战拉着翠缺的手，顺着垄沟往深处钻。大战哥，吃甜秫秸。大战不说话，只是往里钻。玉米叶子哗啦哗啦地响，把翠缺的脸和胳膊划得生疼。翠缺站住，不肯走了。吃甜秫秸。大战说，想吃不？想。我这儿藏着一根。大战的大裤衩轰隆一下掉在脚脖子上。吃不？甜得很。翠缺好奇地看着那根直挺挺的"甜秫秸"，心里有点害怕。大战把她的小脑袋按下来。大战的手很有力气，她有点不高兴，使劲别开了。尝一尝嘛。大战有点着急。她想，娘也没告诉过她，这样的甜秫秸能不能吃。她伸出舌头，轻轻地尝了一下。大战啊了一声，浑身哆嗦起来，像打摆子。她真的害怕了。转身想跑，被大战一把抱住了。懵懵懂懂中，她感觉那根秫秸像刀一样刺入她的身体，她感到自己被劈开了。

后来的事，翠缺都记不太清了。可是翠缺根本没把这事放在心里。小孩子，好了伤疤，就忘了疼。总有好玩的事情盛满她的心。挖知了猴等蝉蜕，捉喇叭虫喂鸡，去河套里采野菌子……

一直到了很多年以后，她才慢慢回过味来。大战这狗日的。她再也听不得大战这名字。在村子里碰上大战，她都只当没看见。没人的时候，大战就叫她。她朝地上狠狠呸一口，对着蹭过来的黑狗骂道，滚，不叫唤还不知道你是四条腿的。

吃过饭，翠缺洗衣裳。娘在一旁坐着，一五一十地数票子。缺，一千？翠缺不吭声，使劲地拧着她的花布衫。娘又数了一遍，缺，涨了？翠缺把衣裳啪啪地抖开，涨了还不好？看着娘发愣，顿了顿，说给二翠汇点钱吧，前天打电话来，说要交书费哩。

二翠是翠缺妹子，在县中学上高三。翠缺心里很是羡慕二翠。小妮子本事大，就凭着手里那支笔，一点一横，一撇一捺，硬是从村子里考到县里。明年，就要考大学了。翠缺也想上大学，可是翠缺不能。翠缺是老大。娘说，供两个，咱供不起。其实，翠缺也并见得多想上大学，她只是一心想离开村子，离开大战，离开玉米地。越大，越想离开。可是她知道，她离不开。二翠一考上大学，她就更离不开了。娘已经开始为她在村子里琢磨婆家了。

翠缺晾好衣裳，搬个板凳坐在影壁前面，瞅着满墙的爬山虎发呆。

今天快下班的时候，大战捏着一个纸包走过来，翠缺低头铰海绵，只当没看见。给。大战把纸包递过来。翠缺拿眼睛瞄了一下，猜出应该是钱。正犹豫该不该接，大战把纸包放在她手边，转身就走。走了几步，又回过身子，说翠缺，我……见翠缺还是低头忙着，就说早回吧，天黑了。翠缺是在快拐进村子的时候才打开那个纸包的。她数了一遍，又数了一遍。多了二百，原先说好是八百的。快收秋了。空气里流荡着庄稼成熟的气息。翠缺看着黑黢黢的玉米地，感觉心里某个地方被使劲戳了一下，疼痛像一根细细的线，渐渐扯遍了全身，扯得她的两只手腕都酸麻了。她在心里骂自己，贱，离了这狗日的，能饿死人？

这几年，大战是发了。大战是个脑瓜活络的人，一个人跑南方打工，硬是把人家的手艺学回来，在村子里办起了家具厂。邻近几个村子，都有人在端大战的这只饭碗。大战的名气就响起

翠缺

来。村里人都说，看人家大战，能人哩。有闺女的人家，心里都惦记着大战。翠缺娘也不例外。有一次娘又提起来，说大战这孩子，本事大，跟了他，一辈子享不尽的福。当时翠缺一下子就恼了，说天下男人死绝了，也不会看一眼那堆臭狗屎。娘给她噎得半天说不出话，心想这闺女，八成是癔症了。

大战娶媳妇，排场闹得很大。那时候大战的二层小楼已经盖起来，在周围平房的簇拥下，显得相当霸气。大战娶的是邻村的媳妇，一下子把本村的闺女们都得罪光了。大家对新媳妇横挑鼻子竖挑眼，都把人家贬到了泥巴里了。翠缺心里也不是个滋味，有那么一点酸，又有那么一点苦，还有那么一点疼。翠缺这时候才明白，那堆臭狗屎，被别人捡到自家粪筐里了。

大战的厂子招工，翠缺不是没有动过心，谁跟钱有仇？爹是老实人，只知道土里刨食，又供个学生，日子就紧巴得很。连喜桃都在厂里挣工资了。喜桃跟翠缺，好得跟一个人似的。逢集上，喜桃拿出她的工资，给娘买了缎子袄面，给爹买了两瓶酒，把爹娘喜欢得到处说，我家桃子买的，净瞎花钱。喜桃还给自己买了一条连衣裙，水红色，上面有一波一波的水纹样的影子，那水纹浅浅的，乍看有，再看又没有，整个裙子就显得水阴阴的，雾蒙蒙的，穿在身上，人显得特别的媚气。翠缺一下子就看呆了，仿佛不认识眼前这个娇俏的喜桃了。那天晚上翠缺没有睡好，翻过来，倒过去，脑子里老是晃着那条裙子，她想，这裙子穿在自己身上，该是啥样子？

那一天，翠缺在地里打棉花杈子，远远看见喜桃像一片云彩一样从厂子里飘出来，风钻进她的裙子，像涨满了的翅膀，水红的翅膀。翠缺的心忽然疼了一下，这裙子是用大战的钱买的，就是大战买的，也就是大战买了送给喜桃的。她知道自己没道理，可她还是忍不住要这么想。今年棉花长势不错，棉花桃子一嘟噜一嘟噜，直打人的腿。翠缺一把揪下一颗青桃子，骂道，这生桃子，咋就死不开窍？

八月十五说到就到了。村子里，这是个大节气，正赶上收秋，这个节就过得又忙碌又喜庆。厂里发了一百块钱，算是过节费，大家都喜洋洋的，干起活来格外卖力气。翠缺的海绵早已经铰完了，她磨磨蹭蹭地走到最后面。中午大战过来说，翠缺你下班晚点走。见翠缺不吭声，又说，有事。

毕竟是中秋的天气了，天一下子变短了。夜色像鸟的翅膀，一扑扇一扑扇，慢慢地把院子都铺满了。人们都走了，院子里就显得空旷起来。雾气漫上来，湿漉漉的，直扑人的脸。

这是你的。大战把一个纸包递过来。见翠缺不动，说过节费。

我领过了。

那这是奖金。

翠缺不再说话。

还有，这盒月饼，城里商场买的，好吃。

起风了。翠缺的裙子飞了起来。裙子是湖蓝的，这时候就是夜的颜色了。大战说翠缺，翠缺不吭声。大战说翠缺，翠缺还是不吭声。大战一把把她揽在怀里，大战的喘息和汗味一起向她袭来，翠缺的呼吸一下子乱了章法。

翠缺，甜秫秸，想尝不？

下露水了，有一滴正砸在翠缺的眼睛里。

翠缺。大战的声音慢慢地软下去，身子也慢慢地软下去。翠缺，你……

翠缺看着那把大剪子在大战的胸前颤悠了几下，终于不动了。她轻轻叹了口气。天已经完全黑透了。月亮慢慢地爬上来，亮得很，只是不怎么圆。明天，就是八月十五了。都说十五的月亮十六圆哩。翠缺想。

翠缺

传　奇

　　有时候，蒲小月想起来就很茫然。怎么一下子，只不过一霎眼，就快三十了。

　　蒲小月二十九。用她母亲的话，她像她这么大的时候，已经是两个孩子的妈妈了。蒲小月顶怕听母亲说这种话。心虚得要命，嘴上却还是硬的，什么年代了都，真是。这话更勾起了母亲的新仇旧恨，说着说着火气就大了。逢这个时候，蒲小月就只有不吭声。她最知道母亲的脾气。

　　怎么说呢，蒲小月人生得不算漂亮，可也不难看。眉眼紧俏，自有妩媚处。最难得的是，她身材好，又会穿衣服，走在街上，还是十分地令人瞩目。有时候，也有男人过来搭讪，不过是最俗套的手段，问她几点了，或者是，几路车的站牌在哪里。蒲小月好脾气地敷衍着，也不戳穿他们，心里却是不免有些得意，得意之余，自己也觉得索然。这样的人，在街上同陌生女孩子搭讪，未免太轻浮了一些。当然，更多的时候，人家的目光只是看过来，在她身上略略停一下，也就过

146

去了。蒲小月心里恨恨的，一本正经的样子！打量别人不知道肚子里的心思！

　　说起来，蒲小月也算是谈过几场恋爱。都是人家追她。大三的时候，那个男孩子，竟然还为她同别人打架——他们称之为决斗的——曾经轰动一时，成为校园里的一大新闻。这些事，当时倒不觉得怎样，越到后来，随着年纪渐长，越觉得那男孩子痴情的珍贵。蒲小月不是一个浅薄的人，这种事，绝不会像樊敏她们那样，时时挂在嘴上，赢得旁人的一片唏嘘，自己也满足了小小的虚荣心。蒲小月常常提及的，倒是一些无关紧要的人物。至于研究生时代的那场单恋，她更是绝口不在人前提起。

　　那时候，是研一吧，蒲小月爱上了自己的导师。导师当年四十多岁。四十多岁，正是一个男人最有魅力的时期。脱去了青年的生涩，老年的暮气远远没有到来。成熟，自信，像一棵青壮的大树，枝繁叶茂。蒲小月最喜欢导师讲课的样子，他站在讲台上，侃侃地讲，始终并不看讲义，也不看下面一群眈眈的女孩子的眼睛，他赏玩着宋词的凄美意境，他的眼神穿越时光的尘埃，不知道到哪里去了。蒲小月坐在下面，简直要流泪了。为了导师，蒲小月很是吃了一些苦。她买来他所有的著作，勤勉地攻读。她要读懂他。她的论文，费尽了心思，她想引起他的注意。她学会了化妆，每逢上他的课，她都要仔细把自己收拾好，然而，却从来没有勇气坐在前排。她只是在角落里远远地看着，心神激荡。夜里，她做梦。梦见和他在一起。飞翔，眩晕，痛楚，她把指甲深深陷入棉被的布纹里，枕头湿漉漉的。她哭了。导师的夫人，她是见过一回的。她原忖着一定是一个神仙般的人物，然而，她失望了。那不过是一个极平凡的妇人，已经开始发胖，有着中年女人惯有的神态，慵懒，满足，因满足而生的倦怠。她替他感到委屈。在校园的林荫道上，他们夫妇两个，肩并着肩，慢慢走着，偶尔，导师偏过头，也不知说了什么，身旁的女人就

花好月圆

笑起来，弯下了腰。蒲小月躲在一旁，静静地看着，只是绞心的痛。四下里寂寂的，阳光盛开，蝉声落下来，像雨点，砸在她的身上。莫明其妙的，她认定，这一对夫妇，他们不幸福。他们的幸福，是做给人看的。

现在想来，这场感情最让蒲小月伤筋动骨。毕业之后，她再也没有回学校看过。有一回，在一次会上，作为发言人，蒲小月坐在台上，一眼看见下面坐着当年的导师。她以为自己会临阵脱逃，可是，很奇怪，她竟然是平静得很。几年不见，导师是显见得老了。在一群衣冠楚楚的学者中间，显得那么黯然。他穿着西装，端正地坐着，偶尔同邻座的人聊两句，脸上的神情，温和，疲沓，平庸。蒲小月的心不知为什么就疼了一下。他实在是不适合穿西装的。领带的颜色，也太怯了一些。她还发现，他的两鬓，明显添了白发。或许早就有的，只是她不曾注意罢了。那次会议以后，他们又恢复了联系。典型的师生之间的，纯粹，淡然，宁静，安全。这令蒲小月很满意。很多事情，人做不到的，时间能做得到。这话，蒲小月深信。

周五，刚下课，母亲打电话来，说是周末蒲小宁他们来家里吃饭，吩咐她没事早点回去。母亲向来这样，蒲小宁他们又不是外人，每一回必得搞得特别隆重。蒲小宁也是，总是一副心安理得的样子。从小，蒲小月就看不惯她这副德性。仿佛就因为她小，她不如意，一家人就欠了她，就必得哄着她。岂有此理！对这个妹妹，蒲小月心里总有那么一点看不上。从小到大，蒲小月就是蒲小宁的榜样。蒲小月功课好，懂事听话，总是被老师拿来当作蒲小宁的参照物。母亲也动不动就说，看你姐姐——蒲小月一路走过来，小学中学大学，一直到硕士毕业，正欲考博，被母亲劝住了。顺风顺水地进了一所高校，安心做起了别人的老师。蒲小宁呢，职校毕业以后，在一家酒店做前台。这样一来，姐妹两个，虽是一奶同胞，如今，差别就很明显了。蒲小月父亲，当年是一位文化官员，在京城这个地方，不太显赫，可也算是体面人家。母亲呢，是一所中学的校长，平日里被人捧惯了的，讲起话来，都是一套一套的理论。同亲戚邻里说起大女儿，总是埋怨的口气，说这孩子，从来都是一心念书，把自己的终身大事倒都耽误了。眼光又高——说到这里，却又止住了，把话锋一转，要说呢，也不能总依着小孩子家。我的意思，条件差不多就行了——像我们小宁的朋友——只要人好——蒲小月正在屋里看书，听见这话，把书啪的一下扔到桌上。待她母亲进来，同她说起邻家儿媳妇的厉害，婆婆的隐忍，进而宽慰地总结道，这辈子，我是不会受儿媳妇的气了。蒲小月咣当把一句话扔过去，那就等着受女婿的气吧。母亲再想不到女儿会这样拿话噎她，一时气结，抓起那本书就朝她掷去。蒲小月也不躲，任凭书脊砸在她的肩上，火辣辣地痛。眼泪却已经下来了，热热地流了一脸。母亲哭着数落起来，我养你这么大，供你吃供你穿，供你上大学读研究生，却养了个白眼狼在家里——蒲小月拧过身子，一下子扑倒在床上，心里有凉有热，有酸有痛，烦乱得紧。

　　四月的北京，很有些春天的意思了。积水潭桥旁，护城河畔，一树桃花开了，在阳光底下，灼灼的样子。蒲小月正把额角抵在窗玻璃上，怔怔地往外看，忽然眼前一亮。刚想细看，车子已经当当驶过去了。蒲小月蓦地想起同事成教授的那句话。成教授年逾半百，对易经颇有研究，开会的时候，女老师们常常凑过去，请他看相。据说，成教授最擅手相，却并不有求必应。大多数时候，只是浅浅地点上两句，待被看的人心悦诚服，孜孜追问的时候，却住了口，只是微笑，说此乃天机，不可多言，不可多言。对于成教授的相术，蒲小月始终半信半疑。在学院里，成教授不是特别得志，至今，教授前面还要加一个副字。有时候，看着成教授一脸玄机的样子，蒲小月不免想，他自家的命运，也不知道勘破了不曾。今天下午，在走廊里碰上，成教授却把她给叫住了，说小蒲，今年桃花泛滥啊。旁边有个同事就开玩笑，小蒲，乱花渐欲迷人眼——正胡思乱想，车停了，蒲小月这才省过来，拎了包，慌忙跳下车。

厨房里一片混乱。仿佛刚刚经历了一场恶战，锅碗瓢盆，到处都是，母亲听见动静，转过身来，见是大女儿回来了，马上欢快地说，小月，你来得正好。蒲小月悄悄耸了耸眉。怎么说呢，在她的印象里，在厨房里忙碌的，似乎总是父亲。很小的时候，她就看惯了父亲扎着围裙的样子。母亲却是属于客厅的，悠闲地喝着茶，同客人滔滔地谈话，间或纵声笑起来，爽朗得很。在蒲小月看来，对母亲，父亲是太宠爱了一些。母亲不善厨艺，嘴巴却是刁得很。即便在饭桌上，吃着父亲做的饭菜，也不忘了指点江山。逢这个时候，父亲就只是好脾气地笑，至多不过嗔一句，这么多好吃的，也堵不上你的嘴——对于父亲和母亲，私心里，蒲小月还是偏向父亲多一些。作为女人，母亲似乎是太过刚硬了。权力这东西，仿佛天生就是雄性的冠冕，而女人，一旦有了权力的渗透，总会或多或少损伤她的阴柔之美。当然，对于父母之间的感情，蒲小月不敢妄下断语。谁知道呢，在父亲面前，母亲究竟是一个什么样的女人？母亲人生得漂亮，当年也是有名的美人。母亲的美，有一种咄咄逼人的锋芒，凌厉，飞扬，甚至跋扈，让人不敢逼视。父亲呢，温文尔雅，一派士大夫风度，虽说是官员，却不曾沾染丝毫的官气，倒更像是一介斯文书生。父亲去世以后，这两年，母亲眼见得沉寂下来。退了二线，在单位挂了个闲职，安心在家，莳花弄草，侍候两个女儿。厨房是每日必不可少的了。有时候，蒲小月不免想，母亲在厨房手忙脚乱的时候，是不是会格外地怀念起父亲。

蒲小宁他们回来的时候，饭菜已经端上了餐桌。蒲小月在厨房里打扫战场，水管忒啦啦流着，只听客厅里一片寒暄。蒲小月把嘴巴撇了撇。她顶看不惯母亲这个样子，见了江南，简直不知道如何是好。蒲小月知道，私心里，母亲喜欢男孩子，这一生，却偏是命中无子。如今，眼看着一个高大结实的年轻人进了家门，一下子就乱了阵脚。江南头一回上门，蒲小月想起来都是要笑的。母亲携了人家的手，问三问四，直问得人家满脸通红，蒲小宁在一旁碰她的手肘，她方才醒悟过来，依依地放了手。事后，蒲小宁跟母亲抱怨，母亲怫然变色，我还不是为了你——没有心肝的东西。母亲的意思，蒲小月明白。她是担心女儿配不上江南。怎么说呢，当初一见之下，蒲小月也是吃了一惊，这个江南，是太俊朗了一些。南方人，却是南人北相，生得高大健硕，一身休闲装，更显出一种洒脱风度。蒲小宁呢，单看还是好的，可是，凡事都怕比较。同江南两个人站在一起，就显出蒲小宁的不够了。公正地讲，蒲小宁还是很清秀的。可是这种清秀，倘若没有修养做底子，到底是嫌清浅了。腹有诗书气自华。这话看来是是对的。同蒲小月比起来，蒲小宁身上，确实少了那么一种书卷气。更重要的是，江南的家境也好，自己又是一家报社的老总，也算是书香门第。这样一个男孩子，却看上了蒲小宁，这让母亲怎能不操碎了心。

　　吃过饭，大家在客厅里闲坐喝茶。蒲小月和母亲坐一端，一对情侣坐另一端。电视机开着，正在演《倾城之恋》。因说到张爱玲，江南笑笑，说我也是个张迷。江南说这话的时候，眼睛盯着电视，蒲小宁却只顾埋头看手里的时尚杂志。母亲咳了一声，说，这个电视，拍得不错。江南说，张的文字，是太苍凉了些。蒲小月就有点听不下去。她最知道，对于这个话题，母亲无能为力。而蒲小宁，注意力永远在那些流行风尚上面。江南他凭什么？他以为自己的学问大，还是蒲家没人？一念及此，蒲小月的心里那股小火苗一下子就着了。她把杯子慢慢送到唇边，细细地啜了一口，说，小江对中国现代文学，似乎颇有心得。江南说，心得谈不上，一点皮毛罢了。正打算向专家请教呢。蒲小月笑说，什么专家——我也是半瓶子醋。不过，对张的文章，倒是十分喜欢。唯独这一篇——蒲小月努起嘴巴朝电视点一点——倒是嫌讨巧了。江南趁机求教，一脸的兴致。蒲小月嘴上谦虚着，心里暗想，不施展一些颜色，只怕你也不知道深浅。因从容讲起来。正谈得兴起，偶然间一抬眼，只见江南双手捧着杯子，一双眼睛从杯子上端遥遥地看过来，隔了薄薄的水汽，不甚分明。蒲小月心里一震，及时把话头截住了。这才注意到，蒲小宁早已经把时尚杂志丢在一旁，抱着双肩，把身子靠在沙发背上，眼睛一瞬不瞬地看着蒲小月。母亲端了一盘草莓走过来，招呼大家吃水果。江南拿一根牙签叉了一颗草莓，一边吃，一边扭头对蒲小宁赞美，这草莓真甜。蒲小宁寒着一张脸，说，是吗——我怎么觉着像是酸的。

　　透过薄纱的窗帘，可以看见月亮的影子。本该是满月，此刻，却失去了边缘，模模糊糊地印在帘子上，昏黄，缥缈，有一种寥落之美。蒲小月睡不着。今天，她是把蒲小宁得罪了。蒲小宁当面就让她这个做姐姐的下不来台。她知道，这就是蒲小宁的风格。如果蒲小宁不露声色，只把这怨恨藏在心里，那倒不是她蒲小宁了。可是，天地良心，蒲小月不过是想把江南的气焰镇一镇，不致使自己的家人露出短来，谁成想，反倒弄巧成拙了。蒲小月看着窗户上月亮的影子，心里乱纷纷的，左右理不清。她想起江南说话时的样子，还有茶杯上面的那双眼睛，心里忽然就没来由地恨起来。

　　醒来的时候天已经大亮了。蒲小月把两只手背放在一起，慢慢地搓着护手霜，一边往蒲小宁的房间张了张。房门紧闭。母亲踱过来，披着睡衣，看了一眼桌上的早餐，叹了口气。蒲小月正待开口，母亲说，小月啊，上回冯姨提的那桩事，你也拿个主意，我也好给人家回话。蒲小月低头只管擦着护手霜。冯姨是母亲的老同事，曾经拍着胸脯发下愿，小月的事情，包在我身上。

对于这个冯姨，说心里话，蒲小月有点烦。她周围，尽是一些这样的女人，热心，絮叨，最见不得待字闺中的女孩子。冯姨统共给蒲小月提过三个人，用她的话说，那都是百里挑一的人物。蒲小月顶恨她这种口气，仿佛倘若她说出半个不字，一定是她蒲小月不识抬举了。可是蒲小月偏是一个不识抬举的人。譬如说这第三个，上个周末，他们是见过一面的。在一家西餐厅，幽雅，宁静，音乐流淌，烛光摇曳，颇有几分情调。蒲小月看着对面的男人，很希望他能够说些什么。可是，没有。一顿饭下来，他只是埋着头，一心一意地对付盘中的牛排。偶尔抬头问一句，够吗——还要什么？仿佛这次约会的主要目的就是吃饭。蒲小月心里笑了一下，转念一想，也就把自己劝开了。话少好，总不至于像上一回那个，见面不到半个钟点，就恨不能把她弄到床上。吃毕出来，两个人肩并着肩，慢慢地走。路旁的椅子上，一对情侣正纠缠在一起，吻得不可开交。蒲小月正欲快步走开，却被他揩住了。她感觉他的手心里湿漉漉的，全是汗，热热的让人不快。刚要挣扎，一个趔趄，倒被他揽在怀里。蒲小月失声叫了起来。回来以后，蒲小月心里恨恨的，她老是想起那个人惊慌失措的样子，搓着手，两只眼睛只是不知道朝哪里看才好。骨子里，蒲小月不是一个特别守旧的人，尤其是到了这般年纪。这个时候，她倒宁愿他把她抱住，用嘴唇把那声尖叫堵住。她想，那种情境下，她该是无力拒绝的。他倒落荒而逃了。这是什么道理。三十六岁的男人，竟然像一个青涩的毛头小子。谁会相信呢。后来，这个人就再也没有给她打过电话。短信倒是有的，藏首露尾，期期艾艾，话里话外，全是拐弯抹角的试探。蒲小月看着看着就有些烦。她把手机一扔，索性不再理他。这一个——到底怎么样啊？母亲小心地探着她的脸色。蒲小月懒懒地打了个哈欠，说不怎么样。母亲说，你呀——让我说你什么好呢？蒲小月说，我的事，您就甭瞎操心了。母亲叹了一声，说，没办法，我就是操心

传

奇

的命。我跟你说蒲小月，老大不小了——蒲小月一下子剪断母亲的话，说，我知道自己的年龄，用不着您老是提醒我。母亲火了，那你自己就争点气——蒲小月说，这个家里要是多嫌我，我走。我出去租房住。母亲气得浑身乱颤，把一根指头指住了她，女大不中留，留来留去成对头——砰的一声，蒲小宁的房门开了，蒲小宁蓬着头发立在门口，很冷漠地看着她们。母亲的泪水一下子流出来。儿女是冤家啊——冤家——

　　校园里，该开的花都开了。空气里有一种微甜的气息，让人醺然。阳光照下来，恍恍的，全是春天了。蒲小月夹着讲义去学院。她很想停下来，在某个地方流连一时，一树花，或者，一棵草，然而，她没有。在这个校园里，她是老师，说不定在什么地方，就有听过她课的学生。她必得注意一些才是。路旁的草坪上，一个女人弯着腰，正在逗童车里的婴儿。婴儿张开没有牙的嘴，笑着，毛茸茸的小脑袋仰起来，看着母亲。母亲很年轻，嘴里叫着妞妞，妞妞。蒲小月看着这一对母女，心里忽然就疼了一下。她想起那天早晨，母亲的眼泪。在她的记忆里，母亲一向是一个刚强的人，即便是父亲过世的时候，也没有像别的女人那样，号啕大哭。可是，不知从什么时候开始，母亲竟然喜欢流泪了。

　　这一周，蒲小月总是有些心不在焉。那个男人，再没有发短信过来，想必是就此死了心，断了念想。蒲小月很奇怪，内心里，她竟然生出了几分遗憾。怎么说呢，这个人，冯姨口中的精英男，她未必要把自己的人生和他联系在一起，然而，她还是想让他爱上她，为她折磨，最起码，在漫长一生的某个时候，会想起她，并且感到淡淡的惆怅和感伤。蒲小月心里叹了一声，暗骂自己的坏，同时，也为自己的决绝隐隐有些悔意。一株桃花斜斜地伸过来，横在她眼前，冷不防吓她一跳。她忽然又想起成教授的话，心里是越发烦乱起来。

　　午休的时候，陈曲发短信过来，说晚上见一面。蒲小月回复说好。陈曲和她是闺蜜，算起来，总有二十年的交情了。陈曲大学毕业后没有读研，进了一家名气很大的外企。恋爱，结婚，一切都是按部就班。陈曲的口头禅是，我老公——蒲小月顶烦听见陈曲谈老公。这么多年的朋友，她们真是贴心贴肺了。然而，蒲小月在听到陈曲的口头禅的时候，心里还是有隐隐的不快。她倒不是嫉妒。陈曲的老公，她是见过的。在一所中学教书，典型的中学教师的神态。同活泼大方的陈曲站在一起，简直是不般配得厉害。听着陈曲一口一个我老公，蒲小月就很为她不平，同时也感到暗暗的宽慰。

　　晚饭只有她们母女两个。蒲小宁一定是有约了。照例是蒲小月下厨，她最看不得母亲在厨房的样子。母女俩一边吃饭，一边看电视。还是那个《倾城之恋》。母亲看得入神，一面看，还一面点评。蒲小月心里就笑了一下，不过是传奇罢了。一笑可也，做不得真的。插了一段广告，母亲这才恋恋地把目光收回来，说，这一个——怎么样？蒲小月知道她说的是谁，冯姨提的第四个人，叫做曾凡的。说起来，这个曾凡，也算是一个中产，有房有车，在一家私立医院做院长，这些，冯姨并没有夸大。只是有一条，蒲小月是在后来才知道，曾凡结过婚，丧偶。好在没有孩子。母亲看着她的脸色，宽慰道。蒲小月心里恨恨的，什么时候，都沦落到这个境地了。丧偶，用陈曲的话说，还远不如离异。一对夫妇，既走到了离异这一步，那其间必得有解不开的疙瘩，迈不过的关坎。什么时候想起来，都是一腔的是非恩怨。可是，丧偶就不同了。不是别的，是死亡——这不可抗拒的力量，把一对人分开了。这就很难办。而往往是，失去了的，总是最好的。人就是这样的贱。陈曲说，一辈子，你都得同一个离开人世的人争短长比高下，累不累？关键是，在这场较量中，你注定是失败者。蒲小月慢慢喝着咖啡，直听得心惊肉跳。怎么样——这

传奇

花
好
月
圆

一个？母亲拿筷子在桌子上点了点。蒲小月这才省过来，茫然地看着母亲。蒲小月。母亲把饭碗放下。母亲在谈到很严肃的话题的时候，总是叫她蒲小月。连名带姓，仿佛是在叫她的学生或者部下。蒲小月，母亲清了清嗓子，你也不要太挑了——不待她开口，母亲又说，江南，人不错，难为他那么喜欢小宁。你这个妹妹，也是傻人有傻福——蒲小月说，他们，怎么不见来家里吃饭？母亲叹口气，说，年轻人，正是黏的时候——在家里，碍着旁人，倒不自在了。小月——母亲把电视音量调低，看着她的脸，小月，你是姐姐，凡事要疼你妹妹——蒲小月探身捸了一块芙蓉鸡片，放在饭碗里，看着汤汁慢慢地把米饭染成淡黄色。她心里冷笑一声，手就抖得不成样子。原来如此。碍着旁人！这个旁人，就是她这个做姐姐的了。原来如此。母亲看起来不动声色，天知道她在心里怎么想！她二十九，马上就三十了。这个年龄，她还没有嫁出去。甚至，她都没有男朋友。难怪她们防着她！自己的母亲和妹妹，这世上最亲的两个人，竟然防着她。像防贼一样，防着她。蒲小宁把筷子慢慢在碗里掣动着，半晌，挑起一点米饭，放在嘴里，细细地嚼着，嚼着，直到把腮帮子都嚼酸了。

接下来的一周，蒲小月天天黏在网上，找房子。她在单位附近租了一居室，贵是贵了些，却很合意。干净，方便，一个人住，再好没有了。搬家的时候，她督着工人抬东西，书，衣服，零零碎碎的小玩意。母亲立在一旁，脸上讪讪的，插不上手。几番开口，都被女儿的神情堵回去了。蒲小月镇定地指挥着，里里外外地忙，却是一丝都不乱。淡淡的，甚至还有一分笑意。母亲从旁看着，忽然就发了脾气。蒲小月，好，你长大了，成人了，翅膀硬了，今天出了这个家门，就永远别再回来。

阳光透过窗子，把半间屋子晒得懒懒的。绿萝的叶子青得耀眼，在墙上投下清晰的影子。蒲小月歪在床头，把一本书盖在脸上，似睡非睡。这些日子，她硬是狠下心来，没有给家里电话。一个人的日子，自在是自在，却未免落寞了。陈曲来过一回，在屋子里来来回回逡巡了一遍，坏笑着说，这回，倒方便了。蒲小月知道她话里的意思，把床头的一只绒毛熊掷过去，骂道，一肚子坏肠子。陈曲漏勺嘴，跟蒲小月，简直无话不说。陈曲那位中学老师，看起来其貌不扬，其实，还是有过人之处的。陈曲说到此处，总是眉飞色舞。逢这个时候，蒲小月就捂住耳朵，说陈曲，你要不要脸——要不要？陈曲就笑，蒲小月，让我怎么说你呢，简直是，简直是年华虚度。蒲小月的脸埋在书本底下，窗子开着，她闻到一股植物的味道。窗子前是一棵胡杨树，很茂盛，开着淡绿色米粒样的小花。蒲小月叹了口气，正待欠身起来，却看见旁边坐着一个人。蒲小月吃了一惊，细看时，竟是江南。蒲小月说，你怎么来了？江南说，我来看看你。蒲小月说，小宁呢？江南说，不说她——说着，一双眼睛紧紧地看住她。蒲小月心里一跳，想，这个江南，原来也是个花肠子。正想着，江南一下子把她抱住，不容分说，两个人就倒在床上。蒲小月急了一身细汗，想挣，却是软软的，动弹不得。心说这算怎么回事。这个混蛋！混蛋！她感觉自己仿佛躺在一条河流之上，汹涌，动荡，眩晕。她叫了起来。男人在她耳边喃喃低语，这声音好耳熟，她睁眼一看，竟是导师。她刚要开口，只听很远的地方传来钟声，当当当，有一种旷野般的荒凉。蒲小月一下子惊醒过来。

　　蒲小月照常地上班，下班。有时候，也会想起那天的梦。荒唐。简直是岂有此理。她抬起手，把掉在额前的一缕头发掠向脑后，一个学生迎面走来，叫她蒲老师，她赶忙把容颜正一正，敷衍着，走过去了。

　　这一向，单位里事情很多。蒲小月整日里忙得不可开交。陈曲约了她几次，未果，就有些不满。我警告你蒲小月——陈曲在电话里说，没有哪一个男人喜欢工作狂。蒲小月嬉皮笑脸地说，

传奇

那我就孤老终身。陈曲在那头错错牙，恨了一声，挂了电话。

　　课间的时候，手机响起来，是短信。蒲小月掏出手机，看了一眼，就笑了。这个曾凡，倒是殷勤得很。一天里，短信都要来无数条。在蒲小月面前，更是体贴周到。为了她的缘故，买了很多古典书籍，唐诗宋词，百忙中恶补。有时候，蒲小月看着他的短信，那些吟风弄月的诗词，仿佛一只只小手，把她的一颗心揉捏得渐渐软下来。他们约会，吃饭，听音乐会，到郊外踏青。只是有一条，蒲小月从来没有请他来房间坐坐。在蒲小月，这是一个界限。她也不知道，同这个男人，最终会走到哪一步。可是，如果打算走向未来，她倒宁愿这段时间稳妥一些。细究起来，曾凡倒是一个很好的结婚对象。至于爱情，蒲小月叹口气，谈何容易。她是早就没有什么奢望了。

　　关于曾凡，蒲小月破例没有在陈曲面前提起。至于为什么，蒲小月也说不清楚。总之，这一回，她是自作主张了。对感情，曾凡显然是有经验的。他最知道其中的曲折和起伏，波澜跌宕，种种微妙，他心中有数。不鲁莽，也不怯懦。他懂得分寸。这一条，蒲小月嘴上不说，心里却是喜欢的。

　　蒲小宁和江南终于宣布要结婚了。母亲打电话来，这本身就是一种暗示，或者叫做妥协也好。蒲小月把话筒夹在脸颊与肩头之间，很细心地修剪着脚指甲。这一向，她倒是想回去看看，然而，她总是想起母亲那句话。这么些日子，双方都僵持着，谁也不肯放下身段，给对方一个台阶下。蒲小宁也没有。看来，那天晚上看电视的事，她是真吃到心里去了。为了一个男人，嫡亲的姐妹，竟然都闹僵了。这么多年，真是白疼了她。还有母亲。蒲小月再想不到，母亲会这样对她。如今，那一对儿就要结婚了，她可以回家了。一切都过去了。小月，母亲在电话里说，你一个女孩子，单身住外面，说起来，总有些不好。蒲小月的手一抖，指甲刀剪深了，钻心地疼。她把话筒丢在一旁，两只手捧起自己

花好月圆

的脚，仔细地查看着。话筒里传来母亲的声音，小月，小月，你在听吗——怎么不说话——

天到底是热了起来。北京的春天，总是不可捉摸的。往往是，还没有开始，就已经结束了。蒲小月坐在车上，看着窗外。满街的阳光一掠而过。有办婚礼的人，穿着华服，双双站在饭店门口，脸上，有幸福，也有茫然。忽然就笑了，有客人来了。蒲小月把目光跳开去，护城河的水，在阳光下，像金子流淌。

一进家门，母亲就迎出来。接过她手里的包，嘱她洗手，先吃些芒果。蒲小月拿眼睛瞥了一下客厅，不见有人，母亲忙说，去看婚纱了——说晚会来。蒲小月洗好手，待要去厨房，被母亲按住了。说不用沾手了，都差不多了。蒲小月就坐下来吃芒果。沙发上放着一本相册，是一对新人的婚纱照。蒲小月把相册端在膝上，一页一页地看。现代的，古典的，婉约的，豪放的，彩色的，黑白的，或立或卧，或文或野，或静或动，或嗔或笑，真是极尽妍态。其中有一幅，让蒲小月的目光停下来。蒲小宁一袭旗袍，略低了头，回眸一笑，娇媚得很了。江南侧身掀起盖头的一角，看不见他的神情。蒲小月深深吸了一口气，把酸麻的膝头动了动。母亲在厨房里喊，小月，你在干什么——电话响了半天也不接——

整顿饭，都是婚礼的话题。下个月的婚期，说话间就到了眼前，当然要仔细议一议。蒲小月专心地吃着饭，偶尔，很适时地补充一些细节方面的建议。众人都说好。谈到热烈处，母亲忍不住碰碰蒲小月的胳膊，低声说，你呀——让我怎么说——蒲小月把一口汤咽下去，含笑说，也快了——

吃完饭，蒲小宁抢着去洗碗。母亲从旁帮着收拾残局。蒲小月在沙发上靠着，看电视。江南捧着一份报纸看。有一时，客厅里只剩下他们两个人。蒲小月说，看什么呢，这么专心。江南说，参考消息。蒲小月叹一声，说，《倾城之恋》，到底演完了。

传奇

江南从报纸上抬起眼睛，看住她。是吗？蒲小月正待开口，母亲走进来，把茶几上的果皮收起来，拿出去。

也不知道，还会不会再播。蒲小月说。

不过是个传奇——这是你说的。

有时候，人生就是传奇。我们就是传奇里的人物。

江南定定地看着她。我们？

蒲小月也看着他，四只眼睛衔在一起。我们。

一时无话。屋子里一下子空旷起来，仿佛荒野一般。蝉在很远的地方鸣着，隐隐约约，震耳欲聋。

江南——蒲小宁在厨房里喊，江南——你来，帮我把围裙紧一紧。

叫你呢。蒲小月含笑说。江南把牙齿错了错，恨道，你这个坏人——坏人——我把你这个坏人——

墙上的钟当当响起来。蒲小月一下子睁开眼，茫然地看着四周，心头突突跳起来。阳光静静地爬上半面墙，四下里寂寂的。蒲小宁的房门紧闭，想必他们在午休。母亲歪在一旁，抱着一本杂志，已经盹着了。蒲小月的手机震动起来，是曾凡的短信。相见争如不见，有情何似无情？蒲小月看了一遍，又看了一遍，她轻轻地笑了。她的泪水慢慢淌下来，在阳光下，很璀璨。

出 走

从家里出来，陈皮心里轻轻舒了一口气。周末的早晨，整个城市还没有从睡梦中醒来，一切都是恍惚的。阳光从树叶的缝隙里漏下来，新鲜而凌乱，他仰起脸，有一点阳光掉进他的眼睛里，他闭了闭眼。

在路边的摊子上吃了早点，陈皮拿手背擦一擦嘴，打了个饱嗝。这个饱嗝打得响亮，放肆，无所顾忌。陈皮心里有些高兴起来。旁边有个女人走过，穿着松松垮垮的睡衣，蓬着头发，脸上带着隔夜的迟滞和懵懂，看了他一眼。陈皮没有以眼还眼。他只是略略地把身子侧了侧，有礼让的意思。其实，陈皮顶恨女人穿睡衣上街。睡衣是属于卧室的，怎么可以在大街上展示？简直连裸体都不如。陈皮知道自己未免偏激了，也就摇摇头，笑了。然而，他终究是有原则的人。旁的人，他管不了。可是艾叶，他一定要管。

想起半夏，陈皮的心里就黯淡了一下。昨天晚上，他同艾叶吵了架。怎么说呢，艾叶这个人，哪都好，就是性子木了一些。这个缺点，在做姑娘的时候，是看不出来的，甚至，还可以称得上是优点。一个姑娘，羞怯，畏缩，反倒惹人怜爱了。当初，陈皮就是看上了她这一点。陈皮很记得，那一回，他们第一次见面，在滨水公园。是个夏天，艾叶穿一件月白色连衣裙，上面零星盛开着淡紫色的小花。夕阳把她的侧影镀上一层金色的光晕，毛茸茸的，陈皮甚至可以看得清她脸颊上细细的绒毛。陈皮深深地吸了一口气，试探着去捉她的手，她没防备，受了惊吓一般，叫起来。附近的人纷纷掉过头来，朝他们看。陈皮窘极了，简直想找个地缝钻进去。可是，艾叶的那声尖叫，却久久在他耳边回响。还有她满脸绯红的样子，陈皮想起来，都要不自禁地微笑。真是一个可爱的姑娘。陈皮想。可是，从什么时候，事情发生了变化呢？陈皮蹙着眉，努力想了想，也没有想出来。

　　街上的市声喧闹起来，像海潮，此起彼落，把新的一天慢慢托起。陈皮把两只手插进口袋里，漫无边际地走。有小贩匆匆走过，挑着新鲜的蔬菜瓜果，水珠子滚下来，淅淅沥沥地洒了一路。陈皮看一眼那成色，要是在平时，他或许会把小贩喊住，讨价还价一番，买上两样。可是，今天不同。今天，他决心对这些琐事，漠不关心。郝家排骨馆也开张了。老板娘扎着围裙，正把一扇新鲜的排骨铺开，手起刀落，砰砰地剁着。骨肉飞溅，陈皮看见，有一粒落在她的发梢上，随着她的动作，有节奏地颤动。陈皮不忍再看，把眼睛转开去。艾叶最爱郝家排骨。可是，又怎么样？陈皮有些愤愤地想。她爱吃，自己来买好了。反正，他不管。

　　一片树叶落下来，掉在他的肩上，不一会，就又掉下去了。陈皮抬手擦了一把汗，他有些渴了。若在平时，周末，他一定是歪在那张藤椅里，在阳台上晒太阳。旁边的小几上，是一把紫砂壶。他喝茶不喜欢用杯子，他用壶。就那么嘴对嘴地，呷上一口，<u>丝丝地吸着气</u>，惬意得很了。通常，这个时候，艾叶在厨房里忙碌。对于做饭，艾叶似乎有着非常的兴趣。往往是，刚吃完早点不久，她就开始张罗午饭了。下午，陈皮一觉醒来，就听见厨房里传来丁丁当当的声响，他就知道，这一定是艾叶。算起来，一天里，倒有一多半的时间，艾叶是在厨房渡过的。有时候，陈皮很想跟她说上一句，却又懒得叫。何况，厨房里是那么杂乱，叫上一两声，不见回应，也就罢了。晚上呢，艾叶督着儿子写功课，不一会，母子两个就争执起来。陈皮歪在沙发里，把电视的音量调小一些，枕着一只手，听上一会，左不过还是那几句话。做母亲的嫌儿子不专心，做儿子的嫌母亲太絮叨。陈皮皱一皱眉，重又把音量放大。他懒得管。这些年，他是有些麻木了。有时候，陈皮会想起年轻的时候。那时，他们新婚，还没有孩子。艾叶喜欢穿一件淡粉色的睡衣，一字领，后面，却是深挖下去，横着一条细细的带子，露出光滑的背。让人看了忍不住就想去触摸。陈皮爱极了这件睡衣。他知道，艾叶最怕他吻她的背。他喜欢从后面抱住她，一路辗转，吻她，只吻得她整个人都要融化了。陈皮想到这些的时候，心里潮润润的。他和艾叶，有多久不这样了？

　　前面，是一个街心花园。晨练的人们正醉心于他们的世界。陈皮在旁边立了一时，找了张椅子坐下来。阳光从后面照过来，烘烘的，很热了。一枝月季斜伸过来，横在他的脸侧。陈皮忍不住伸出鼻尖嗅一嗅。私心里，陈皮不大喜欢月季。月季这种花，一眼看去，很像玫瑰，然而，再一深究，就知道，到底是错了。不远处，几个人在练太极，都是上了年纪的人。穿着白色的绸缎衣裤，风一吹，飒飒地抖擞着，一招一式，很有些仙风道骨的气度。有的还拿着剑，舞动起来，也是刀光剑影的景象，鹅黄的穗子飞溅开来，动荡得很。

　　陈皮掏出一支烟，点燃，并不急于吸，只是夹在两指间，任

出
走

163

它慢慢烧着，冒出淡淡的青烟。陈皮是一个很自制的人，在很多方面，对自己，他近乎苛刻。平日里，他几乎烟酒不沾。偶尔，在场面上，不得已也敷衍一下。当然，他也没有多少场面需要应付。一个办公室的小职员，天塌下来，有上面层层叠叠的头们顶着。这么多年了，陈皮早年的壮志都灰飞烟灭了。能怎么样呢，这就是生活。所谓的野心也好，梦想也罢，如今想来，不过是年少轻狂的注脚。那时候，多年轻。刚刚从学校毕业，放眼望去，眼前尽是青山绿水，踏不遍，看不足。他们几个男孩子，骑着单车，把身子低低地伏在车把上，箭一般地射出去。满眼的阳光，满耳的风声，车辆，行人，两旁的树木和楼房，迅速向后退去。路在脚下蔓延，他们要去往世界的尽头。身后传来姑娘们的尖叫，他们越发得了意，忽然直起身，来一个大撒把，任车子向前方呼啸而去，整个人都飞了起来。陈皮喜欢那种飞翔的感觉。有时候，在梦里，他还会飞，那一种致命的快感，眩晕，轻盈，羽化一般，令人颤栗。然而，忽然就跌下来，直向无底的深渊坠下去，坠下去。声嘶力竭地叫着，惊出一身冷汗。睁开眼睛，却发现是在自己的床上。微明的晨光透过窗帘漏进来，屋子里的家具一点一点显出了轮廓。空气不太新鲜，黏滞，暧昧，有一种微微的甜酸，那是睡眠的气息。陈皮在这气息里怔忡了半晌，方才渐渐省过来。艾叶在枕畔打着小呼噜，很有节奏，间或还往外吹气，带着模糊的哨音。吹气的时候，她额前的几根头发就飘一下，再飘一下。陈皮重又闭上眼睛。如今，陈皮是再也不会像年轻时候那样，骑着单车在大街上发疯了。每天，他被闹钟叫醒，起床，洗漱，坐到桌前的时候，艾叶刚好把早点端上来。通常，儿子都是一手拎书包，一手抓过一根油条，急匆匆地往外赶。艾叶在后面喊，鸡蛋，拿个鸡蛋——早一分钟都不肯起。这后半句早被砰的关门声截住了。两个人埋头吃饭，一时都无话。吃罢饭，陈皮出门，推车，把黑色公文包往车筐里一扔，想了想，又把包的带子在车把上绕一下，抬脚跨上去。这条路，他走了多少年了？他生活的这个小城，这些年，也有一些变化。可是，从家到单位，这一条路，却基本上还是原来的样子。要说不同，也是有的。比方说，临街的理发店换了主人，听说是温州人，名号也改了，叫做亮魅轩。比方说，原来的春花小卖部，如今建成了好邻居便利店。比方说，两旁的树木，当年都是碗口粗的洋槐，如今，更老了。夏天的时候，枝繁叶茂，差不多把整条街都覆盖了。每天，陈皮骑车从这里经过，对于街上的景致，他不用看，闭着眼，就能够数出来。上班，下班，吃饭，睡觉。在这条轨道上，来来回回，这么多年，陈皮都习惯了。

　　也有时候，下了班，陈皮一只脚在车上跨着，另一只脚点地，茫然地看着街上的行人，发一会呆。也不知怎么，就一发力，朝相反的方向去了。他慢慢地骑着车，饶有兴味地打量着周围。行人，车辆，两旁的店铺，一切都不熟悉，甚至还有点陌生。他喜欢这种陌生。想来也真有意思，这座古老的小城，他在这里出生，在这里长大，娶妻，生子，这是他的家乡。他以为，他对家乡是很熟悉了。可是，他竟然错了。现在，他慢慢走在这条路上，只不过是一条街的两个方向，他却感到了一种奇怪的陌生，一种——怎么说呢——异乡感。这是真的。他被这种陌生激励着，心里有些隐隐的兴奋。忽然间，他把身子低低地伏在车把上，箭一般把自己射出去。夕阳迎面照过来，他微微眯起眼，千万根金线在眼前密密地织起来，把他团团困住，他胸中陡然升起一股豪情，他要冲决这金线织就的罗网。他一路摇着铃铛，风在耳边呼呼掠过，他觉得自己简直要飞起来了。在一个街口，他停下来。夕阳正从远处的楼房后面慢慢掉下去。他感觉背上出汗了，像小虫子，正细细地蠕动着。他大口喘着气，想起方才风驰电掣的光景，行人们躲避不及的尖叫，咒骂，呼呼的风声，皮肤上的绒毛在风中微微抖动，很痒。他微笑了。真是疯了。也不知

出走

道，有没有熟识的人看见他，看见他这个疯样子。他们一定会吃惊吧。他这样一个腼腆的人，安静，内向，近于木讷，竟然也有疯狂的时候，在车水马龙的大街上，飙车，简直是不可思议。他们一定会以为认错人了。陈皮想。暮色慢慢笼罩下来，陈皮感觉身上的汗水慢慢地干了，一阵风吹过，皮肤在空气里一点一点收缩，紧绷绷的。他把周围打量了一下，心里盘算着，怎么绕过一条街，往回走。还有，回到家，怎么跟艾叶解释——平日里，这个点，他早该到家了。

　　一对夫妇从身旁走过。陈皮把烟送到嘴边，吸上一口，闭了嘴，让香烟从鼻孔里慢慢出来。这种吸法，他还是年轻时候，刻意模仿过，结果自然是呛了，咳起来，流了一脸的泪。可是如今，他竟然也变得很从容了。他冷眼打量着这对夫妇，想必是出来遛早了，顺便去早市上买了菜。两个人肩并着肩，穿着情侣装，不过二十几岁吧，一定是新婚。女人的身材不错，走起路来，风摆杨柳一般。男人一只手拎着袋子，一只手揽着女人的腰，两个人的身体一碰一碰，两棵青菜从袋子里探出头来，一颤一颤，欣欣然的样子。女人间或抬起眼，斜斜地瞟一下丈夫，有点撒娇的意思了。陈皮看了一会，心里忽然就恨恨的。谁不是从年轻走过来的？他们懂得什么？未来，谁知道呢。然而，在这一刻，他们终究是恩爱着的。他们那么年轻，且让他们做些好梦吧。当年，他和艾叶新婚的时候，也是这样，天天黏在一处。在家的时候，从来都不分时间和地点。每一分钟都流淌着蜜，浓得化不开了。陈皮看着女人渐渐远去的背影，忽然觉得有些似曾相识。这个女人，有点像小芍呢。尤其是，她走路的样子，看起来，简直就是小芍了。

　　小芍是他的同事，一个办公室。陈皮的位置，正好在小芍的左后侧。只要一抬眼，看到的就是小芍的背影。公正地讲，小芍人长得并不是十分的漂亮。可是，小芍的姿态好看。是谁说的，形态之美，胜过容颜之美。这话说的是女子。陈皮以为，说得真是对极。小苟的一举手一投足，就是有一种特别的韵味在里面。小苟的背影，尤其好看。夏天的时候，小苟略一抬手，白皙的胳膊窝里，淡淡的腋毛隐隐可见，陈皮的身上呼啦一下就热了。真是要命。有谁知道呢，陈皮眼睛盯着电脑，手里的鼠标咔哒咔哒响着，心思呢，却早不知飞到哪里去了。还有一点，小苟活泼，笑起来，脆生生的，像有一只小手拿了羽毛，在人心头轻轻拂过，痒酥酥的，让人按捺不住。有时候，陈皮就禁不住想，这个小苟，在床上，会是什么样子呢。想必会是活色生香的光景吧。他把手握住自己的嘴，装作哈欠的样子，在发烫的脸颊上狠狠捏了一把。自己这是怎么了，一辈子中规中矩，战战兢兢地活着，到如今，都快五十岁的人了，却平白地生了这么多枝枝杈杈的心思。他都替自己脸红了。然而，人这东西，就是奇怪。有时候，晚上，和艾叶在一起的时候，他却总是要想起小苟。怎么说呢，艾叶这个人，年轻的时候，就从来没有热烈过。总是逆来顺受的样子，一脸的平静，淡然，甚至，还有那么一点悲壮。让人心里说不出的恼火和索然。而今，年纪渐长，在这方面，她是早就淡下来了。有时候，白天，或者晚上，儿子不在家，艾叶坐在厅里剥豌豆，一地的绿壳子。陈皮在沙发上看报纸，看一会，就凑过去，逗她说话。她照例是淡淡的。陈皮觉得无趣，就同她敷衍两句，讪讪地走开去。逢这个时候，陈皮心里就委屈得不行。他承认，艾叶算得上好女人，典型的贤妻良母，对老人也孝敬，在街坊邻里，口碑不坏。可是，陈皮顶看不得她这个样子。到底都是外人，他们，知道什么？

　　也有时候，陈皮会耐着性子，跟艾叶纠缠一时。就像昨天。昨天是周末，晚上，吃过饭，看了一会电视，陈皮就洗了澡，准备睡觉。他是有些乏了。单位是个清水衙门，办公室里，总共才有五个人，却也是整日里勾心斗角。头儿是老邹，都五十多岁的

出走

人了，却一副油头粉面的样子。喜欢同女孩子开玩笑，尤其喜欢站在小芍的桌前，两手捧个大茶杯，有一搭没一搭地同她说话。前不久小芍刚刚度蜜月回来，一脸的喜气，时不时地发出清脆的笑声。陈皮冷眼看着他们，心里恨恨的，却又不知该恨谁。陈皮歪在床头，闭着眼，想象着小芍的样子。结了婚的小芍，倒仿佛越发平添了动人的味道。长发挽起来，露出美好的颈子。有拖鞋在地板上走过来，托托的，然后，是悉悉索索的衣物声，他听出是艾叶过来了，就一把把她抱住，嘴里乱七八糟地呢喃着，身上简直像着了火。艾叶先是沉默着，后来，不知怎么，啪地一下，她一巴掌打在他的脸上。在寂静的夜里，那个耳光格外清脆。两个人一时都怔住了。

　　怎么会这样，怎么会呢？陈皮盯着黑暗中的天花板，卧室里，传来艾叶的饮泣，像蚂蚁，细细的，一点一点啃咬着他的心。黑暗包围着他，压迫着他，让他艰于呼吸。在那一刻，他忽然觉得异常的萎顿和迷茫。这就是他的生活？他生活的全部？这一生，他小心翼翼地活着，不敢稍有逾矩。他在自己的轨道上，慢慢地往前走，一步一步，试探着，每一步都不敢马虎。走了大半辈子，到头来，他得到了什么？一个小职员，快五十岁了，仕途无望，一生都看人脸色。他当年的雄心呢？至于家庭，看上去还算平静，却被一记耳光打破了。这记耳光，在他们之间，藏匿了多少年了？至于小芍，怎么可能。如今的女孩子，他清楚得很。不过是白日梦罢了。天地良心，在女人方面，他一向是中规中矩的。就连同艾叶，自己的妻子，也没有那么——怎么说呢——那么放荡过。还有儿子。从小，都是艾叶一手把他带大。而今，嘴唇上已经长出了细细的绒毛，声音也变了，像一只小公鸭。有时候，看着高大的儿子在眼前晃来晃去，他就有些恍惚了。这才几年。儿子都陌生得令他不敢认了。

　　天刚蒙蒙亮，陈皮就从家里出来了。他害怕面对艾叶，害怕看见艾叶几十年如一日的早点，害怕家里那种气息，昏昏然，沉闷，慵懒，一日等于百年。现在，陈皮坐在街心公园的长椅上，看野眼。太阳已经很晒了。空气里有一种植物汁液的青涩味道，夹杂着微甜的花香。一只蜜蜂，在他身旁营营扰扰地飞。他挥挥手，把它轰开。晨练的人们，不知什么时候，都渐渐散了。公园里，寂寂的，显得有些空旷。陈皮抬头看一眼天空，太阳都快到头顶了。地上，他的影子矮而肥，就在脚下。快中午了。陈皮站起身，准备吃午饭。

　　附近有一家汤记烧麦，味道很是正宗。陈皮拣了张靠窗的桌子坐下来，慢慢地吃着。今天，他有的是时间。他不着急。他要了一瓶啤酒，两道小菜，从容地自斟自饮。这要是在家里，艾叶总会唠叨两句的。前段时间体检，他是轻度的脂肪肝。这个年龄的人，该控制一些了。陈皮端起酒杯，慢慢地呷一口。窗外，有一个女人遥遥走过来，打着太阳伞，墨镜，白皙而丰腴，一看就是一个养尊处优的妇人。对于女人，早些年，陈皮以为，一定要窈窕才好，而现在，陈皮却宁愿喜欢丰满一些的了。丰满嘛，不是胖，就像眼前这个女人。陈皮眯起眼睛看了一会，端起酒杯，细细地啜了一口。这些年，艾叶确实是胖了些。穿起衣服，也没有了形状。不穿呢，就更没有了。陈皮心里笑了一下，也不知怎么，就暗暗同艾叶做起了比较。他想起了昨天晚上，还有那记耳光。他不笑了。老板娘远远地坐着，时不时抬头朝这边看一眼。她在看什么呢。陈皮想。她一定是奇怪，这个男人，看起来有些面熟的，说不定就在附近住，从中午进来，要了一屉烧麦，一瓶啤酒，两道菜，一直坐在那里，慢条斯理地吃喝。脸上，却是平静得很。他一边吃，一边看着窗外，仿佛窗外有什么好风景一般。抬眼看了看表，都四点多了。下午，店里也没有多少生意，他坐在那里，就由他去罢。若是在平时，顾客多的时候，她一定要过来问了。

出
走

　　夕阳在天边渐渐燃烧起来，把一条街染成淡淡的绯红。陈皮在街上漫无目的地走着。刚从空调房里出来，整个人仿佛不小心掉进了热汤里，浑身暖洋洋的，毛孔一点一点打开，说不出的熨帖。向晚的小城，已经渐渐冷静下来。大街上，人们都行色匆匆，急着赶回家。一个小孩子，踩着脚踏板，迎面冲过来，嘴里呼啸着，得意得很了。柔软的头发在风中立着，紧抿着嘴巴，暗暗使着劲。夕阳在他脸上跳跃着。那张脸，纯净，稚气，还没有来得及经历尘世的风蚀和碾磨。他咧开嘴，笑了，露出几颗豁牙。陈皮心里感叹了一下。他想起了小时候。那时，他几岁？跟这个孩子差不多吧。拿一根铁丝弯成的把手，把一个铁圈推得满街跑。这一恍惚，都多少年了。而今，他的儿子都上高中了。父子们在一起，也不似小时候那么亲密了。小时候，他喜欢把儿子举过头顶，托在半空中，任他咯咯笑个不休，直到他都害怕了，讨饶了，他才把哇哇乱叫的小人往空中一抛，让他结结实实落在自己怀里。现在，儿子在他面前，倒一本正经了，甚至，有那么一点严肃。常常是，忽然间就沉默了。昨天晚上，那个耳光，那声响，不知道儿子听见没有。陈皮竟有些慌乱了。

　　暮色渐渐浓了。站在自家楼下的时候，陈皮才发现，他是又回来了。也不知怎么回事。早上，不，昨天夜里，他就已经下定了决心，离开这里，这个家，再也不回来。他在黑暗中暗暗咬着牙。他恨艾叶，恨这个家。他恨这么多年的生活，他恨他这半生。他恨这一切。他要走。一去不回头。可是，怎么现在，他又回来了。他有些恼火，也有些释然。屋子里灯火明亮。厨房里，传来油锅爆炒的飒飒声。一只砂锅坐在炉子上，咕嘟咕嘟冒着热气，鸡汤的香味一蓬一蓬浮起来，窗玻璃上模模糊糊的，笼了一层薄薄的水汽。陈皮悄悄走进来，蹑着足，为了不惊动厨房里的人。一抬眼，儿子正坐在饭桌前，端着遥控器，噼哩啪啦地换频道。看见父亲进来，也不说话，只是一心一意盯着电视。陈皮怔了一时，转身从冰箱里拿出一听可乐，啪地打开，喝了一口，沁人肺腑。他静静地打了个寒噤。艾叶端着盘子走过来，嘴里咝咝哈哈地嘘着气，把菜放在桌上，两只手就不停地摸着耳垂。陈皮偷偷看了她一眼，眼睛红肿，脸上却是淡淡的，始终看不出什么。陈皮把头皮挠一挠，刚欲开口，只听艾叶吩咐儿子摆碗筷。儿子应声出去了。只把陈皮一个人扔在原地，很尴尬了。好在有电视，女播音员侃侃地宣讲着，局部冲突，金融风暴，飞机失事，某大学发生枪击案。世界原没有想象的那样太平。陈皮入神地听着，心里有叹惜，有同情，也有安慰。饭菜的香味在空气里慢慢缭绕，把他们团团包围。陈皮端起碗，试探着喝了一口鸡汤，却被烫了舌头，也不好张扬，只有强自忍着。看一眼桌上的菜，也都是他素常喜欢的。还有绿豆稀饭，估计是下午就煮好的，上面结了一层薄膜，在灯下发着暗光。风扇一摇一摆，把桌上的一张报纸吹得一掀一掀。一家人谁都不说话，静静地吃饭。电视里在播天气预报。终于要下雨了，这些天，实在是太热了。

　　陈皮靠在椅背上，他吃饱了。这一刻，他心满意足。所有的那些小情绪，委屈，悲伤，怨恨，他都不愿意去想了。他这一生，都毁了。然而，能怎样呢。就连艾叶，也料定，他总会回来。他无处可去。

　　夜里，醒来的时候，外面一片雨声。雨打在树木上，簌簌的响。外面的风雨，更衬出了屋里的温暖安宁。陈皮翻了个身，很快，又睡熟了。

出走

171

迟　暮

　　太阳静静地照下来，很热了。他直起腰，拿手背擦了一把汗。西墙根下面，开了一片菜地。也不多，两畦吧，却把院子占去了一小半。无非种一些瓜瓜茄茄，春上很是忙了些日子，松土，撒籽，浇水，施肥。而今，开花的开花，结果的结果，牵藤爬架，有红有白，很热闹了。

　　下了一场雨，草们就疯了。他站在菜畦边上，看着这一片绿，心里高兴起来。两畦菜，他侍弄了大半晌。儿子笑他，爹在地里绣花哩。他听这话不顺耳。青皮小子，懂得什么！

　　村子里的大喇叭咳嗽了两声，喊起来，撒水啦，撒水啦。赶紧接水，赶紧接水。这地方，虽装了自来水管，却是定点撒水。逢这个时候，家家户户就忙着接水，接得瓮满缸流。然后，捎带着把院子里的菜啊花啊浇一浇。该浇的浇完了，要是还有水，有的人就索性拿起水瓢，把自家院子泼得凉荫荫的，空气里弥漫着新鲜的泥土的腥味，很好闻。他接满了瓮，把水管子放在垄沟里，浇菜。水在阳光下静静地流淌，他眯着眼睛看了一会，正要摸出旱烟袋，只见儿媳妇一路摇着铃铛，径直把车子骑进院子里。他赶忙把刚伸进兜里的手拿出来，放在脖颈后面，仓促地握一握。儿媳妇支好车，从车筐里拎出一捆嫩茴香，就去了屋里。他咳了一声，刚要搭讪，却又闭了口。

怎么说呢，年轻的时候，他也是个血性汉们，脾气不济，点火就响。为这个，屋里人没少受他的气。想起屋里人，他心里有个地方就软了一下。十年了。这一晃。他看了一眼那捆嫩生生的小茴香，刚要坐下择，却又迟疑了。也不知怎么，如今，上了岁数，脾气倒柔软了。在儿女面前，尤其刚硬不起来。他叹口气，心里暗骂了自己一句。儿媳妇出来了，已经换了衣裳。家常的背心，七分裤，人造棉，粉底上开满了大朵的牡丹。他忽然就想起了屋里人。那时候，他们多大？屋里人长得喜人。那鼻子，眼睛，嘴巴，单看倒不扎眼，凑在一起，就不一样了。怎么看都顺眼，怎么看都看不够。村子里，有多少汉们为她睡不着觉？他孩子一般得意地笑了。一只鸡探头探脑地过来，脖子上的一圈翎毛一伸一缩，心事重重的样子。他扬起手，冲它虚张声势地挥一挥，鸡怔了怔，扭身跑了。

儿媳妇坐下来，择茴香。他在院子里百无聊赖地转了一圈。东看看，西看看。把手伸进兜里，捏一捏旱烟袋，又放下了。为吸烟的事，儿子说过他多少回了。儿子说，吸烟不好。然后掰着指头，一条一条列举了很多个不好出来。要是在早几年，他会把脖子一梗，说，甭跟我唱这个——你爷爷，吸了一辈子烟，活到八十四。可是，如今，他只是听着，心里依然不服，嘴上却只管答应着。这兔崽子，管起老子来了。他把头摇一摇，有些安慰，又有些心酸。儿子当然是为自己好。可是，他还是固执地认为，吸烟这件事，或许就是儿媳妇的意思。儿媳妇闻不得烟味。有时候，老白娃来串门，吸了一屋子烟，儿媳妇嘴上不说，却把门窗

迟暮

都敞开了，通了半晌的风。他看在眼里，心里不是滋味。有愧疚，也有恼火。不知从什么时候，这个家，仿佛不再是他原来那个家了。原来，在家里，他就是王，说一不二。屋里人性子温顺，向来都是依着他的。孩子们呢，小，他简直就不把他们放在眼里。那时候，多好的年纪。像一棵青壮的庄稼，蓬勃，饱满，汁液充盈。阳光照下来，风很野，青枝碧叶发出新鲜而喜悦的叫喊。他眯起眼睛，看着天边的一片云彩，直到把眼睛都看酸了。

　　房是新房。儿子结婚前就盖好了。高大，宽敞，气派，在村子里，也算是鹤立鸡群。人们都说，看人家起立的房子，铁桶似的。起立是儿子的名字。不知从什么时候开始，人们都悄悄改了口。起立长，起立短。去起立家借把锤子。给起立家把车子送去。他成了起立他爹。人们似乎忘记了他的名字，似乎他一开始就是起立他爹。他仰脸看了看探出头的房檐，高高地耸着，很威风。起立的房子。他在心里笑了一下。起立个小崽子，能盖起这么排场的房子？在乡下，房子是大事。乡下人，把盖房看得重，比吃穿两样都重。没有一处齐整房子，哪家的姑娘肯上门？当初，为了盖这房，他流了多少汗，吃了多少苦？阳光照在白色的瓷砖上，亮亮的，直灼人的眼。唉，不提了。都过去了，过去了。他在心里暗暗叹口气。要是屋里人在，他一定要坐下来，把过去的酸甜苦辣都翻出来，慢慢地回味。两个人，隐在灯影里，一递一声，说着话，絮絮的，全是想当年。也怪了。年轻的时候，总是贪睡，总也睡不够。可如今，最怕的就是晚上了，漫漫长夜，一眼看不到头。有时候，实在睡不着，他就在心里跟屋里人说话，一说就是大半宿。

　　夜里起来，儿子屋里早已经黑了灯，儿子的鼾声，打雷似的，震天响。这一点，像他。为了他这毛病，当初，屋里人竟然害起了失眠。后来，习惯了，才慢慢好转起来，甚至，到最后，要是没有他的鼾声，她倒睡不踏实了。有时候，儿子屋里分明黑了灯，却有一种很奇怪的声音传出来，他在枕上张耳朵听一听，就骂一句，个小崽子。月亮从窗子上慢慢移过来，把半张炕照得亮堂堂的。他翻了个身，浑身的骨头嘎吧直响。老了。当年，刚成亲的时候，他多厉害。起立这小子，就是第一天夜里怀上的，这地方，叫做迈门儿。谁家的媳妇迈门儿了，这家的男人就格外的脸上有光。媳妇呢，倒是羞得很了。就连媳妇的娘家人，也闪闪烁烁的，像是怕难为情。屋里人迈门儿了，这可治苦了他。夜里，两人常常就起了争执。他是贪，屋里人却为肚子里的孩子担着一份心事。最后，总是他得逞。屋里人柔顺，这一点，他顶喜欢。

　　儿媳妇已经择好茴香，去缸里舀水。她弯下腰，哗啦哗啦洗茴香。如今，世道真是变了。不管是姑娘家，还是媳妇家，都把个胸脯弄得鼓胀胀的，让人不敢正眼看。哪像先前。女儿刚十一岁的时候，屋里人就给她做好了胸衣。紧紧的，在腋下一侧系一排纽子。须得使劲吸口气，才能勉强一个个系上。女儿哭，不穿，屋里人就骂她。屋里人是个好性子，轻易不骂人。做爹的立在一旁，开口不是，不开口不是，很尴尬了。儿媳妇洗好茴香，放在箅子上，沥水，转身去了西屋。他知道，她是准备和面了。儿媳妇说了，今天捏饺子。这地方人有句话，好吃不过饺子，好受不过倒着。倒着，就是躺着的意思。这话说得实在。有客人来，七大碟子八大碗，再热闹，也不如捏顿饺子来得隆重。他就爱吃饺子。从前，屋里人喜欢捏饺子，韭菜馅，煮熟了，一个个白白的，胖胖的，透着隐隐的青色。屋里人管这个叫青筋大蛤蟆。一顿饭，他能吃两海碗。青筋大蛤蟆。都多少年了。儿媳妇张着两只手，沾满了湿的面粉，厚厚的，像一个个小棒槌。可别小看了和面，也是有讲究的。讲的是盆净手净，干净利落，绝不拖泥带水。这一条，他最佩服屋里人。说起来，屋里人真是一把

迟暮

过日子的好手。屋里屋外，炕上地下，眼一分手一分。村子里的女人们，有哪个能赶得上她一根手指头？女儿就不行。想来，也是自己把她惯坏了。念书倒是用功。乡下孩子，肯吃苦。就凭着手里的一支笔，愣是从乡下考到了省城。在这个地方，可是不得了的事。人们都说，老刘家的祖坟风水好，出贵人。他脸上看不出什么，听在耳朵里，却是十分的受用。要是屋里人还在，不知道能欢喜成个啥样子。蝉们在树上叫着，闹得很。忽然有那么一瞬，都缄了口，四周一下子静下来，倒叫人不自在了。几件衣裳在铁丝上晾着，夏天的风钻进去，一鼓一鼓，像鸟，拍着薄的翅子。

捏饺子的时候，儿子回来了。摩托车突突响着，一直驶进院子里。儿子把衬衫脱下来，两只手在脸前交替扇着，嘴里嚷，热，真热。儿媳妇坐在那里，只管低头捏饺子。儿子咋呼了两声，觉出了无趣，只好自己去瓮里舀水，擦洗。儿子光着背，两只膀子上都是一疙瘩一疙瘩的肌肉，小耗子似的，随着儿子的动作，一蹦，再一蹦。儿子结实，这一点，也随他。想当年，他壮得像头牛。一百斤的大麻袋，一抢就上了肩。村里人家，晒粮食都在自家房顶上。他从来不像别人，站在房上，拿绳子一点一点往上提。他扛。整袋整袋地扛，梯子在他的脚下嘎吱响着，屋里人在下面仰着脸，直着嗓子喊，慢点，慢着点。他不说话，也不回头，牙齿紧咬着，汗水顺着脸颊流进嘴里，咸咸的。屋里人疼他。他怎么不知道？他还知道，夜里，他一定会享受到更多的好处，比平日里还多。

儿子已经洗完了，立在电扇前，让风把身上的水珠子吹干。这小子，二十好几的人了，还这么让人操心。他刚要开口，儿媳妇把手里的擀面杖往案板上当的一戳，说，起立。儿子张着两只胳膊，立在那，像一只大鸟。大鸟把翅膀扇了扇，说，啥？儿媳妇把擀面杖又戳了两下，不待她开口，大鸟却把两只翅膀举起来，作投降状。儿媳妇瞪了他一眼，噗哧笑了。儿子过来，拽过只板凳，坐在媳妇身旁，看捏饺子。个小崽子。他心里骂了一句。儿子怕媳妇，这一点，他早看出来了。这会儿，碍着老子在眼前，究竟得端着点。背后，还不知道是个什么死样子。儿媳妇耷着眼皮，自顾捏饺子。儿子涎着一张脸，把盖帘上的饺子一只一只排好队。说实话，儿媳妇的饺子捏得不差。可是，再好，怎么跟屋里人比？屋里人的饺子，又小巧，又好看，像一群小白鹅，真是喜爱人儿。他踱到院子里，立在菜地旁，看着精神抖擞的菜们，发呆。屋里传来说笑声，低低的，却很热烈。他们在一起，总是有很多话。有一些，他听不大懂。他不识字。儿子媳妇却是念过初中的。这些日子，两个人怕是一直商量着那件事。怎么说呢？那天，儿子在他面前，跟他吞吞吐吐地说了两句，他就明白了。好，好啊。这是好事，好事。他当时是这么说的，脸上笑着，嘴唇却忽然变得很干，一说话，就沾在牙仁上。他恨自己的笑。装什么大头蒜！在自己儿子面前！那天夜里，他睡不着。小虫子在院子里咯吱叫着，没完没了。儿子说要去城里，挣钱。儿子说，不挣钱不行，这年头。儿子的话没错。单靠种地，不行了。不比先前。先前，有了地，什么都有了。如今，村子里的人，尤其是年轻力壮的男人，有几个肯白白呆在家里种地？儿子也要走了。而且，还带着媳妇。两个人，像两只鸟，就要从这个院子里飞出去，双双地飞到城里，安家落户。那么，这个家里，这五间他千辛万苦盖起来的房子里，就剩下他一个人了。院子里，小虫子还在咯吱叫着，吵得人心慌意乱。这五月的乡下，入夜，真的有点凉了。

　　吃饺子的时候，儿子把头一碗递给他。他爱吃烫饺子，头一碗，总是盛给他的。他眼皮也不抬，接过来，慢条斯理地吃。儿子把醋碟子朝他面前推了推，咧了咧嘴，一时找不到一句话。他不理会，只顾埋头吃饭。他恨儿子的殷勤。还不是心里愧，

花好月圆

才这么低声下气的。平日里，张狂的样子！满眼都是媳妇，哪里有自己的亲爹？饺子味道不错，这嫩茴香，就要同五花肉调馅，香气才能出得来。可是，他到底还是想念他的青筋大蛤蟆。头茬嫩韭菜，顶多打上一两个鸡蛋，黄是黄绿是绿，又素淡又新鲜，看一眼就让人流口水。都多少年了。他就是忘不了。孩子们倒没什么，个小崽子！他爱吃饺子，这一条，儿媳妇知道。一定是儿子说的。可是，青筋大蛤蟆，她就不知道了。儿子也不知道。孩子们都不知道。知道的人，早不在了。他也不说。有些东西，说出来，就不是那么回事了。他这个人，看着绵软，性子却是硬的。他执拗，有时候自己都不知道是怎么一回事。年轻的时候，在家里，霸王惯了，就像一个人，一直待在高处，忽然就有些下不来。尤其是，在儿媳妇面前，更是得处处端着。他也累。累得不行。岁数越来越大了，他得自己摸索着，找台阶，一步一步慢慢挪下来。可这也累。有什么办法呢，人这一辈子，哪还能不累？就说吃饭这件事。怎么说呢，可别小看了吃饭。一日三餐，在一户人家的日子里，要说重要，怎么说都不为过。屋里人在的时候，在这上头，他是个甩手掌柜。屋里人做饭的手艺也实在是好。她的一双手，简直就是变戏法，把一家人的日子调弄得有滋有味。这么多年，他是吃惯了屋里人的饭菜。屋里人走了之后，他很是吃了一些苦头。后来，好不容易熬到儿媳妇进了门，他却发现，有什么事情，慢慢就变了，就不一样了。比方说，儿媳妇喜欢换卷子。这地方，管馒头不叫馒头，叫卷子。先前，屋里人总是自己蒸，把面发好了，反复揉，蒸出来的卷子筋道，有咬劲儿。儿媳妇却不喜欢蒸，说蒸着太费事，换着方便。换是拿麦子换，村南的六指家，开了卷子坊。也有外村的老瓠子，推着一簸箩卷子，走街串巷，把一只牛角吹得呜呜响。他不爱吃换来的卷子，贵且不说，还不好吃。一股硫磺味，硫磺是用来熏卷子的，让卷子显得白净。

又不实在。看着挺大一个，咋咋呼呼的，一捏，就没有了。吃着换来的卷子，他心里生气。可是，他不说，什么也不说。他只把这气闷在心里。如今，儿媳妇当家，他不想惹不如意。再比方说，捏饺子。儿媳妇喜欢茴香馅儿。茴香下来的节令，上一顿，下一顿，都是饺子，茴香饺子。就像今天。说实话，他也不怪儿媳妇。人家在娘家从小长到大，自然会不知不觉把娘家的那些习惯带过来。还有，人家也不是自家的骨肉，终究隔了层肚皮，哪里能知道他的心思。就算是儿女，亲骨肉，又能够怎样？

吃完饺子，他把板凳拉到一边，坐着，就想吸烟。手在兜里摸了摸，才发现，烟袋丢在自己屋里了。吸了大半辈子，想改都该不了。真是没有办法的事。儿子还在喝汤，呼噜呼噜的，响得很。一边喝，还一边吧砸着嘴，说，香，真香。这是夸饺子，也是夸自己的媳妇。他顶看不惯儿子这样子，大汉们家，把女人惯的！儿媳妇呢，笑盈盈的，把饺子一个一个从碗里搛到箸子里，怕坨住了。他坐在一旁，看着，忽然就觉得自己是个外人，这个家的局外人。他的鼻腔里就慢慢涌上来一片酸。他咳了一声，把它们努力咽下去了。他这是怎么了？在自家的屋子里，却像在别人家一样，浑身的不自在。过几天，就是端午了。也不知道，女儿会不会回来。要说疼，他最疼的就是这个小女儿。做爹的，往往这样。连屋里人都说他偏心眼。这他不承认。五个手指头，伸出来，咬咬哪一个，不疼？可是，细想起来，他到底是偏向女儿多一些。就说这念书吧。他是一心一意要把女儿供出去，到城里，再也不用沾一点乡下的土泥巴。富养闺女穷养小子，这老话是对的。当然了，女儿也争气，一口气从村子里念到省城，毕业留下来，在城里坐办公室。风不吹日不晒，月月有工资，多好！不像起立，调皮捣蛋，念到半道就撤了，就当了逃兵。为此，他倒是没有多说他一句。起立是小子，家里怎么也得有个顶门立户的。可是，女儿却是很少回来。说忙。念书那会儿，说是忙功课。毕业了，说是忙工作。总之，女儿是公家人了，身不由己了，吃人家的饭，还不得听人家的差？这一回，也不知道，能不能回来过端午。听起立说，女儿八成是谈对象了，对象是城里人。这个消息让他心里震了震。欢喜倒是欢喜，又有点惶恐。嫁个城里人，女儿不会受人家的欺负吧。想一想，女儿也不容易，真不容易，这几年，一个闺女家，在那么大的城里，一个人，孤单单的，连个遮风挡雨的依靠都没有。真不容易。他不该怪她。不回来，肯定是有推不开的事。他心疼她还来不及，怎么忍心怪她？关于找对象的事，女儿没有跟他说。也许是不好意思，这种事，跟自己的爹，倒说不出口了。从小，女儿就是一个害羞的孩子。见了人，还没有开口，脸倒先红了。后来，念书多了，也大方多了。说话，做事，那语气，那举止，越来越像城里人了。比方说，这地方人，管筷子不叫筷子，叫箸子。不知从什么时候开始，女儿就说，给我拿双筷子。这让他感到陌生，又有点不知所措。他总是要怔一怔，才回过神来。还有，他发现，女儿添了不少新毛病。比方说，吃饭前，她把碗洗了又洗，还从包里拿出一张雪白的纸，把她的筷子擦了又擦。他问那是干啥？女儿说，是消毒纸巾。他心里就堵上了。消毒？谁有毒？从小到大，土里生，土里长，在家里吃了这么多年饭，也没见有谁中了毒！

　　起立已经喝完了饺子汤，帮着媳妇往盆里舀水。吃饭的时候，起立他们没有提那件事。他们不提，他也不问。正是晌午，村子里都静下来，仿佛是快要盹着了。这样的午后，刚吃过饭，肚子里又饱又胀，整个人就慢慢迟钝下来。脑袋发沉，身子发虚，想睡一觉了。他站起来，准备回自己的屋子。起立说话了。起立说，爹，你不再坐坐？他收住脚，立住了，看着自己的儿子。起立说，爹，你坐。他犹豫了一下，就又坐下了。起立倒了一杯水，晾在桌子上。这是给他倒的水了。个小崽子。刚吃完饭，谁还喝得下水？他坐在凳子上，把一双眼睛看住起立。他知道起立。起立是个直肠子驴，憋不住。闷了一会，果然起立说了。起立说，爹，我们，我们俩，过了端午，就走。尽管他猜到了，他的心还是那么一沉。他又感到嘴唇干燥得厉害，他想舔一舔，舌头却涩得不听使唤。那麦子咋办？他终于把嘴唇舔了一下。几场热风，早已经把地里的麦子吹黄了。端午一过，就该开镰了。四亩地，飞芒炸穗的一大片，少说也得忙上几天。起立说，麦收的事，我都说好了，大志全包了。他问，啥叫全包了？起立说，麦子打多少，都归大志，咱只收钱。他一听就急了，凭啥？凭啥把种了一年的粮食给了人？起立说，大志的厂子，工人多，粮食老不够吃。老四的地，都让他种了两年了。起立，你说，你是不是也想把地卖给人家种？你说！他忽然就火了，他也不知道，自己怎么会有那么大的火气。他的嘴唇哆嗦着，手也哆嗦着，晾在桌上的那杯水，被他呼拉一下摔到地上，碎了一地的瓷片片。儿媳妇显然是吓坏了，张着湿淋淋的一双手，整个人都傻在那里了。

日光慢慢暗淡下去了。从窗子上面，可以看见太阳一点一点移动的影子。他躺在炕上，看着窗子上的影子发呆。自己这是怎么了？平白地发那么大的脾气。在儿媳面前，让儿子没脸，下不来台。这么多年了，他什么没有受过？怎么眼前这个坎儿，就迈不过去了呢。到底是老了。一年不如一年了。屋里人是怎么说的？临走，屋里人跟他说，你这性子，要改一改了。她说得真对。他是改了。改了很多。他以为，他是全都改了。可是，今天他才知道，他错了。

还有一集，就是端午了。过了端午，也就是说，再有五天，他们，儿子儿媳，就走了。去城里。城里好啊。人们都愿意去城里。儿子，媳妇，还有女儿，他们都到城里了。城里要是不好，

迟暮

花好月圆

他们能都走了，把这个家抛在脑后？

　　老猫慢慢地爬上炕来，拿脑袋往他的怀里拱，一下，再一下。他伸出一只胳膊，把这柔软的东西揽过来。

　　天就一点一点黑下来了。